La mujer de mi vida

ALFAGUARA

© 2005, Carla Guelfenbein
© De esta edición:
Aguilar Chilena de Ediciones S.A.
Dr. Aníbal Ariztía 1444, Providencia,
Santiago de Chile.

- Aguilar, Altea, Taurus, Alfaguara S.A. de Ediciones
  Av. Leandro N. Alem 720, C1001 AAP, Buenos Aires, Argentina.
- Santillana de Ediciones S.A.
  Avda. Arce 2333, entre Rosendo Gutiérrez
  y Belisario Salinas, La Paz, Bolivia.
- Distribuidora y Editora Aguilar, Altea, Taurus, Alfaguara S.A.
  Calle 80 Núm. 10-23, Santafé de Bogotá, Colombia.
- Santillana S.A.
  Avda. Eloy Alfaro 2277, y 6 de Diciembre, Quito, Ecuador.
- Grupo Santillana de Ediciones S.L.
  Torrelaguna 60, 28043 Madrid, España.
- Santillana Publishing Company Inc.
  2043 N.W. 87 th Avenue, 33172, Miami, Fl., EE.UU.
- Aguilar, Altea, Taurus, Alfaguara S.A. de C.V.
  Avda. Universidad 767, Colonia del Valle, México D.F. 03100.
- Santillana S.A.
  Avda. Venezuela N° 276, e/Mcal. López y España,
  Asunción, Paraguay.
- Santillana S.A.
  Avda. San Felipe 731, Jesús María, Lima, Perú.
- Ediciones Santillana S.A.
  Constitución 1889, 11800 Montevideo, Uruguay.
- Editorial Santillana S.A.
  Avda. Rómulo Gallegos, Edif. Zulia 1ᵉʳ piso
  Boleita Nte., 1071, Caracas, Venezuela.

ISBN: 956-239-385-2
Inscripción N° 148.265
Impreso en Chile/Printed in Chile
Primera edición: agosto 2005
Tercera edición: enero 2006

Diseño:
Proyecto de Enric Satué

Portada:
Ricardo Alarcón Klaussen
sobre una fotografía de Felipe Landea.

ALFAGUARA

Carla Guelfenbein

La mujer de mi vida

Para mis padres y mis hijos
Isidoro, Eliana, Micaela y Sebastián.

Antonio canta, Theo canta, yo canto. Todo surge y desaparece en el camino, los jardines con sus glorietas, las avenidas de castaños, las hojas tocadas por la luz Inglaterra se desliza frente a nosotros como un telón fugaz. Me abandono al placer de existir, al goce de ser amigos. No son muchas las certezas que tengo, pero si de algo estoy segura es que somos tres y que ese caudal de tiempo que se extiende amplio ante nosotros es poderoso y es nuestro.

Diario de Clara, julio de 1986

I. Diciembre, 2001

1

Dos hombres deslizaron el féretro de Antonio a lo profundo de la fosa y lo cubrieron de tierra. Clara rescató una flor azulina y la arrojó sobre la sepultura. Quise abrazarla, pero algo en ella me detuvo. Más bien, todo en ella me detuvo. Me llevé las manos a los bolsillos para contener el impulso de estrecharla. El viento adquirió una dureza invernal y a lo lejos el lago empezó a encabritarse. Un relámpago anunció la tormenta. Descendimos el monte por un sendero cubierto de hiedra; Clara adelante, la cabeza en alto y una expresión inescrutable. De no ser por la lluvia se hubiera dicho que éramos un grupo de paseantes. Aminoré la marcha para desprenderme del resto. Si alguien franqueaba mi silencio y me preguntaba qué hacía ahí, no podría decirle que Antonio había sido el mejor amigo que llegué a tener, que nos habíamos traicionado hacía quince años y que desde entonces no nos habíamos vuelto a encontrar.

Tras una pronunciada curva del camino, nuestra pequeña caravana se detuvo. Clara me miró. Había esperado su atención todo el día, pero no supe en ese instante qué hacer con sus ojos en los míos. Al cabo de unos segundos reemprendió la marcha. No alcanzó a caminar un par de pasos cuando una sustancia amarillenta emergió de su boca. Su madre intentó en vano sostenerla, mientras el resto de nosotros, perplejo, se quedó mirando a Clara caer en el barro. Nunca imaginé que algo podía doler tanto.

2

Tres días antes había tomado un avión rumbo a Chile. Era la primera vez que viajaba al país de Antonio y Clara. Había tenido la oportunidad de hacer ese viaje muchas veces como reportero, pero siempre me las arreglé para evitarlo, para soslayar los recuerdos. Fueron años saturando mi memoria de vivencias más inmediatas. Sin embargo, un solo gesto bastó para que mi determinación se volviera polvo. Un gesto al cual observé impotente, como a un fenómeno natural, catastrófico e inevitable. Lo supe nada más escucharlo. Ahí estaba en el teléfono, después de quince años, Antonio con su voz perentoria.

—¿Theo, no te acuerdas de mí? —preguntó, ante mi silencio.

Pronto mi desconcierto dio paso a las preguntas convencionales. Mientras lo escuchaba hablar, los recuerdos, batiendo sus alas aceradas, acudieron con la nitidez de los primeros tiempos. En un momento pensé colgarle, pero no lo hice. Tal vez me inspiró la cortesía, la curiosidad, o fue mi flaqueza la que me detuvo. No sólo no le corté, sino que también acepté su invitación para pasar la Navidad en Chile.

Quisiera justificarme diciendo que faltaban apenas dos semanas para Navidad y que probablemente estuviera solo en esas fechas. Pocos días atrás había recibido un mail de Rebecca, la madre de mi hija Sophie, explicándome con cientos de palabras, cuando diez hubieran bastado, que Sophie, ese año, no podría pasar la Navidad conmigo en Londres. Russell, el pudiente texano con quien vivía en Jackson Hole, celebraba sus sesenta años. Mi Navidad se veía como un paseo invernal por los aspectos más patéticos de la vida de los solteros y separados.

Acepté sin pensarlo, sin medir consecuencias, sin preguntarme por qué, después de todo ese tiempo, Antonio me invitaba al fin del mundo, como él lo llamó. Acepté sin recordar mis esfuerzos por olvidarlo todo, sin preguntarme siquiera si Clara estaría ahí.

*

Dos semanas después cerraba la puerta de mi departamento y viajaba a Chile. Apenas subí al avión me tomé un par de whiskies y una píldora para dormir. Un 24 de diciembre por la tarde, después de un tránsito en Santiago, aterricé en Puerto Montt. Mientras recogía mi maleta de una cinta rodante, supe que la intensidad con que el corazón me daba tumbos tenía sus fundamentos. No estaba preparado para lo que me esperaba. Para encontrarme con Clara y menos aún para verlos juntos. ¿Por qué Antonio me había ocultado su presencia?

Cuando la conocí no tenía más de veinte. Al cabo de quince años su cuerpo de bailarina permanecía intacto, y sus suaves rasgos de entonces habían dado paso a una madurez más afilada. La abracé con mesura. Las emociones habían emigrado de mi cuerpo, protegiéndome del ridículo.

—Es increíble tenerte aquí —dijo, y me estrechó con fuerza.

Antonio me dio un par de palmadas en la espalda y luego, como movido por un impulso, me abrazó. Nos miramos un instante, escrutándonos, deseando inconscientemente, o tal vez con plena conciencia, que fuera el otro quien hubiera salido más dañado por la lija del tiempo. Antonio guardaba su estampa imponente. Aunque no había engordado, cierta pesadez en sus movimientos hacía pensar en una vida sedentaria.

Nos subimos a una camioneta y pronto el aeropuerto quedó atrás. Hablamos de mi viaje, del lugar al cual nos dirigíamos, y de lo grato que resultaba pasar las fiestas de fin de año lejos de las ciudades. Clara iba sentada en el asiento trasero y al volverme para intentar hablarle, el sol de la tarde estrellándose en sus gafas oscuras me impedía ver sus ojos. Apenas tuve la oportunidad, les conté que tenía una hija. Les mostré incluso una foto de Sophie. Necesitaba hacerlo. Quería que ambos supieran que no estaba solo en el mundo. Deseaba, además, poner mis cartas sobre la mesa para que ellos hicieran lo mismo. Sin embargo, Antonio no dijo nada que me diera una idea de la vida que llevaban, ni del lazo que los unía. Contó anécdotas de apariencia intrascendente, deteniéndose en detalles de los cuales parecía gozar, pero que para mí carecían de sentido. Era como entrar en un laberinto sin un hilo que me guiara de vuelta a la luz. En tanto, Clara, con una plácida sonrisa que no se despegaba de sus labios, parecía gozar de mi desconcierto, de las trampas que, como el Minotauro, Antonio me tendía, para que yo, su presa, desesperara. Seguí cada uno de sus movimientos, los de ambos, desde el instante que los vi en el aeropuerto, esperando que sus cuerpos se tocaran, que una mirada revelara la naturaleza de su vínculo. Me enteré al menos que Clara había abandonado la danza y que ahora escribía e ilustraba cuentos para niños. Recordé los dibujos que llenaban las páginas de su diario rojo, aquel que llevaba consigo a todas partes.

La carretera se volvió un camino de tierra apenas trazado, que se elevaba y descendía a través de cerros boscosos y praderas. Las residencias veraniegas desaparecieron, dando paso a una que otra casucha, desde cuya única ventana un par de ojos negros nos observaba pasar. Después de incontables vueltas y saltos nos encontramos en la cima de un monte, donde se alzaba una cabaña de madera. Abajo divisé la extensión azul de un lago.

Pensé que al traerme a su reducto, al lugar que compartía con Clara, Antonio tal vez se estuviera vengando de mí.

En la cabaña nos aguardaban Marcos, un antiguo amigo de Antonio, a quien yo había conocido en Londres, y Pilar, su mujer. Por su entusiasmo, era evidente que hacía rato habían iniciado la celebración navideña. La cabaña no era grande, si bien el ventanal que se abría al lago y a los cerros provocaba una sensación de amplitud. Acostumbrado a las estrechas ventanas de las casas de campo de mi país, esa súbita exposición me produjo un sentimiento de pudor. Un sofá dotado de numerosos y coloridos cojines dominaba la sala. De una de las paredes colgaba un fragmento de la hélice de un avión.

Marcos se abalanzó sobre mí en un descontrolado gesto que por poco le hace perder el equilibrio. El suéter echado sobre los hombros y el contraste de su piel bronceada con su abundante pelo gris, le daban un aspecto de galán maduro, muy diferente al revolucionario que yo había conocido en Londres.

Después de un rato, Antonio me acompañó a la pieza donde alojaría. La habitación tenía un solo cuadro: un grabado que mostraba a Darwin entrevistándose con los indígenas de la Patagonia. Dos espejos ovalados en las puertas de un armario reflejaban nuestras figuras. Mientras yo sacaba algunas cosas de mi maleta, Antonio se sentó en la cama y, mirando por la ventana, dijo:

—No sé por qué siempre imaginé esto.

—¿A qué te refieres, a este lugar, a este encuentro? —pregunté desorientado.

—Algún día debo haberte leído ese poema que le escribió Horacio a su mejor amigo. Le habla de un lugar, Tarento, donde encuentra fin a su hastío. ¿Recuerdas?

—Sí, algo. «Tú, que estás dispuesto a acompañarme hasta...».

—«Hasta Gades, el remoto Cantábrico y hasta el fin del mundo...». ¿Recuerdas cómo termina?

—En realidad, no.

—«Allí tú rociarás con una lágrima ritual las cenizas aún calientes de tu amigo poeta» —concluyó la frase Antonio.

—Tú y tus tragedias. Está claro que no has cambiado nada —dije.

Él soltó una carcajada y se levantó para abrazarme.

—Por suerte, ¿no crees? Que ciertas cosas nunca cambien —dijo con una expresión satisfecha.

3

Estoy seguro que cada momento contiene los momentos futuros, sólo que no podemos descifrarlos. Es al mirar atrás cuando la composición oculta de las cosas se hace patente, y en ese instante nos decimos que todo ha ocurrido de la forma que *tenía que ocurrir.* Un ojo más atento, un ojo capaz de ver a través de lo invisible, hubiera percibido las señas. Pero, a excepción del críptico diálogo que sostuve con Antonio esa tarde, nada presagiaba lo que ocurriría días después.

Apenas Antonio me dejó en la habitación, llamé a Sophie para desearle una feliz Navidad. Entusiasmada, me contó que en la fiesta de Russell habría fuegos artificiales, músicos, y el camino que llevaba al río estaría iluminado con estrellas de colores. Me preguntó si mi regalo llegaría ese día o tendría que esperar hasta el siguiente. Con el ajetreo de mi viaje a Chile y la inquietud que me producía, había olvidado enviárselo por *courier*. No era la primera vez que me sucedía algo así. Su voz se volvió cortante. La imaginé mirando al frente con altivez desde el pedestal de sus ocho años. Me dijo que debía terminar algo que estaba haciendo y que la llamara más tarde. La voz de Sophie y sus acusaciones solapadas, tan propias de un adulto, me ofuscaron. No era fácil ser padre a la distancia. Cada descuido, cada palabra, materiales volubles y reversibles en la cotidianidad, adquirían un peso que después me era difícil contrarrestar.

Antonio, Marcos y Pilar me esperaban en la terraza. Clara había bajado al lago a bañarse.

—Clara te dejó esto —dijo Antonio, extendiéndome una copa de pisco sour—, lo preparó especialmente para ti.

A lo lejos vi la silueta de Clara internándose en el agua. Recordé sus piernas bien formadas de bailarina, su abdomen marcado a ambos costados por un par de músculos, y sus preciosos pechos. Nada de esto podía verlo, pero acudió a mi memoria, como había acudido mil veces en el transcurso de esos años.

El sol al descender encendió el paisaje, revelando sus detalles: los troncos anaranjados y sinuosos de los arrayanes, el verde profundo de los boldos, la filigrana del roble chileno; árboles que Antonio fue nombrando uno a uno, como si al designarlos los hiciera suyos. Al cabo de un rato vimos a Clara que subía el cerro hacia la cabaña. Entonces, como lo había hecho con los árboles, Antonio la nombró:

—Clara. —Cogió una copa por su base, la alzó a la altura de sus ojos y la siguió mirando a través del vidrio opaco.

—¿Está todo bien? —preguntó, sin mirar a nadie en particular, cuando estuvo con nosotros en la terraza. Luego, dirigiéndose a mí, agregó—: Disculpa, Theo, que desapareciera así, pensé que querrían estar un momento a solas.

Advertí que era ella quien necesitaba estar a solas antes de continuar; tal vez, toda esa situación le resultaba tan difícil como a mí. De igual manera, me llevaba ventaja. Estaba al tanto de mi visita de antemano. Yo, en cambio, aún no lograba asimilar su inesperada presencia.

Clara y Pilar entraron a la cocina. Terminé la copa de pisco sour y las seguí. Mi intención era ayudarlas, pero ambas se negaron. Por la ventana se vislumbraban las praderas extensas y reverdecidas.

—¿Hace mucho tiempo que tienen esta cabaña?

—Unos cinco años —respondió Clara—. Marcos y Pilar nos trajeron aquí por primera vez.

Pilar me contó la historia del entorno. Con satisfacción, afirmaba que ella y Marcos habían sido los primeros extraños en llegar hasta ahí y asentarse.

—Uno de estos días vamos a ir de paseo a su casa, te va a encantar —dijo Clara afanada en sus labores.

En un momento se dio vuelta y me miró con detención, como si intentara atrapar un recuerdo.

—Has cambiado, Theo —dijo sonriendo.

Al fin y al cabo, todo se reducía a identificar y discernir entre lo que había quedado intacto y lo que se había alterado con el tiempo, como si fuera en la vida transcurrida de los otros donde pudiéramos medir la nuestra. Le habría dicho que ella no había cambiado mucho, pero eso habría significado expresarle que mis sentimientos tampoco se habían modificado. Hice un gesto de resignación que intentaba ser divertido y salí de la cocina.

Me senté junto a Antonio y Marcos. Charlaban frente al paisaje oscurecido. De la chimenea llegaba el calor de los troncos. Antonio llenó mi vaso. Contó que su plan era abandonar la ciudad, trasladarse a vivir a esa cabaña, y desde ahí seguir escribiendo las columnas que publicaba en diversos periódicos. Cuando intenté averiguar qué tipo de columnas escribía, ambos rieron. Al parecer, su labor principal era despotricar contra todo. Intenté saber también lo que había ocurrido con sus ideales de antaño, pero él soslayó mi pregunta mencionando a los clásicos, quienes al parecer, de un hobby en sus tiempos de universidad, se habían vuelto una genuina pasión.

—Cicerón divide a los hombres entre aquellos que se entrenan para alcanzar la gloria, los que buscan comprar o vender, y los que se dedican a contemplar lo que pasa y de qué forma. Parece que me he transformado en uno de estos últimos —dijo con una sonrisa irónica—. ¿No estás de acuerdo, Marcos?

Marcos hizo un gesto vago, que bien podía ser de asentimiento, y se levantó a atizar el fuego. Antonio encendió un cigarro. La luna, desde algún lugar, alumbraba las pendientes que se hundían en el lago.

—¿Y tu padre? —le pregunté entonces, sabiendo que mencionarlo era traer un recuerdo que a ambos nos incomodaría.

—Murió hace más de diez años. Un cáncer de páncreas —dijo sin mirarme.

Su acritud fue elocuente. Entendí que con esa escueta explicación había concluido.

Eran demasiadas las cosas que no se podían nombrar, demasiados los momentos que ninguno de los tres quería recordar y que estaban aún ahí, después de todos esos años, acechando en los rincones de nuestra memoria, de nuestra conciencia, esperando el instante para arremeter.

—Cuéntame más de tu hija, Sophie. ¿Quién es su madre? —preguntó entonces, trasladando nuestra conversación a terrenos más inocuos. Pronunció las palabras «hija» y «Sophie» con delicadeza. Se inclinó hacia delante y mirándome esperó que yo hablara.

En mi largo viaje en avión había revisado uno a uno los momentos memorables de mi vida como reportero de guerra. Había sido Antonio quien me iniciara, por él y por Clara había reunido las agallas, el idealismo y la rabia suficientes para quedarme en las trincheras todo ese tiempo. Y ahora que Antonio estaba frente a mí tenía una imperiosa y pueril necesidad de mostrarme ante él como un hombre valiente, dispuesto a dar la vida por un puñado de certezas. Pero nada de eso parecía tener lugar en su reducto. Por el momento, no tenía otra alternativa que contarle cómo

Rebecca había llegado a ser la madre de mi única hija. Podría haber callado, pero daba lo mismo cuál fuera la puerta de ingreso que Antonio escogiera, al final tendríamos que desembocar en ese sitio que había permanecido sellado durante quince años. Era impensable que me hubiera convocado a ese lugar remoto para compartir un par de copas y hablar de cosas que en última instancia no le incumbían.

Clara salió de la cocina y se internó en una pieza contigua a la mía. Antonio interceptó mi mirada y sonrió.

Me dieron ganas de transformar a Rebecca en una de esas mujeres que marcan la vida de hombres, de países, y ocultar su verdadera identidad, la de una norteamericana cuyo mayor atributo era un cuerpo capaz de volver loco a cualquiera.

—Conocí a Rebecca en México. Yo estaba ahí para cubrir las elecciones y ella era la cantante nocturna del hotel donde nos hospedábamos la mayoría de los reporteros. Estuvimos juntos tres semanas. Durante el día cumplía mis labores y por las noches la escuchaba cantar en el hotel. Los primeros días resultaron excitantes, pero luego Rebecca perdió su misterio. Resultó ser una de esas mujeres que dicen las cosas con demasiada franqueza y que reducen todo a un par de premisas con olor a jabón. —Ambos asintieron con una sonrisa, estableciendo esa complicidad propia de los hombres cuando se refieren a las mujeres y que no me produjo una sensación agradable—. Al término de las elecciones partí a Londres —continué—. Rebecca me llevó al aeropuerto. Cuando nos despedíamos me reveló su embarazo. Nueve meses después nació Sophie.

—¿Vives con tu hija? —me preguntó Antonio.

—No, no vivo con ella.

Tocaba el punto más doloroso. No vivía con Sophie, ni nunca habíamos estado juntos más de dos semanas seguidas. A pesar de las múltiples justificaciones que tenía, como la naturaleza de mi trabajo y el apego de Sophie a su madre, era algo que me remordía en la conciencia y que no estaba dispuesto a compartir con Antonio.

Por fortuna, Clara y Pilar aparecieron en la sala. Clara traía unos pantalones holgados y sandalias. Un pañuelo tornasolado cubría su pecho, dejando al descubierto su vientre plano y tostado. Se había cogido el pelo en un rodete.

—Estás preciosa —dijo Antonio clavando sus ojos en mí.

Supuse que me correspondía decir algo, pero callé. Las miradas de Antonio comenzaban a sulfurarme. ¿Necesitaba mi deseo de Clara para enardecer el suyo? ¿O era yo el espectador que precisaba para que su vida adquiriera consistencia? Como sea, me resultaba difícil no mirarla. La gracia de sus gestos, el vigor de su cuerpo, el ímpetu de su mirada, todos aquellos rasgos que en una adolescente aparecían excesivos, con la madurez se habían asentado, volviéndose más poderosos.

Clara se sentó junto a Antonio. En un gesto de pertenencia, él comenzó a acariciarle el cuello. Clara permeneció rígida. Marcos, como si también a él le correspondiera una expresión de afecto, cogió a su mujer de una mano y la instó a acercársele. Aunque advertí algo falso en todo ese despliegue de intimidad, me era difícil soportarlo. Sentí un calambre en el estómago y ganas de ir al baño. Era mi única salvación: encerrarme protegido por la familiaridad de mis intestinos.

Cuando salí del baño no resistí la tentación de asomarme a la pieza de Antonio y Clara. A diferencia del resto de la cabaña, más bien espartana, su cuarto tenía un aire acogedor. Las paredes estaban cubiertas de una tela oscura y en el suelo resaltaba una alfombra de lana sin trabajar. Junto a una butaca de cuero, una lámpara de pie encendida irradiaba un resplandor cobrizo. Pero lo que me produjo verdadera conmoción fue divisar sobre una mesilla de noche el cuaderno de tapas rojas de Clara. ¿Por qué lo traía consigo después de todos esos años? De buena gana lo habría cogido. Si de algo tenía certeza era de que en ese cuaderno, Clara había escrito, día a día, lo ocurrido ese verano de 1986.

De vuelta en la sala, la cena estaba servida. Antonio insistió que me sentara en la cabecera.

—Antonio y Clara siempre hablan de ti —dijo Pilar—. Parece que se la pasaban muy bien en esos tiempos.

—Intento siempre pasármelo bien —respondí.

Un perro famélico se asomó al ventanal moviendo la cola con vehemencia.

—¿Oíste, Marcos? Esa sí que es una buena premisa de vida —intervino Pilar, al tiempo que se echaba un trozo de pan a la boca.

—A veces, por más esfuerzos que hagamos, eso de pasársela bien no resulta —señaló Marcos sin mirar a nadie en particular.

—Está todo en tu cabeza, ¿no te das cuenta? —declaró Pilar.

Y mientras pronunciaba estas palabras no era a Marcos, su marido, a quien miraba. Sus ojos estaban fijos en Antonio con una porfía que bordeaba la impertinencia.

—¿No estás de acuerdo conmigo, Antonio? —le preguntó.

Marcos empezó a balancearse en su silla y a marcar el ritmo de la música con la suela de su zapato.

—No es necesario, Pilar, de veras... —intervino Clara con una seriedad repentina.

Antonio, sin responder, se levantó con un pedazo de carne en la mano, abrió el ventanal y se lo dio al perro mientras acariciaba su lomo huesudo.

Haciendo caso omiso de las palabras de Clara, Pilar continuó:

—Hace rato estás en edad de conformarte con lo que tienes. Y de gozarlo. Como esto, por ejemplo —alzó la barbilla y miró hacia un punto indefinido, refiriéndose no a ella, supongo, sino a ese momento que compartíamos. Una vez más miró a Antonio.

No estaba seguro, pero tenía la fuerte impresión de que ese encaramiento de Pilar a su esposo no era más que una forma de hablarle a Antonio sin tener que arrojarle las palabras a la cara. En todo caso, su manera de expresarse me pareció tan inapropiada que sentí vergüenza ajena.

En tanto, la luna se había asomado por el ventanal. Nos quedamos unos instantes en silencio, observando la luz que se extendía en el lago y alcanzaba los cerros vecinos. Las últimas palabras de Pilar, en su lectura más amplia, no sonaban tan vacías. Ahí estábamos ante una cena de Navidad nada despreciable, y la luna, sin timidez, nos lo recordaba.

Cuando terminamos de comer nos sentamos en la sala. Después de servirnos café, Clara se sentó junto a Antonio en el sofá y encendió un puro. Un disco de Joni Mitchell aplacó el ladrido del perro que, apostado en la ventana, aguardaba otra recompensa como la que había obtenido hacía un rato.

—¿Recuerdas cuando te llevé por primera vez a Wivenhoe? —me preguntó Antonio.

Él sabía que era imposible que lo hubiera olvidado.

—Cómo no me voy a acordar, sobre todo la teoría de la francesa presumida sobre Parménides —dije por agregar algo.

—Y el argentino siempre intentando seducir a Clara— intervino Antonio con una sonrisa distante, suficiente, como si él, entre todos, hubiera sido el único hombre inmune a sus encantos.

Clara se alzó de su sitio con brusquedad y se apostó contra la ventana. Antonio jugaba conmigo y con Clara. Batía los hilos de la conversación, de nuestros gestos, de nuestros pensamientos. Al igual que en otros tiempos.

Consciente de la irritación de Clara, Antonio me preguntó por Londres, por los lugares que solíamos frecuentar. Había encontrado una forma de volver al pasado proyectándolo al presente; trazaba una ruta por donde podíamos atravesar los recuerdos sin dañarnos. No escatimé detalles. Sin embargo, de pronto me di cuenta que mis palabras no le interesaban, que había partido lejos.

Clara, en cambio, me miraba atenta, como si en medio de ese vendaval de emociones soterradas se aferrara a algo más o menos sólido. Me preguntó si había visitado recientemente su barrio, Swiss Cottage. Le conté que estaba lleno de construcciones nuevas, bastante lujosas para los estándares de antaño. En un momento guardé silencio, intentando recordar alguna reseña más específica.

—Hace un siglo de todo eso, ¿verdad? —observó.

—Un siglo y medio —precisé. Ambos reímos sin dejar de mirarnos.

Por un instante tuve la sensación de que tan sólo ella y yo estábamos ahí. Juntos otra vez.

—Theo es reportero de guerra, ¿sabían? —dijo de golpe Antonio dirigiéndose a Marcos y Pilar.

—Algo nos habías comentado. Me parece increíble en realidad —declaró Marcos.

Antonio cruzó las piernas y se echó hacia atrás.

—Siempre me he preguntado qué induce a las personas a hacer algo así. Me refiero a llevar esa vida nómada, solitaria, peligrosa... De verdad me es difícil entenderlo, y lo digo con todo respeto —continuó Marcos.

—Informar. Ya sabes, cuando los buenos no hacen nada, los malos triunfan —dije, a sabiendas que estaba siendo insoportablemente correcto.

—Suenas como las películas —dijo Pilar.

—Si quieres que te diga la verdad, son las palabras de una corresponsal de la CNN cuando intentaba, después de la muerte de un buen amigo en Sierra Leona, justificarse a sí misma el hecho de abandonar a su hijo para partir una vez más a la guerra.

Tenía por fin la oportunidad de explayarme con las historias que había preparado, pero un nudo en la garganta me impidió seguir hablando. El amigo a quien me refería era Miguel Gil, un reportero español que había muerto en una emboscada hacía poco más de un año. Su muerte, junto a Kurt Schork, había calado hondo en nosotros. Pero no tenía sentido continuar. Cualquier cosa que dijera sería insustancial. Es lo que ocurre cuando intentas traer el horror a las conversaciones de sobremesa. Se crea una membrana sólida, que no sólo deja fuera la miseria humana, sino que además transforma en presunción la ínfima dosis de realidad que logra traspasar la barrera.

—Hay otras cosas —dije, sin saber por dónde fugarme.

—¿Cómo qué? —preguntó Clara.

—No sé, por ejemplo tener plena conciencia de que estás vivo y que tal vez eso basta.

Lo que había dicho no era cierto, ni falso, pero al menos no comprometía mi memoria, ni nada que me importara.

—Eso suena New Age... me gusta —intervino Pilar.

—Al final, todo se reduce más o menos a lo mismo —dije—: optar por vivir en lugar de morirse, y en el camino imaginar que no estás tan solo, que lo que haces y eres le importa a alguien...

Mis palabras no eran más que la repetición de una rutina; sin embargo, Antonio, quien había mantenido la actitud distante y satisfecha del anfitrión, intervino de pronto:

—Me parece estupendo que las cosas se hayan vuelto tan simples para ti, Theo. De veras. Ojalá yo pudiera decir lo mismo.

No quise responderle, sobre todo porque vi que Clara se mordía el labio inferior y sepultaba los ojos en el suelo. Por primera vez desde mi llegada reconocí las huellas que había dejado el tiempo en su rostro. Era como si bajo su piel, aún tersa pero no tan brillante como en su juventud, yaciera un fondo de cansancio, incluso de dolor.

—Cuéntanos algo fascinante —pidió Pilar moviendo los brazos en un gesto teatral—. Adoro las historias de guerra —agregó, y dejó escapar un chillido de pájaro.

Pensé que las mujeres a cierta edad deben evitar exponerse de esa forma, porque todo lo que en una joven parece sensual, en ellas se vuelve patético. Mi expresión debió delatarme.

—Todos tenemos derecho a divertirnos, *darling* —dijo.

Antes que yo lograra abrir la boca, Antonio se interpuso.

—Wivenhoe. Qué tiempos, ¿verdad? —Volvía obstinado a ese lugar—. ¿Recuerdas nuestra excursión al supermercado? Nunca voy a olvidar tu cara de terror, Theo. Nunca. —En este punto lanzó una carcajada.

La rabia que me produjeron sus palabras debió ser evidente; quise decirle algo, desafiarlo a que me revelara la razón por la cual me agredía de esa forma tan vulgar, pero como siempre, me contuve.

Clara tomó la mano de Antonio. No era un gesto de ternura, sino más bien de contención.

—Discúlpame, Theo —musitó Antonio con una expresión que se había vuelto apesadumbrada. Turbado, ciñó mi hombro.

Ya nadie volvió a hablar. Marcos, con los ojos inyectados, movía la cabeza a un lado y otro como si lamentara algo.

No mucho rato después, la pareja emprendió la marcha. Su casa no estaba lejos. La luna se había instalado en el firmamento con su luz casi diurna.

Clara encendió otro puro y se sentó en los peldaños de la terraza. Antonio recorrió la cabaña apagando las luces con esa solemnidad tan propia de él. Lo imaginé como un sereno que recorre las calles por la madrugada extinguiendo las farolas. Después, con su vaso de whisky, se sentó junto a Clara. Ella cerró los ojos como quien entorna una puerta. Yo, en tanto, movido por una creciente desazón, me sumergí en la cocina y me dispuse a lavar la vajilla.

No había avanzado mucho en mi labor cuando vi a Clara apoyada en el marco de la puerta con su puro en la mano.

—Déjalo, Theo. Mañana viene una mujer a lavar y ordenar todo. Recuerda que estamos en el Tercer Mundo.

—Me relaja.

La oscuridad de la sala a sus espaldas desdibujaba sus contornos. Dejé los platos y me acerqué a ella. Estábamos frente a frente.

—Antonio se fue a dormir —dijo sin moverse de su sitio.

Su cabello comenzaba a desprenderse del rodete y en un movimiento terminó de soltarse. Deseaba tocarla.

—Creo que haré lo mismo. Estoy agotado. —Me sequé las manos en los pantalones y sin mirarla salí de la cocina.

—Eres muy importante para Antonio, ¿lo sabías? —la oí decirme desde la puerta de la cocina, donde había permanecido sin moverse.

Su voz tenía una modulación vulnerable y a la vez controlada, como si hablara desde la verdad pero sólo una minúscula parte de ella se asomara a través de las palabras.

—No me advirtió que tú estarías aquí. ¿Sabías eso? —pregunté yo a mi vez.

—Pensó que si te lo decía no vendrías —afirmó Clara, mientras apagaba el puro en un cenicero.

—¿Y no hubiera sido mejor?

—Sin duda que no. Ya verás, este lugar es maravilloso, podemos pasarlo muy bien aquí. Depende de nosotros.

—Suenas a tu amiga Pilar.

Ambos reímos.

—Tú sabes bien a qué me refiero —afirmó con serenidad.

—Sí que lo sé. Puede ser un infierno, sobre todo si Antonio se empeña en ello —dije, a modo de venganza.

—Ha tenido un año difícil, no hagas demasiado caso a sus exabruptos; además, tú ya lo conoces, son parte de su naturaleza.

—Supongo que sí, aunque no estoy tan seguro de conocerlo. Han pasado tantos años.

—En eso tienes razón. Pero no te preocupes, yo me encargaré que estos sean unos días espléndidos. Déjamelo a mí.

Me dedicó una sonrisa, extendió una mano y rozó mi mejilla en un gesto que me pareció casi maternal; luego, giró lentamente y se hundió en la oscuridad del pasillo.

Pensé que tal vez lo que Clara intentaba decirme era que si todos nos empeñábamos en aparentar que nada había ocurrido entre nosotros, al final lograríamos convencernos de que así era.

A unos pocos pasos la seguí. Abrió la puerta y se detuvo un instante. Recogí en su expresión una inmensa tristeza, y en esa tristeza, un resplandor, como si algo se hubiera movido dentro de ella.

Entré en mi cuarto y me senté en el borde de la cama. Las luces aún encendidas de la ribera opuesta se fijaban en el vacío. Una indiferencia conocida volvió a invadirme; una ingravidez, una apatía que había corroído mi corazón a lo largo de los años, pero que nunca imaginé sentiría ante Clara. Comprendí enseguida que era una victoria y a la vez una derrota. Me había vuelto insensible a Clara y esa era sin duda una victoria; pero también, si su tristeza no era capaz de conmoverme, tal vez ya nada lo haría.

4

Lo primero que vi al despertar ese 25 de diciembre fue un rectángulo de sol dibujado en el suelo de mi habitación. Tardé algunos segundos en establecer las coordenadas de tiempo y de lugar. Unos golpes que provenían del exterior mitigaban el silencio del amanecer. Miré por la ventana. En el jardín, un hombre cortaba un tronco en pequeños trozos. Una niña de melena negra recogía ramas en las cercanías, debía ser su hija. Me quedé observándola. Sus movimientos precisos, calmos, su total abstracción de aquello que transcurría a su alrededor, me hicieron pensar que tal vez en esa faena tan esencial se hallaba el pulsador secreto que detenía el tiempo.

Me puse un suéter y salí de mi cuarto. Antonio dormía en el sofá de la sala. Debió haber abandonado su pieza tarde por la noche, porque yo no lo había oído. Sus pies desnudos sobresalían entre los pliegues de una manta. En el suelo, junto a una copa vacía, había un libro abierto. Lo cogí con cuidado para no despertarlo. Sus páginas estaban intervenidas por rayas, círculos y anotaciones al margen, componiendo una ruta paralela que recorría el texto. No era una labor limpia; por el contrario, daba la impresión de ser un libro caído en manos de un niño. Me detuve en una frase marcada varias veces: *Cada cual tiene su vanidad, y la vanidad de cada uno es el olvido de que hay otros con un alma similar.* Al azar escogí otra página. Antonio había subrayado dos frases: *Todos tenemos con qué ser despreciables. Cada uno de nosotros trae consigo un crimen perfecto o el crimen que su alma le pide cometer.*

El texto me estremeció. También, la certeza de que si seguía hurgando descubriría algo de Antonio de lo cual no tenía por qué enterarme. Dejé el libro en el lugar donde lo había hallado y salí a la terraza. La bruma desdibujaba el fondo de montañas. Cuando entré de vuelta a la sala, Antonio seguía durmiendo.

Volví a mi cuarto, me eché sobre la cama e intenté leer. Al cabo de un rato oí ruidos. Clara y Antonio desayunaban en la cocina. Al verme, Antonio se alzó y me estrechó. Sentí un olor ácido y su respiración en mi oído. Clara me dio un beso en la mejilla y oprimió mi mano. Tuve la impresión que buscaba decirme algo incomunicable. Mientras ella preparaba café, Antonio me preguntó a cuántos hombres había visto morir, y yo respondí que no llevaba la cuenta. Luego, quiso saber si me había enamorado en un campo de batalla. Su pregunta me incomodó. Él sabía que estaba transgrediendo los límites. Por los movimientos bruscos y el silencio de Clara, era evidente que las preguntas de Antonio también la contrariaban. Pero no lo detenía.

Después del desayuno llamé a Sophie. La señal telefónica no era buena y tuve que hablar desde el jardín. Sus reprimendas me habían dejado un sabor amargo. Le pediría disculpas y le prometería hacerle llegar un regalo apenas pudiera. Por fortuna, Sophie ya había olvidado el asunto del regalo y ahora sus preocupaciones se centraban en el próximo nacimiento de un potrillo. Me contó también que hacía unos días habían visitado la finca de un nuevo amigo de Rebecca, y que él la había dejado montar una yegua árabe.

—¿Y quién es ese amigo? —le pregunté.

No es que las intimidades de Rebecca me interesaran, pero siempre temía que destruyera la vida holgada que llevaba con Russell, y por consiguiente la de Sophie.

—Es criador de caballos —dijo.

Cuando corté tuve plena conciencia de la escasa importancia que yo tenía en la vida de Sophie. Aquello era un arma de doble filo: por un lado, aminoraba el peso de mis actos, garantizando mi libertad; pero por otro, el sentimiento de pertenencia que ella provocaba en mí, y que me sostenía en los momentos más duros, se debilitaba. Miré hacia la cabaña, Clara me observaba por la ventana.

—Es la primera vez que paso la Navidad sin mi hija— le dije cuando entré.

—En la foto que nos mostraste se veía muy linda. Estoy segura que además debe ser muy graciosa.

—¿Lo dices por mí? —pregunté, haciendo una mueca.

Clara, sonriendo, asintió con un gesto de la cabeza.

—Tú también podrías tener una niña bellísima.

—Ayúdame con esto —me pidió, cambiando bruscamente de tema—, quiero preparar el picnic más inglés que hayas probado en tu vida.

*

Después que Clara y yo preparáramos la merienda, los tres salimos a caminar. Un sendero apenas trazado en la hierba descendía y luego remontaba otras colinas. A lo lejos, las crestas de las montañas se extraviaban en las nubes. Antonio llevaba un cigarrillo en la boca que una vez consumido era sustituido por otro. Nos internamos en un bosque. Por fortuna, la belleza del entorno relajaba en parte la tensión, al tiempo que encubría nuestro tozudo silencio. Ninguno de los tres parecía dispuesto a romperlo. En mi caso, esta imposibilidad de hacer las preguntas necesarias se debía al pudor propio de mi educación, pero también al hecho de que pedir explicaciones habría significado admitir el dolor que ambos me habían causado.

En un momento el sendero comenzó a ascender. El bosque y su vida propia quedaron atrás. Al acercarnos a la cima vimos la niebla a nuestros pies, por encima de la cual el sol iluminaba el paisaje. A excepción de la cúspide blanca de un volcán que se divisaba a lo lejos, estábamos en el promontorio más alto del lugar.

Comimos nuestra merienda y regresamos por la tarde. Los montes, a lo lejos, eran tan pálidos e imprecisos como los de un mundo imaginario. Al igual que la ida, el retorno fue largo y silencioso. Poco antes de llegar a la cabaña, Clara se nos adelantó. Ambos la observamos avanzar a paso rápido y seguro.

—Tenías razón cuando me dijiste que éste era el fin del mundo —afirmé.

Presentí que con su fuga, Clara intentaba generar las condiciones para que Antonio y yo habláramos.

—Me impresionó que me llamaras, después de tantos años —dije.

—Es increíble que estés aquí —repuso riendo.

Era una risa extraña, de notas bajas y febriles.

—¿Por qué me invitaste, Antonio?

Era la pregunta que me había hecho desde el momento que recibiera su llamada, y que conforme pasaban las horas se había vuelto más apremiante e inevitable. Algo yacía bajo ese montón de apariencias, de conversaciones dislocadas y llenas de significados ocultos, tras la impertinencia de Antonio, bajo la actitud esquiva de Clara y sus miradas apesadumbradas. Era nuestra historia, sin duda, y nuestra incapacidad de retomarla, pero también algo más.

—Me pareció una buena idea —dijo y me miró.

Recordé la fuerza que en nuestros tiempos de universidad irradiaban sus pupilas, su mirada poderosa que parecía tocarme. Eran los mismos ojos punzantes, pero algo en ellos había desaparecido, tal vez la juventud.

—¿Eso es todo?

—Clara está feliz de verte —afirmó con el mismo buen humor.

—Y yo estoy feliz de verlos y tú estás feliz de verme, etc., etc.

—Bueno, ¿y no te parece suficiente?

—No me has respondido —insistí.

—Supongo que lo hice porque me pareció apropiado o simplemente porque tenía ganas de hacerlo.

—No es algo que se me hubiera ocurrido. Qué quieres que te diga, nunca me pareciste el tipo de persona que hace las cosas de esa forma. A menos que la vida para ti se haya vuelto un cúmulo de hechos apropiados. Lo dudo mucho.

—¿Y por qué no? Si lo piensas bien, la vida puede ser un cúmulo de cosas mucho peores.

Nos alejábamos del asunto y entrábamos en el terreno de las abstracciones, donde Antonio podría refugiarse sin responderme.

—Lo siento, amigo, es que en la escala de valores que conocía de ti, lo apropiado y lo peor estaban más o menos al mismo nivel. ¿Recuerdas?

Antonio me sonrió. Tuve la impresión de que me tendía un puente.

—En ese entonces yo no era nada, ninguno de nosotros lo era, nos faltaba tiempo para convertirnos en algo —dijo.

—¿Y qué te volviste entonces?

—No mucho, Theo, no mucho —señaló al cabo de unos segundos, soltando una risa áspera e irónica que me estremeció.

Había replegado el puente. Me era imposible seguirlo en esos vaivenes que iban del derrumbe a la ironía. En nuestra juventud, su posición me habría parecido ruda.

Sin embargo, con los años, me había dado cuenta que la ironía no es más que una forma de evadir el dolor.

Seguimos caminando. En el sendero que llevaba al lago vimos a Clara junto a la niña que recogía ramas por la mañana. Tenía un aire sereno. La Clara de mis recuerdos; la que asomaba la cabeza por la ventana para atrapar los escasos rayos de sol del invierno; la que se detenía en medio de la calle porque un aroma le recordaba algo placentero; la que estaba siempre atenta porque, según decía, cada instante contiene un lado oculto que sólo los más valientes se atreven a explorar.

*

Cenamos temprano. Después del café Antonio se fue a acostar. Clara encendió un puro y se echó en el sofá. Todo volvía a ocurrir de la misma forma que la noche anterior. Otra vez la luna que no cejaba, Clara fumando silenciosa y yo, de pie frente al ventanal, dilatando el tiempo. Pensé en todas esas veces que, estrechando el cuerpo de alguna mujer, cerré los ojos e imaginé a Clara. Esa era la verdad. Por más que mirase a quien estuviera a mi lado, le sonriera y le dijese algo amable, dejando incluso escapar en ocasiones ese par de vocablos que producen un efecto apaciguador en las mujeres; por más que pensara que no estaba mintiendo, porque decir «te quiero» no es otra cosa que la declaración del deseo momentáneo de poseer a alguien; por más que ese estado me resultase cómodo, hasta satisfactorio, Clara estaba siempre ahí. Y ahora, ahora que la tenía tan cerca y era a la vez tan inaccesible, algo empezaba a desmoronarme.

—Me voy a acostar —dije.

—Al menos podrías acompañarme hasta que termine esto —alegó, enseñándome el puro que sostenía entre sus dedos.

—Si es lo que quieres...

Me senté en el otro extremo del sillón dispuesto a esperarla. Clara se acercó a mí. No alcanzó a tocarme, pero su proximidad era suficiente para oírla respirar y notar su perfume. Hecha un ovillo, se balanceaba mirando hacia delante.

Había imaginado cientos de veces ese momento, formulado incluso las preguntas. Pero sobre todo, y acaso lo más patético, había alimentado la secreta esperanza que si nuevamente estaba con ella en la intimidad, todo cambiaría. Sin embargo, el mínimo destello de lucidez que aún conservaba me decía que no debía averiguarlo. De hacerlo, corría el riesgo de que la ilusión de todos esos años se muriera y empezara a corromperse dentro de mí. Tumbados en el sillón, permanecimos callados. Un silencio atravesado por nuestra historia. Por ese largo verano de 1986.

II. Verano, 1986

5

Antonio estaba en tercer año de *Government* —o Ciencias Políticas, como a él le gustaba decir— y yo en segundo, cuando nos conocimos en la Universidad de Essex. Yo sabía de él, pero lo más probable es que él nunca hubiera oído hablar de mí. Su único hermano era uno de los dirigentes estudiantiles más importantes de Chile, vínculo que ante nuestros ojos lo volvía prácticamente un héroe. A pesar de sus evidentes esfuerzos por ser amable, intercambiar comentarios y risas en los pasillos, Antonio era inaccesible. Parecía estar siempre de paso, como si su verdadera vida estuviera en otra parte. Era usual que alguien lo rondara, deseando hablarle, sobre todo los miembros del *Student Union*. Se expresaban con urgencia, atolondrados, conscientes de que pronto su atención habría emigrado a otro lugar de mayor peso que sus lloriqueos estudiantiles. Cuando lograbas suscitar su interés, Antonio hablaba en un tono bajo, provocando en ti una efímera pero poderosa sensación de intimidad. Sus silencios en esas ocasiones importaban tanto como sus comentarios.

Los alumnos de segundo y tercer año compartíamos una asignatura que impartía Maclau, un argentino experto en teoría del conocimiento y lingüística. Antonio intervenía en escasas oportunidades, pero todos sabíamos que cuando lo hacía, Maclau se sentaba sobre la mesa, se llevaba la mano a la barbilla y lo escuchaba. Maclau afirmaba que el marxismo había perdido vigencia para entender el mundo actual. Antonio, en cambio, sostenía que el Marx humanista, el joven Marx, como era llamado antes de convertirse en materialista histórico, era apropiado para explicar el devenir de nuestra época y producir los cambios necesarios que acabaran con la injusticia. Era tal su vehemencia, que muchas veces terminábamos mirando con suspicacia las elevadas teorías de Maclau. Antonio era el único estudiante capaz de rebatirlo; conseguía incluso provocar en él una mezcla de placer e ira. En ocasiones, el rostro de Maclau se enrojecía, los músculos de su cuello se dilataban; entonces, Antonio se detenía, como si en el clímax de su argumento decidiera replegarse, sin llegar nunca a cumplir el deseo de victoria que tenía uno sobre el otro, y por consiguiente distender la tensión que este deseo provocaba. Al estilo de los amantes crueles. A veces, al terminar la clase, Maclau se acercaba a él y conversaban, mientras el resto abandonábamos el aula observándolos de reojo, deseando que algún día Maclau expresara por uno de nosotros la milésima parte del interés que manifestaba por Antonio.

Además de esa asignatura, el lugar donde nos encontrábamos con frecuencia era en el *pub* de la universidad. Lo veía apoyado contra una pared, bebiendo reconcentrado su cerveza, alzando los ojos de tanto en tanto, como si necesitara chequear el entorno para volver a sumirse en sus pensamientos. Más de una vez nuestras miradas se cruzaron y esperé que me dijera algo. Pero sus ojos pasaban sobre mí como por el aire. Deseaba ser su amigo. Ser el único que franqueara su muralla. Todo me empujaba hacia él. La fiereza de su mirada, su halo trágico. ¿Pero cómo llamar su atención? Yo no poseía atributo alguno.

Pudo haber sido cualquiera de mis compañeros de universidad quien tuviera ese golpe de suerte. Pero fui yo. Habíamos nacido el mismo día con un año de diferencia. Lo descubrimos una mañana, cuando ambos observábamos en el muro de un pasillo una lista donde estaban impresos los nombres de los estudiantes de *Government*. Me dio la mano, y como si me viera por primera vez, me saludó con un «How do you do?», un modo formal y propio de cierto grupo al cual, sin mucho orgullo, pertenezco. Supongo que fue al intuir mi origen y el sello imborrable de los colegios privados, que desplegó ese saludo tan poco juvenil. Era la primera vez que me dirigía la palabra y yo estaba decidido a que no fuera la última.

Una semana después volvimos a encontrarnos. Estábamos solos, cada uno en un rincón de la barra y era nuestro cumpleaños. Desde su esquina, Antonio levantó su vaso de cerveza.

—Happy birthday —me dijo.

Alcé mi copa de vino blanco y lo invité a compartir la botella que había pedido para celebrar. Más tarde me reuniría con un grupo de amigos en una disco de Colchester, pero al cabo de un rato estábamos enfrascados en una conversación y me olvidé de ellos. Saltábamos de un tema a otro. Tuve la impresión que Antonio era igualmente tímido y tenía tantas ansias de un amigo como yo. Cuando ya todos se hubieron marchado y apagaban las luces del bar, salimos al silencio de cemento del Square One. Las cuatro aulas sólidas y grises que rodeaban el patio hacían no sólo que la superficie terrena fuera cuadrada, sino también la abertura que dejaban en el cielo. Si estabas un poco borracho o fumado, se transformaba en una verdadera alucinación: un hueco hacia la inmensidad, un orificio por donde arrojarse al vacío. «Feliz cumpleaños», oí que me decía Antonio con la vista fija en el cielo. «Feliz cumpleaños», repetí, sabiendo que ese momento era importante, porque ya no me sentía tan solo.

Un par de semanas después caí a la cama con un horrible resfriado. Una chica con quien compartía el piso se encargó de traerme algunas medicinas, pero la fiebre no cedió. Transpiraba y apenas abría los ojos. A la tercera mañana vi a Antonio aparecer en la puerta de mi habitación.

—Te estuve buscando. ¿Por qué no me avisaste que estabas enfermo?

—No sé...

Lo cierto es que era una idea que jamás se me hubiera ocurrido, y el solo hecho que él estuviera en la puerta observándome en ese estado lamentable, me producía vergüenza.

—Pues ya sabes para la próxima vez —dijo en un tono alegre.

A partir de ese instante me cuidó hasta que estuve mejor. Me aprovisionaba de comida, jugos de fruta y música para que escuchara en su ausencia. Después de asistir a clases me hacía compañía largas horas. De tanto en tanto, lo miraba de reojo mientras él —sentado en el único sillón de mi pieza— estudiaba, tomaba apuntes, resumía libros. Para Antonio aquellas materias no eran meros contenidos académicos, como lo eran para la mayoría de nosotros, sino instrumentos que según él le serían útiles más tarde en su vida.

En ocasiones me leía en voz alta un párrafo de algún libro; me costaba creer que estuviera ahí, para mí, y secretamente deseaba no mejorar nunca. Al cuarto día ya estaba bien. Nadie, a excepción de mi madre, había hecho algo semejante por mí.

Desde entonces comenzamos a pasar la mayor parte del tiempo juntos. Por las mañanas nos encontrábamos en la piscina municipal de Colchester y nadábamos al menos una hora. Durante el día nos cruzábamos con frecuencia, pero nuestras enardecidas conversaciones tenían lugar por las noches, cuando nos quedábamos en mi pieza compartiendo una botella de vino italiano, mientras Antonio me explicaba la teoría de Reich sobre el surgimiento del fascismo, o imaginábamos su alucinante máquina acumuladora de energía orgónica, que exaltaba nuestras fantasías eróticas, para terminar, ya exhaustos, en la madrugada, lamentándonos de la fatalidad que pesaba sobre Althusser, como si hubiera sido uno de nosotros quien ahogara a su mujer con una almohada. Antonio invertía horas describiéndome materias que hasta aquel entonces me habían resultado incomprensibles, no porque me faltaran neuronas, sino porque nunca había encontrado el estímulo suficiente para aspirar a entenderlas. Con frecuencia hablábamos de Chile, estaba al tanto de lo que ocurría allí día a día. Dos meses después de nuestro primer encuentro organizamos juntos un recital de música, con el fin de reunir fondos para lo que él llamaba «La Resistencia».

Nuestra amistad se volvió para mí imprescindible a la vez que contradictoria. Por un lado, me gustaba que nos vieran juntos, pero, por otro, buscaba aislarlo, temiendo que alguien me lo arrebatara. Nuestro vínculo también suscitaba sentimientos encontrados en los otros. Constituíamos un universo independiente. No necesitábamos refugiarnos, como los demás, en hazañas deportivas ni en imposturas de ningún tipo. Nuestra alianza me producía la sensación de una gran potencia y, sobre todo, de realidad. El resto era un remedo, un pequeño teatro de seudosabiduría. Antonio traía el mundo, traía un motivo, una causa.

Incontables veces intenté descubrir qué era lo que veía él en mí. Por qué me había elegido. Era, sin embargo, incapaz de llegar a una respuesta definitiva y siempre me quedaba con una profunda sensación de inseguridad.

Diario de Clara

Hace semanas que quería hacer esto. Echarme en el pasto, perderme en los orificios azules que dejan las nubes, escuchar a lo lejos la vibración de los autos, los gritos de los jugadores de críquet, los rumores de las hojas. Hace semanas que quería flotar en la espesura verde, entrecerrar los ojos, imaginar que transito sin memoria, sin tiempo. Una ardilla se acerca a mi reducto y me mira. Un velo blanco y gelatinoso cubre sus ojos. Tal vez está ciega y la mueve su instinto. Sé que este contacto quedará estacionado en mis pupilas, despojado de tiempo. Apreso ese ojo de ardilla que se ha detenido en mí.

Me asusta que sea tan simple. Me han hecho creer que las cosas simples desaparecen pronto. Las hojas del tilo al cual me he arrimado se mueven con el viento; algunas caen plácidas a la superficie de la tierra. La naturaleza no tiene tiempo para el hastío ni para el duelo, concentrada como está en llevarse a cabo a sí misma. Si pudiera saber cuál es el secreto que hace de este momento lo que es, entonces podría reproducirlo cuando quisiera. Podría cerrar los ojos y decir: ¡Ahora! ¿Será que nadie me ve y así, a solas, consigo existir? ¿Será que en este recodo de Regent's Park lo insignificante es aquello que vale? Abro los ojos. Nada ocurre. Nunca lo lograré, el secreto es invisible. Tendré que conformarme con saber que capturadas dentro de mí, a salvo de las asperezas cotidianas, las cosas poseen más sentido. Por eso callo. Para que sus dardos no me alcancen.

No soy una de ellos, ni quiero serlo. Los conozco. Crecen en las universidades, en las bibliotecas, se alimentan de creencias, de discursos, de anécdotas, se marchitan cuando la duda los alcanza, florecen cuando unos ojos admirados se posan en ellos, se exaltan cuando al encontrarse con sus pares desenfundan sus sables y despliegan sus destrezas. Experimentan el máximo regocijo confirmando lo que ya saben, o atrapando un nuevo matiz que atesoran satisfechos en un cajón de su cabeza. Me alejo de ellos, me alejo de sus peroratas, de sus libros arrimados en los rincones, de sus batallas.

Me gusta pensar que soy el único ser que transita con este cuerpo, con esta historia, con esta composición genética que cultiva la virtud de la ignorancia. Por eso bailo, por eso dibujo garabatos en este cuaderno rojo e intento encontrar el sentido oculto de las palabras, ese que no está en los diccionarios y que yace entre letra y letra. De aquellos secretos, a veces surgen gestos. Como ese polvo de mariposa que encontré en boca de alguien, que convertí en sensación y luego en movimiento. Pero esto no puedo decirlo. No puedo revelar mis tesoros, los que acuno sin nombrarlos, porque el contacto con el aire los oxida.

Es inútil. Sus garras siempre me atrapan.

«Es una lástima que Clara sea tan superficial», dijo mi madre a Antonio, pensando que yo no la escuchaba. Superficial. Apenas sé qué significa eso. Es muy bonito tener una madre que cautiva con su inteligencia, que escucha a Bob Dylan, que se emociona cuando la guitarra de Jimmy Hendrix trepida en sus oídos, pero no es tan bueno oírla hablar de mí con mi mejor amigo y que sus palabras me deshagan el corazón. Ellos no saben quién soy, y yo no voy a decírselo. Mierda. Ya he pasado por esto mil veces. «Es una lástima que Clara sea tan superficial». Esperé que

Antonio dijera algo, que desplegara sus armas verbales para defenderme, pero no dijo nada.

Soy hija de un desaparecido. Esto implica una responsabilidad, un anhelo de justicia. Pero no es así. No es que no me importe la historia, sólo que está muy lejos. La historia me encontró creciendo, y como se había llevado a mi padre y también se llevaba a mi madre en oleadas cada vez más frecuentes, tuve que concentrarme en crecer sola. Crecían mis piernas demasiado rápido y se quedaba mi cuerpo de niña suspendido en un par de zancos que me hacían inaccesible. Crecían mis pechos, saltaban entre mis costillas, estorbando mis ascensos a los árboles, dificultando mi deseo de permanecer niña. Crecía también el espectro de mis sentimientos, extrañas sensaciones me asaltaban. Pero la historia era más fuerte. Mi padre había desaparecido. Era preciso buscarlo. Había que recorrer mar y tierra, organizarse, protestar, unirse a otros que vivían lo que mi madre y yo vivíamos. Partir a otro país. En tanto, yo crecía concentrada y, a veces, feliz.

6

Conocí la verdadera dimensión de la vida de Antonio un fin de semana que viajamos juntos en mi Austin Mini a Londres. Un poco después de salir de los límites de la universidad prendí un porro y se lo ofrecí.

—De eso no fumo, Theo —dijo sin mirarme. No había amago de disputa en su voz, pero en su rostro se había instalado una expresión de desprecio.

Al cabo de un minuto, consciente de la gravedad de sus palabras, desplegó una sonrisa. Luego, trazó una línea en el cristal empañado de la ventanilla, le agregó una flecha apuntando hacia la tierra y perdió la mirada en los campos verdes donde comenzaba a avistarse la primavera.

Lo observé de reojo. Vi su nariz recta, la solidez de su mentón, la profundidad de su ceño que hacía pensar en los restos de una antigua herida. Por primera vez me habló de su hermano. Antonio era siete años menor que él.

—Cristóbal es lo que mi viejo hubiera soñado ser —me dijo en un punto—. Un hombre que prescinde de cualquier lazo que lo desvíe de su camino. Imagínate que nunca le hemos conocido una novia, y sus amigos son siempre parte del grupo que lo sigue. ¿Sabes? De niño yo soñaba que algún día me ocurriera algo muy grave, algo que me postrara en la cama de un hospital, y fuera Cristóbal quien me cuidara. Parecía algo imposible. Rara vez estaba en casa y casi nunca sabíamos dónde se encontraba. Mis padres partían de la base que hacía cosas importantes, dignas, y que no tenían derecho a detenerlo. Supongo que estaban en lo cierto.

Percibí que su admiración estaba teñida por un matiz de rabia, que no era evidente, pero que se asomaba entre una palabra y otra.

Yo le conté que de niño, a falta de uno, había inventado un hermano que velaba por mí. Nuestro diálogo imaginario era muchas veces más real que todo lo que me ocurría a lo largo de la jornada. Mi gran temor era que un día desapareciera de mi vida, y su velo de protección me abandonara.

Tal era el grado de concentración de ambos en nuestro diálogo, que de pronto estábamos en Londres, en el corazón de Brixton, el barrio donde hacía unos años habían estallado feroces revueltas. Aparcamos frente a un conjunto de edificios de ladrillo de baja altura, enterrado al fondo de una calle sin salida. En el aire templado, una quietud pueblerina colmaba el ambiente. Unos chicos jugaban a la pelota y varias mujeres maduras fumaban en la acera. La combinación de sus presencias extrovertidas y la arquitectura austera producía extrañeza. Estábamos en Londres, pero también en otro lugar.

—¿Quieres entrar? —me preguntó Antonio—. Podemos tomarnos una cerveza.

Nunca había conocido el mundo privado de alguno de mis compañeros. Era algo que se reservaba para aquellas personas con las cuales habías crecido. Nos bajamos del auto y caminamos hacia los bloques de edificios. Los minúsculos jardines de los primeros pisos estaban convertidos en huertos. Lechugas y tomates sobresalían de la superficie de tierra mojada. Saltamos una verja y entramos por la cocina. Se oía el murmullo metálico de una voz en castellano. Cuando ingresamos a la pequeña sala vi a un hombre encorvado hasta casi tocar sus propias rodillas, escuchando una radio que tenía en el suelo.

—¡Antonio! —exclamó el hombre, y se incorporó de un salto alzando los brazos y elevando el torso como un gallo de pelea llamado a su rueda. Durante los primeros segundos no me dirigió la mirada, pero luego, con una sonrisa y en un inglés apenas comprensible, expresó:

—Tú debes ser Theo.

—Theo habla castellano —dijo Antonio con una sonrisa condescendiente—. Lo estudió en el colegio. A quién se le ocurriría hacer una cosa así, ¿verdad?, pudiendo elegir francés, alemán...

El padre de Antonio, a pesar de su envergadura, de sus brazos cortos y poderosos, tenía la apariencia de un hombre devastado prematuramente. Un espeso bigote cruzaba su rostro partiéndolo en dos cuadrados y luego descendía por los extremos de sus mejillas. Su voz era cortés, pero dejaba traslucir cierta rudeza.

—Pedro y Marcos deben estar por llegar. Las cosas no van muy bien. —Miró a Antonio con un gesto interrogante. Era evidente que su mirada tenía relación conmigo.

—No hay problema, supongo que no vamos a organizar una insurrección armada esta tarde tan bonita —afirmó Antonio en un tono liviano y a la vez perentorio.

—Los estudiantes salieron a la calle. Hay cuatro muertos —anunció su padre, y luego desapareció por la puerta de la cocina para volver con un paquete de latas de cerveza.

Al poco rato llegaron Pedro y Marcos. Ambos saludaron a Antonio golpeando su espalda. Sus expresiones denotaban preocupación. Marcos era un treintañero macizo, cargado de hombros, que vestía pantalones verdes al estilo de un militar en campaña. Pedro, de nuestra edad, llevaba un lío de trapos palestinos enroscados al cuello que ocultaban en parte su aire frágil y nervioso.

La radio seguía encendida en un rincón. De tanto en tanto, una voz femenina interrumpía al locutor diciendo: «Escucha Chile, aquí Radio Moscú». Pedro intentó sin éxito comunicarse a través de una operadora con alguien en su país. Marcos, Pedro y don Arturo —así es como se referían al padre de Antonio los otros dos hombres— se movían inquietos por la sala; Antonio en cambio, permanecía inmóvil frente a la ventana. Las risas de las mujeres en la acera nos alcanzaban en sus tonos más altos.

Ninguno de ellos parecía notar mi presencia. No me atrevía a partir. Hubiera tenido que invadirlos con un acto tan banal como el de despedirme. La luz blanca de una bombilla desnuda hería los ojos y dejaba nuestras expresiones al descubierto. Miré a mi alrededor como quien mira una vida. Sobre una mesa de rincón vi una fotografía de él junto a una mujer vestida con elegancia, de rasgos afilados y mirada poderosa. Debía ser su madre. Antonio me había dado pocas referencias de ella. Se había separado de su padre cuando tuvieron que salir de Chile. Según contó, su madre no era más que una pequeña burguesa, algo que en su escala de valores estaba al mismo nivel que la traición de Judas. Sentí curiosidad por saber más de ella. A primera vista era una mujer de atributos cautivantes, de donde, no cabía duda, él había heredado los suyos. Antonio encendió un cigarrillo. Lanzó una bocanada de humo y se quedó mirándola descomponerse. Al cabo de un buen rato, alguien apagó la radio. Las voces de las mujeres también se extinguieron.

*

Cristóbal, el hermano de Antonio, era uno de los estudiantes muertos en la manifestación. Lo supimos unas horas más tarde cuando alguien llamó desde Chile. Antonio recibió la noticia. Movido por ese espíritu compasivo que bordea la morbosidad, no dejé de observarlo ni un segundo. Su rostro apenas se contrajo. Dijo algunas palabras y luego colgó. Marcos y Pedro abrazaron por turno a don Arturo, palmotearon su espalda, de la misma forma que lo habían hecho con Antonio al llegar.

Don Arturo, con la barbilla temblorosa, dijo:

—Murió peleando.

—Deberías estar orgulloso de él —añadió Marcos.

—Lo estoy —dijo, y se cubrió la cara por un segundo.

A pesar de sus esfuerzos por ocultarla, la desesperación estaba ahí, en su barbilla trémula, en el color de su piel que se había vuelto cetrina de golpe, en sus gestos vacilantes. Antonio oprimió su hombro y luego se sentó cabizbajo en un rincón de la sala, con los codos sobre las rodillas y los ojos enterrados en el suelo.

Un silencio ominoso se depositó sobre nosotros. Estuvimos así largo rato, hasta que nuestro mutismo, sumado al de la calle, se volvió tan rígido y apremiante como una camisa de fuerza. En algún momento, don Arturo, sin decir palabra, se puso de pie lentamente. Antonio lo miró con una expresión serena, lo tomó del brazo y ambos desaparecieron en la oscuridad del pasillo. Marcos mecía la cabeza de un lado a otro, Pedro permanecía inmóvil. Al cabo de una hora, Antonio retornó a la sala. Tenía los ojos enrojecidos.

—Cuídenme al viejo. Vuelvo luego, necesito un poco de aire —dijo cogiendo su chaqueta.

Ambos hombres asintieron. Pedro le preguntó si quería que lo acompañara, pero Antonio le respondió que no era necesario. Yo, el advenedizo, el extranjero, era el elegido para escoltarlo.

*

Una densa y elevada niebla borroneaba las estrellas matinales. Nos subimos a mi Austin Mini y emprendimos viaje. Digo viaje porque esa madrugada se volvió un intrincado periplo por las calles de un Londres opaco. A excepción de sus escuetas indicaciones, Antonio guardaba silencio. Fumaba sus Camel sin filtro, uno tras otro, con la cabeza echada hacia atrás, mientras el humo iba cubriendo su rostro, ocultándolo y a la vez cobijándolo.

Aparcamos frente a una de esas cafeterías que están siempre abiertas y cuyos dueños parecen vivir tras el mostrador de formica. Un hombre de ojos irritados por una conjuntivitis recibió a Antonio con familiaridad.

Nos sentamos a una mesa frente a la ventana. Antonio esquivaba mis ojos, como temiendo encontrar en ellos compasión. Una joven de tacones de aguja se acercaba tropezándose a nuestro boliche. El hombre nos sirvió café. Hasta ese instante, Antonio y yo apenas habíamos cruzado un par de palabras.

—Duro el dramón que te tocó presenciar —me dijo con la mirada enfocada en la chica que ahora abría la puerta.

No supe qué responder.

—Cristóbal no se merecía esto —continuó—. Nadie se merece algo así, pero él menos que nadie. Estaba convencido de que podíamos volver a la democracia sin derramar una gota de sangre —dijo con una sonrisa triste y a la vez sarcástica—. Yo quisiera seguir creyendo lo mismo, pero no sé si pueda.

Desvié la vista hacia la chica, incapaz aún de decir algo. Ella se pasó ambas manos por la cara, temblando.

—La sangre trae más sangre —afirmé al cabo de unos segundos.

—Era mi hermano —señaló mientras hacía bailar el café en el fondo de la taza—. ¿Sabes? Lo único que quiero es creer que valió la pena. Sólo eso. Que valió la pena su vida y la del viejo. Tú lo viste, está consumido.

—¿Y tú? —le pregunté.

—¿Y yo qué?

—Bueno, quedas tú. No está todo perdido para tu padre.

—¿Quieres que te diga la verdad? —preguntó, modulando las palabras con lentitud—. Cuando tuvimos que salir de Chile, Cristóbal dijo que se quedaba. Quería luchar contra la dictadura desde dentro. Eso dijo. Desafió a mi padre y se hizo grande. Si supieras cómo se vanagloriaba mi padre con él, su hijo «dirigente»... Yo me vengo con el viejo y él se hace matar. Yo me mamo la mugre y él, el perla, muere como un héroe. No sé por qué te digo estas cosas, disculpa... —dijo, y calló.

—Sigue —le pedí en un murmullo.

—Tengo mucha rabia, Theo. Por todo.

Su expresión era temeraria pero a la vez desvalida. Sacó un cigarrillo y lo encendió.

—Voy a entrar a Chile —declaró con la voz quebrada.

La chica paliducha temblaba notoriamente. De tanto en tanto, Antonio la miraba. Parecía velar sus convulsiones, aguardar el momento crítico para intervenir.

—Compadre, ¿por qué no le sirve un café a la señorita?

—¿Señorita? Esa mujer está chingada, Antonio. Yo que tú ni me acerco, capaz que te contagie. —El tipo tenía una risa tirante de vieja. Hablaban en español.

—Sírvele un café. Yo se lo llevo a su mesa para que no te contagie. —La voz de Antonio se había vuelto áspera y autoritaria.

El hombre, ofuscado, le llevó un café a la chica. Antonio y ella se miraron. Un esbozo de sonrisa apareció en su rostro.

—Llévale también uno de tus asquerosos sándwiches; se ve que tiene hambre.

Cuando el hombre, de mala gana, le puso el plato sobre la mesa, la chica alzó los ojos, miró a Antonio y le sonrió.

—Se llama Caroline, fue compañera de trabajo de una amiga. Si Clara la viera... hace tiempo que le habíamos perdido la pista —susurró moviendo la cabeza.

Me pregunté por qué Antonio, en un momento como el que estaba viviendo, se preocupaba por esa chica. Tal vez era una forma de evitar que la emoción lo avasallara.

Al cabo de un rato salimos a la calle. Un viento frío nos obligó a subirnos el cuello de nuestras chaquetas. Cristóbal Sierra estaba muerto y su hermano miraba las aceras aún desiertas, sin moverse, sin decir palabra. Oí un suspiro que emergía de su garganta, que se transformaba en un sonido ronco, un lamento que rajaba el aire. Debía hacer algo. No me fue fácil, pero lo abracé. Sentí su cuerpo estremecerse. Fue tan sólo un par de segundos. De golpe, Antonio se desprendió de mí, tenía el rostro bañado en lágrimas. Miró hacia arriba, respiró hondo, como intentando recuperar su centro, y se echó calle abajo sin decir palabra.

7

Después de la muerte de su hermano, Antonio siguió asistiendo a la universidad, pero de forma irregular. Aun así, logró pasar todos los exámenes y terminar su carrera con buenas calificaciones. Se aproximaba el verano y el fin del año académico. A pesar de sus extensas ausencias, durante ese período nuestra amistad se volvió más sólida. Yo le contaba mis patéticas anécdotas estudiantiles, de las cuales nos reíamos, mientras él me ponía al tanto de sus movimientos en Londres. Todos sus actos encajaban en un gran puzzle. No sólo trabajaba con el Partido y en las campañas de solidaridad por Chile, sino también asistía a cursos de artes marciales. Su cuerpo cambiaba, se preparaba para la guerra. Eso decía él bromeando, aunque ambos sabíamos que sus palabras encerraban una férrea certeza. Al finalizar el verano entraría a su país. El Partido lo apoyaba.

El día que Antonio recibió sus últimas calificaciones nos tomamos una botella de champaña en el Square One —el cuadrado de cemento de nuestro cumpleaños— mirando el cielo, esta vez colmado de estrellas. Una sonata de piano provenía de alguna torre. Antonio sonreía. La música parecía transportarlo a un espacio secreto donde yo no podía alcanzarlo. No era la primera vez que ocurría algo así. Un par de semanas antes habíamos asistido a un concierto en el Royal Albert Hall. Cuando le conté que mis padres me habían regalado un par de entradas, mostró un exagerado entusiasmo. Apenas iniciado el concierto, me di cuenta de que Antonio había partido. Me pareció incluso oír entre las notas de un violonchelo el golpe de su puerta cerrándose.

—Salud —dije, y alcé la botella de champaña para llamar su atención.

—¿Qué planes tienes para las vacaciones? —preguntó.

—Aún ninguno, ¿por qué?

No estaba siendo honesto, puesto que mi padre, como todos los años, había arrendado una casa en las alturas de Florencia, donde pasaríamos las primeras semanas del verano con mi hermana y su familia.

—¿Podrías acompañarme a Edimburgo? Necesito un auto.

—¿Quieres un auto o que te acompañe? —pregunté molesto.

—Había olvidado que eres un hombre en extremo sensible —respondió ciñendo mi hombro—. Ambas cosas, en realidad. Necesito un auto, pero también a ti.

—¿Cómo carnada para los lobos?

—No. Como hermano.

*

El día previsto para nuestro viaje, Antonio llegó a la universidad acompañado de Caroline, la chica drogadicta del café. Como era tarde, decidimos partir al día siguiente. Esa noche bajamos al *pub* de la universidad. Caroline pidió una cerveza y se sentó en un rincón, donde se quedó sin moverse, fumando un cigarro tras otro. Antonio, desde la barra, no le quitaba los ojos de encima.

—Hace tres días que no jala. Por ahora vamos bien. Es bastante admirable.

—¿Y de dónde la sacaste? —le pregunté sarcástico.

—No la saqué de ningún lado. Me encontré con ella en ese café donde te llevé. ¿No la recuerdas?

—Volviste a buscarla.

—La verdad es que no. Fui con mi amiga Clara a tomar un café y nos encontramos con ella por casualidad —dijo con voz brusca—. Ya te conté, fueron compañeras de trabajo en una pizzería; de hecho, eran bastante cercanas, pero un día Caroline desapareció. La convencimos para que se sometiera a un tratamiento. Tenemos un amigo que trabaja en una clínica de rehabilitación y nos ayudó a conseguirle un cupo. En unos días se interna, pero si en tanto jala no la aceptan. ¿Ves? Las cosas no son tan oscuras como tú te las imaginas.

—Yo no imagino nada, amigo —le dije y sonreí.

Intercepté en su rostro el deseo de encontrar en mí un gesto de admiración. Antonio, como todo el mundo, no era inmune a lo que pensáramos de él.

Esa noche, Caroline, Antonio y yo dormimos en mi cuarto de la Torre Tres. No era gran cosa: una cama, un escritorio y un librero; igual, imagino, a todos los cuartos de estudiantes del mundo. Antonio no había querido vivir en la universidad y alquilaba una habitación en Colchester, en casa de una familia hindú. Caroline se quedó dormida en mi cama, sudando y pronunciando palabras ininteligibles. Su estado no lograba conmoverme; por el contrario, me irritaba. Tal vez sentía celos de que Antonio estuviera tan pendiente de ella, de que recogiese a cuanto animal encontraba en su camino y lo mimara como si fuera importante para él. Antonio y yo dormimos en el par de sofás de la sala común. El resto de mis compañeros de piso ya había emigrado.

Me desperté cuando un escuálido sol se asomaba tras las torres de los estudiantes. Cuatro torres negras rajando el cielo y el sol asomándose entre ellas. Un promedio de tres estudiantes por año se arrojaba desde sus ventanas y siempre durante el período de exámenes. Recientemente se habían despeñado dos chicas, y juntas. Eran silenciosas, de expresión siempre estupefacta, como si hubieran sido trasplantadas desde su niñez a la adolescencia, sin haber pasado por las etapas intermedias. Una de ellas había sido incluso material de mis fantasías de entresueño alguna vez. Se tiraron un fin de semana. Intenté averiguar detalles, pero nadie estuvo dispuesto a dármelos. Corría el rumor de que se habían lanzado desde la torre cogidas de la mano.

*

Era nuestro primer día de vacaciones y Antonio actuaba como si todo fuera parte de un gran plan. Quería que le cortara el pelo. Encontré una tijera en mis cajones. A pesar de que por primera vez hacía algo así, no me quedó nada mal. Caroline, después de la ducha, empezó una vez más a temblar. Antonio le pasó su chaqueta. Vi que Caroline llevaba en el bolsillo unos pañuelos de papel con los que de tanto en tanto limpiaba unas gotas de sangre que escurrían de su nariz. Bajamos al estacionamiento, nos subimos a mi auto y emprendimos la marcha.

—¡A Wivenhoe! —exclamó Antonio con alegría cuando salimos del campus y alcanzamos la carretera.

Wivenhoe es un pequeño pueblo frente al río Colne, cercano a la universidad, donde vive la mayoría de los profesores. Nos detuvimos ante una casa de tres pisos precedida por un jardín. Una mujer abrió la puerta. Su rostro tenía la forma de una lágrima y unas greñas blancas se entremezclaban a trechos con su pelo corto y oscuro.

—Ester, él es Theo, el amigo de quien te hablé —me presentó Antonio.

Ester estrechó mi mano con una expresión fría. Saludó también a Caroline y nos hizo a pasar. Antonio la cogió del brazo y todos enfilamos hacia la cocina. Era amplia, caótica y acogedora: la pintura descascarándose en las molduras, un cartel de la Tate Gallery, y sobre una mesa de madera, decenas de papeles y libros. Ester nos invitó a sentarnos y después de preparar té, se unió a nosotros. Me enteré que era chilena, profesora de literatura latinoamericana, que vivía con dos estudiantes y que su hija, Clara, estudiaba danza en Londres. Su marido, o compañero, como lo llamó ella, estaba desaparecido. Una patrulla lo apresó una noche y no volvieron a saber de él. Me llamó la atención el hecho de que no *hubiera* desaparecido, sino que *estaba* desaparecido. Después comprendería que era un estado suspendido en el tiempo y en el espacio al cual nadie tenía acceso, ni siquiera en la imaginación, puesto que el desaparecido no era ni un muerto ni un vivo; era, no obstante, alguien que congelaba en un momento la vida de sus seres más cercanos. Ester hablaba de esto sin gravedad. Estaba lejos de ser una mujer ruda, como me había parecido en un primer momento, sólo que no hacía concesiones. Ninguna sonrisa de más, ningún gesto sin sentido. Acostumbrado al histrionismo de mi madre y las calculadas excentricidades de mi padre, su ahorro de gestos me resultaba una novedad.

Al poco rato apareció uno de los estudiantes que compartía la casa con Ester. Era argentino y se llamaba Juan. Llevaba unos pantalones cortos que le daban la apariencia de un rancio niño explorador. Se sentó con nosotros e intentó llamar la atención de Caroline, quien estaba concentrada en dominar sus convulsiones.

Antonio y Ester iniciaron una charla en español, en un tono demasiado bajo para entenderlos. Ella reía con frecuencia. Al hablar, sus ojos se entornaban, de manera que sus palabras parecían contener un sentido oculto o una ironía. Fumaba expulsando el humo sin aspirarlo, de las formas más diversas: hilos, anillos, nubes. Juan, después de entender que sus esfuerzos por entablar contacto con Caroline eran infructuosos, se quedó un buen rato escuchando a Ester y a Antonio. Caroline se frotaba las manos con obstinación. Al cabo de un rato apareció una francesa pequeña y delgada, que tenía una de esas apariencias ojerosas, cuidadosamente trabajadas para representar a la intelectual cosmopolita. Se abalanzó sobre Antonio y él le devolvió el abrazo con cierto nerviosismo, razón por la cual, supongo, optó por sentarse en la mesa con nosotros, rascándose la cabeza.

—Está pensando —dijo Juan al constatar mi desconcierto—. Seguro que ahora dispara.

Efectivamente, después del arrebato con su cabeza, la francesa comenzó a hablar de su tesis, que estaba relacionada con los conceptos de levedad y peso según los había formulado Parménides. Nos explicó que, de acuerdo a sus planteamientos, la levedad es el polo positivo, y el peso, el negativo. Las implicaciones de esta afirmación en nuestras vidas, según ella, eran infinitas y muchas veces alarmantes. Formuló varios ejemplos que se volvieron cada vez más abstractos e intrincados.

En un momento, una chica se asomó sigilosa por la puerta. Ester y Antonio le daban la espalda. Supe de inmediato que se trataba de Clara, la hija de Ester. Su forma de moverse era la de una bailarina. Se acercó a su madre en puntillas y le cubrió los ojos con las manos. Ester se dio vuelta y la abrazó.

—Hoy es 3 de julio —escuché que decía Clara.

Ester acarició la cabeza de su hija con una expresión sombría. Al ver a Caroline, el rostro de Clara se iluminó.

—¡Qué bueno que te decidiste a venir! Ya verás, será genial. —Después de estrechar a su amiga se dirigió a mí:

—Tú debes ser Theo. Hace tiempo que queríamos conocerte.

Sus ojos claros, dibujados por un par de tupidas cejas negras, apenas me rozaron, pero el efecto fue similar al de una luz que de pronto te encandila. Me pareció extraño que Antonio no me hubiera hablado más de ella.

—Voy a preparar un pavo con puré de manzanas para celebrar la llegada de Caroline y Clara. ¿Qué les parece? —propuso entonces Ester y todos aprobaron su idea con entusiasmo.

Juan se sentó sobre la mesa y confeccionó en voz alta una lista de compras para acompañar el pavo, incluida una torta y velas. Se disponía a partir cuando Antonio anunció que iría con él. Yo quise unirme a ellos, pero Antonio sugirió que me quedara con Caroline.

—No necesitamos a Theo para que nos cuide —dijo Clara mirándome nuevamente.

Antonio no se mostró muy complacido. Al salir, cogió un viejo abrigo negro que colgaba de un perchero. No hacía frío; al hacerle esta observación, él se rió y me dijo que nosotros los ingleses pensábamos y hacíamos todo con relación al clima; en cambio ellos, los chilenos, se movían por necesidad. Poco después entendería el significado de sus palabras, que en ese momento me parecieron ofensivas.

Cuando llegamos a las puertas del supermercado, Antonio y Juan revisaron una vez más la lista y enfilaron hacia extremos opuestos. Seguí a Antonio, quien tan pronto hubimos ingresado entró en un estado verborreico. Hablaba de una forma aún más pausada de lo habitual, deteniéndose incluso en medio del pasillo a reflexionar, como si una idea estuviera a punto de escapársele de los sesos; entonces, una mano extendida alcanzaba un pote de caviar que desaparecía bajo su abrigo. No recuerdo la teoría que intentaba desarrollar, pero sí el grado de agudeza de sus argumentos, mientras los bolsillos de su abrigo se llenaban de jamones, patés, chocolates, mazapanes, quesos, olivas... Sentí terror. Era incapaz de abstraerme de la presencia oculta de todas esas cámaras de seguridad que registraban cada uno de nuestros movimientos. En cualquier instante, una tropa de guardias vendría a apresarnos. Era cosa de minutos. En tanto, Antonio caminaba meciendo el cuerpo, como si todo le perteneciera. A pesar de la cantidad de cosas que llevaba bajo su abrigo, nuestro carro seguía vacío. Por último, cogió una botella de vino, la depositó en el carro y se dirigió a la caja. Con una sonrisa saludó a la encargada, una pelirroja que le devolvió el saludo. Yo esperaba que los guardias se echaran sobre nosotros. Él pagó la botella de vino y salimos por la puerta principal.

No me atrevía a mirarlo a los ojos. Antes de reunirnos con Juan, Antonio se detuvo en la acera y estalló en risas.

—Theo, estás blanco.

—No es para menos —repliqué.

—Para el capitalismo esto es tan sólo un rasguñito, amigo, no te preocupes. Además, no puedes negar que nos vamos a dar un banquete.

Asentí.

De vuelta me enteré que Juan había conseguido un botín igual o más cuantioso que el de Antonio. Clara y Caroline tomaban el sol en el tejado. Ester, sin hacer el menor comentario con respecto al origen de nuestro botín, abrió una botella de vino y pronto estaba conversando con Antonio en un español que me era casi incomprensible. Me di cuenta de que hablaban del retorno de él a Chile. Por lo acalorado de su charla imaginé que había un punto en el cual no estaban de acuerdo. De vez en cuando, Ester abría el horno para echarle una mirada al pavo, y entonces me preguntaba: «Are you OK?». Sentado en el rellano de la puerta de la cocina, yo leía un *Guardian* de la semana anterior. Durante la hora siguiente no pude concentrarme más que en buscar una excusa para subir al tejado donde se encontraban Clara y Caroline. Juan tocaba la guitarra e improvisaba melodías en la sala principal.

Por la tarde, Clara y Caroline abandonaron su reducto y se reunieron con nosotros. Caroline semejaba un camarón. Clara, en cambio, había adquirido un leve rubor en las mejillas que le daba un aire más dócil. Llevaba ahora un vestido largo con flores y un manojo de pulseras que sonaban en sus muñecas. En un momento levantó un brazo por encima de su cabeza y las pulseras, al deslizarse, produjeron un tintineo metálico. Miró a su alrededor con timidez, cerciorándose de que ese movimiento fugado de su cuerpo hubiese pasado inadvertido. Caí en la cuenta que Clara tenía una de esas bellezas silentes que, en lugar de golpear, se van adentrando en los ojos y en el cuerpo. Algo en su feminidad inquietaba. Eran quizá sus gestos espontáneos y a la vez íntimos, como si una parte de ella fuera inaccesible al resto de los mortales. Todo esto hacía pensar en la imposibilidad de tenerla; cuestión que la volvía en extremo deseable.

Sentí regocijo al constatar que pasaríamos la noche ahí, y si la buena fortuna me acompañaba podría incluso acostarme con ella. Haciendo uso de mis precarios conocimientos de cultura latinoamericana, le comenté que su vestido me recordaba los autorretratos de Frida Kahlo. No era que se parecieran; además de ser físicamente diferentes, Clara no tenía ni un asomo de la expresión trágica de la pintora. Lo que me hacía relacionarlas eran las flores coloridas, ese espíritu festivo que en medio de la tragedia despedían sus cuadros. Apenas pronunciadas, me di cuenta que mis palabras eran de una cursilería sin límite. Para mi sorpresa, había dado en el clavo.

—Frida Kahlo —dijo—. En mi grupo de danza estamos montando una coreografía que trata sobre su vida.

Habíamos enganchado. Mantuve la calma. Quería marcharme de la cocina y estar a solas con ella. Le sugerí que saliéramos al jardín y aceptó. Sin embargo, una vez afuera descubrí un espectáculo desolador, en absoluto apropiado para lo que yo intentaba. El jardín se reducía a un par de azaleas arrimadas a un roble y algunos brotes silvestres salpicando la hierba. Fue ella quien propuso que subiéramos al tejado para ver los últimos rayos del sol.

Unos minutos después estábamos en una terraza de cemento que parecía estar suspendida del cielo. Este efecto era producto de las sombras que ya habían alcanzado la parte inferior de la casa, volviéndola casi invisible.

Desde nuestro reducto se vislumbraba el mundo pacífico de Wivenhoe, las ventanas encendidas, los techos con sus chimeneas de ladrillo, y en el fondo el gris azulado del río Colne.

En un rincón, sobre las baldosas, encontré un cuaderno de tapas rojas.

—¿Y esto?

—Es mío. ¡Cómo pude dejarlo! —exclamó Clara golpeándose la cabeza suavemente con un puño, para luego tomar el cuaderno entre sus brazos.

El corazón me daba tumbos; procuraba respirar despacio y al mismo tiempo no ahogarme. Clara mantenía la mirada en un punto lejano, aunque no pretendía, o al menos no aparentaba pretender, estar bajo ningún trance, un estado tan en boga en esos tiempos.

Volví a preguntarle por la obra y ella me contó que en su grupo habían creado una coreografía a tal punto minimalista, que por momentos los cuerpos parecían estar quietos. No obstante mi evidente entusiasmo, un silencio sin peso y sin historia se interpuso entre nosotros.

Me largué a hablar. No importaba de qué. Le conté de mi fortuito encuentro con Gary Oldman, el actor que había interpretado a Sid Vicious en la película de Alex Cox. Es una anécdota que conozco de memoria, que siempre origina interés en quien la oye, y sobre todo que no requiere de mis facultades mentales. Después le conté algún episodio jocoso que no me comprometía en absoluto, pero que la hizo reír de una forma exuberante recordándome a esas mujeres que están dispuestas a todo.

La proximidad de una mujer siempre me intimidó; especialmente en aquellos momentos preliminares, cuando todo puede suceder, o nada, cuando no sé con exactitud qué espera ella de mí, cuál es el instante preciso para acercarme, incluso si esto es posible, o tan sólo una ilusión provocada por mi deseo. Clara en ese sentido, no ayudaba a simplificar las cosas. Me había invitado a ese lugar solitario y se había sentado casi rozando mi cuerpo. Pero al mismo tiempo, con su mirada calma y sus gestos desprovistos de histrionismo, imponía un clima de franqueza y hondura donde los pequeños juegos que yo intentaba no tenían lugar.

Decidí usar la estrategia más simple y efectiva: indagar en su vida. Nadie se resiste al interés del otro. Le pregunté cuántos años tenía al salir de Chile.

—Catorce —dijo, mirándome con firmeza y cierta altanería.

Me até el cordón de un zapato y aproveché para acercarme un par de centímetros más a ella. Noté su perfume floral y el vello debajo de su oreja. Un lugar que siempre me había parecido excitante pero que nunca había explorado.

—¿Y hay algo que eches de menos? —inquirí, sabiendo que era una pregunta que carecía de creatividad.

Sus ojos oscuros se fijaron en mí, como si sopesara el grado de honestidad con que me respondería.

—Claro. Echo de menos a mi padre.

Un viento sopló desde el río.

—A veces los recuerdos se hacen una madeja en mi cabeza, ni siquiera logro distinguir las cosas que algún día imaginé de las que viví. ¿Te ha pasado eso alguna vez? —preguntó inclinando la cabeza—. A mí me gusta, porque así la realidad es menos estrecha.

—Pero tiene que haber algún recuerdo que te haya marcado, no sé, algún novio tal vez.

—¿Un novio? —volvió a reír con esa risa que hacía un instante me había excitado. Se rodeó con los brazos y prosiguió—: No. No es ese el recuerdo que más me marcó.

—¿Cuál, entonces?

—¿De verdad te interesa?

Yo asentí con un ademán enérgico.

—Las peores cosas ocurrían por la noche. Era así. Y en el toque de queda era fácil escucharlos cuando llegaban con sus camionetas. Por eso cuando mi perro empezó a ladrar, supe que algo muy malo estaba ocurriendo. Oí a mi papá que iba y venía de su pieza al pasillo. Afuera, un hombre gritaba. Su voz era chillona como la de un pájaro. Después vinieron dos disparos.

De golpe, Clara había instalado entre nosotros la realidad. No era lo que yo esperaba. Sentí un leve malestar.

—Mi madre, vestida con una bata, se asomó a la puerta de mi pieza. Me abrazó, me cubrió con una frazada y me hizo jurar que no me la sacaría. Cuando entraron estábamos los tres en la sala. Recuerdo que sus botas retumbaban en el piso de madera. Mientras ellos se movían de un lado a otro, nosotros nos abrazamos y nos quedamos de pie en un rincón del pasillo. No nos miraban a los ojos, tal vez de vergüenza, o de rabia, no sé. Uno de ellos tomó de la camisa a mi padre y le pegó en las costillas. Mi padre se contrajo, pero no dijo nada. El milico volvió a pegarle.

Clara cerró los ojos, como si quisiera huir de esa imagen cegadora. Cuando los abrió respiraba más aprisa.

Pensé con desilusión que por algún motivo que yo desconocía, ella necesitaba hablar de todo eso y daba igual quién estuviera a su lado.

—Alguien echó abajo a patadas la repisa de libros. Había uno que tenía el cuello largo y liso como el de una mujer. Tomó un libro del suelo y lo partió en dos por el lomo. Era un libro de bioquímica de mi padre. Oímos el estruendo de un nuevo disparo. El tipo se largó a reír y con la culata de su arma quebró una ventana.

Hablaba sin prisa, como si los recuerdos tardaran en cristalizarse. Quise estrecharla, pero el impulso me hizo sentir aún más desorientado. Era como aterrizar en un sitio desconocido, sin mapa, sin huellas visibles.

—Fue extraño. Las astillas de vidrio cayeron en cámara lenta, produciendo un sonido a la vez estremecedor y musical. Seguramente esto me lo imaginé.

El arco infantil de su boca se había vuelto tenso, tal vez intentando mantener a raya la emoción.

—Porque es imposible que los vidrios caigan en cámara lenta, ¿verdad? Pero lo que sí recuerdo es que por el hueco de la ventana quebrada entró una brisa que levantó las cortinas. Fue en ese instante que se llevaron a mi padre con las manos en alto.

»Cuando se fueron, mi madre recogió las páginas del libro roto del suelo. Nos sentamos a la mesa del comedor y ella se echó a llorar. Después me llevó a la cama. Me meció en sus brazos hasta que me creyó dormida. Me quedé escuchándola recorrer la casa, poniendo cada cosa en su lugar. Por la mañana supe que había enterrado a mi perro y limpiado la sangre de los pastelones.

El silencio se expandió sobre los techos. Un letrero luminoso de color verde se encendió.

—No sé por qué te cuento todo esto —dijo.

Sus palabras resonaban lejanas. Me resultaba difícil

enlazarlas con el registro de cosas que me eran familiares. Había decenas de gestos posibles: decir algo, rodearla con mis brazos, rozar sus mejillas, besarla; pero cualquiera de estas expresiones me parecía absurda e imposible. La extrañeza y el desconcierto me paralizaban. Oímos una música de guitarra que llegaba desde la casa y el rumor de alguien cantando.

—Creo que debería bajar —señaló, y se levantó sin mirarme. Antes de desaparecer la oí murmurar:

—Fue un 3 de julio, como hoy.

Alcancé a observar su rostro y me estremecí.

Me quedé un buen rato en la terraza mientras abajo la música se volvía más intensa. Las luces del pueblo se fueron encendiendo hasta formar un denso tejido que caía en la oscuridad del río. Me tomé la cabeza entre las manos y cerré los ojos. Nadie me había contado algo así, tan íntimo y definitorio. Necesitaba con urgencia salir corriendo de aquella orilla apestada donde había quedado varado con mi silencio. Bajé corriendo por la angosta escalera que unía el techo con el segundo piso de la casa, y no me detuve hasta encontrarla.

Estaba en la sala, tarareaba una canción, mientras Juan esbozaba una melodía en un instrumento de cuerdas, cuya caja de resonancia estaba hecha del caparazón de un animal. Clara alzó los ojos y me sonrió. Sin dejar de mirarla me senté en un sillón, decidido a esperar lo que fuera necesario.

En algún momento apareció Antonio. Se aproximó a mí, encendió un cigarrillo y, mirando a Clara, me dijo:

—Te gusta, ¿eh?

—No está mal. Entiendo que no hayas querido presentármela antes. También te gusta —respondí.

—No de la misma forma que a ti.

—Los dos queremos lo mismo, Antonio —dije riendo.

—Te equivocas. Clara es como mi hermana. No había tenido la oportunidad de presentártela. Eso es todo.

Las piernas de Clara aparecían firmes entre los pliegues de su vestido. Era imposible que Antonio no la deseara. Pero mientras yo no podía dejar de mirarla y ensayaba en silencio las palabras que le diría, Antonio ahora le daba la espalda y parloteaba con Ester. Pensé que tal vez para él ceder ante los impulsos persistentes del sexo, significaba perder una cuota de control sobre sí mismo, en cambio resistirlos era una victoria.

Hay ciertos hombres, y Antonio era sin duda uno de ellos, que despiden seguridad sin hacer nada. Es la forma de moverse, oscilante, suelta, como si el mundo fuera una masa dócil por donde ellos transitan. Sus movimientos son precisos, pero en ningún caso severos. Nunca lo he corroborado con una mujer, pero estoy convencido de que el atractivo de un hombre radica, sobre todo, en eso. Me vi a mí mismo y supe que era lo contrario, que estaba lleno de taras, de nudos que me impedían desplazarme con esa insolencia. Esta constatación no me ayudaba en mi deseo de abordar a Clara, tampoco el hecho de que Juan la monopolizara.

Echado en el sillón, no me moví hasta que Antonio, trémulo, se me acercó. Caroline había desaparecido. Salimos a la calle. Clara se nos unió. Después de buscarla infructuosamente por los alrededores, nos subimos al Austin Mini y ella se sentó a mi lado. Fuimos a los pocos lugares que estaban abiertos: la cafetería de la estación de buses, el cine nocturno, el *fish and chips* del centro. Antonio hablaba con la lentitud de quien hace un gran esfuerzo por dominar sus impulsos. Repetía una y otra vez que era su culpa, que debió haber previsto que al primer descuido Caroline intentaría conseguir más droga. Bajo las instrucciones de Clara, barrimos calle tras calle el pueblo de Wivenhoe, desde el borde del río hasta la periferia. En un momento, ella puso su mano sobre mi muslo; un deseo insoportable trepó por mis piernas, al tiempo que sentía una opresión en el pecho, una sensación de caída en el estómago. Era un caso irremediable y anticuado de amor a primera vista. Quise dormir con ella, pero también despertarme a su lado; según creía en ese entonces, lo que distingue el sexo del amor.

Antonio, con la nariz pegada a su ventana, guardaba silencio. Yo estaba demasiado consternado con mi aventura particular para preocuparme de Caroline. Unas pocas manzanas antes de llegar de vuelta a la casa, la vimos. Caminaba a paso rápido y decidido, bamboleando una pequeña cartera en forma de corazón. Fumaba. Me detuve cuando se disponía a cruzar la calle. Los tres salimos del auto. Caroline nos miró con expresión desconcertada, como diciendo: «Qué alboroto ridículo arman ustedes», y tiró con energía la colilla al suelo. Se veía más despierta. Había encontrado la forma de meterse droga, de eso no cabía duda. Antonio se quedó mirándola sin decir palabra. Una patrulla con las luces encendidas nos adelantó en marcha lenta. Una vez dentro del auto, Caroline se puso a canturrear y por un momento pensé que Antonio explotaría.

De vuelta en la casa, Ester nos esperaba con la cena servida. Clara se sentó a mi lado. Mientras la francesa se explayaba en una de sus excéntricas teorías, Clara me preguntó cómo había conocido a Antonio. Le conté de nuestro cumpleaños, y de cómo él me había cuidado cuando estuve enfermo. Yo quise saber lo mismo.

—Desde siempre, supongo. Bueno, desde que llegamos a este país con mi madre, hace cientos de años. Es un encanto, ¿verdad? —preguntó, y su expresión tenía un dejo de ironía.

Ahora era Juan quien planteaba alguna idea, que era refutada al mismo tiempo por Antonio y la francesa.

—Tanto como un encanto... —repliqué. Se echó a reír—. Clara, no sé si es el momento, pero quisiera disculparme... —añadí vacilante.

Sin decir palabra cogió mi mano bajo la mesa y la estrechó.

Además del placer que me produjo su gesto, tuve la impresión de que era uno de esos seres que no vacilan, que no usan filtros a la hora de decir o hacer, que no sienten temor ante el rechazo o que tal vez ni siquiera lo conciben. Esta idea la hizo aún más atractiva ante mis ojos, pero también más intimidante.

Después de la cena, Clara tomó a Caroline del brazo para llevarla a su alcoba. Pero antes se despidió de mí. Ceñí su cintura y le di un beso. Ella recibió mi avance con un gesto travieso, como si consciente de la intensidad de mi emoción, intentara aliviarla.

A la mañana siguiente, Antonio y Clara discutieron. Según ella, era más factible que Caroline resistiera esos días sin droga si ambas se unían a nuestro viaje. Antonio no estaba de acuerdo. Clara debió convencerlo, pues al rato partimos los cuatro rumbo a Edimburgo. Nada podría haberme hecho más feliz.

Nuestro objetivo era recoger de manos de un chileno un pasaporte que permitiría a Antonio entrar a Chile con otra identidad. Clara se sentó a mi lado; Antonio y Caroline, en el asiento trasero. Lo que se había establecido entre Clara y yo el día anterior era delicado y extraño. No volvió a hablarme como en la terraza, ni a tocar mi muslo como lo había hecho cuando buscábamos a Caroline. Pero viajaba a mi lado, y de tanto en tanto nuestras miradas se encontraban.

Nos internamos en la campiña. Pasado un rato, Clara sacó un casete de su morral. Era una música latina, pegajosa, a la que sin darnos cuenta los tres nos unimos.

Caroline dormitaba, Clara reía, y Antonio, con sus codos entre nuestros asientos, exhalaba su aliento y su voz ronca sobre nosotros, como si arrojara un lazo. Una línea se iniciaba en él, se detenía en Clara y luego en mí, formando un triángulo perfecto, una figura que nos abarcaba.

—Qué bueno que viniste, Clara —afirmó Antonio, poniendo sus manos sobre nuestros hombros.

—Eres un cabrón —exclamó ella, y le dio un suave palmetazo en la cabeza.

—Sí, lo sé, no necesitas decírmelo. Pero igual me quieres, ¿verdad?

—A veces —dijo Clara sonriéndome.

—Les tengo un regalito —anunció él y sacó de su mochila una caja de chocolates suizos.

Clara comenzó a aplaudir.

—Que conste que la compré —declaró, y se dispuso a repartir el botín.

—Eso no te lo creo —lo desafió ella.

Pasamos la primera noche en un *bed and breakfast* de la carretera, los cuatro en una pieza de tres camas. Antonio y yo dispusimos de una cama para cada uno, pues ellas durmieron juntas. Antes de acostarse, Clara escribió en su cuaderno de tapas rojas. Yo me pasé parte de la noche intentando distinguir la respiración de Clara en ese vaivén de suspiros casi musicales que ocasionaban los tres al dormir. De pronto oí que Antonio gemía. Su cuerpo se encogió, me levanté y lo sacudí por los hombros. Extendió un brazo con violencia.

—La puta —murmuró, al tiempo que se pasaba las manos por la cara.

—¿Qué soñabas? —le pregunté, intentando calmarlo.

—Nada —replicó sin mirarme.

Diario de Clara

Le conté a Theo de esa noche. La noche de los fantasmas armados. Me gustó que guardara silencio, que no intentase darme un beso, que después me buscara con expresión desconsolada.

No sé por qué lo hice. Siempre hay motivos, fuerzas ocultas, intenciones que no conocemos al momento de actuar, al momento de decir. Tal vez lo que buscaba era llamar su atención. Eso simplemente.

Pero no conté con un detalle crucial. Fui yo quien se quedó en la tierra de los muertos. Esa que rehúyo con todas mis fuerzas. ¿Cuántas veces he mirado a mi madre y al verla extraviada en sus recuerdos he corrido lejos, donde la luz vuelva a tocarme? ¿Cuántas veces he huido de su lamento, de ese rumor que me persigue por toda la casa?

Sólo una vez intenté animarla y fallé. Ahí estaba como siempre, con los libros sobre la mesa, los ojos fijos en la muralla. Me acerqué a ella y toqué su frente. Ese lugar donde se concentra su aflicción. Nada más quería con el roce de mis dedos deshacer esa marca entre sus cejas que la transfigura. Recuerdo su brazo alzándose bruscamente, sus ojos que al mirarme habían perdido toda familiaridad. Sentí miedo, miedo de los estragos que deja el dolor en las personas, de lo que me causaría de acercarme más a él, miedo de la distancia de mi madre y de lo inútil que resultan mis gestos. Me oculté bajo las sábanas de mi cama, esperando que el techo se derrumbara sobre mi cabeza. Mi torpeza trae consigo la idea de morir.

Al menos, su debilidad me ha hecho fuerte. Cuando eliges ser fuerte nada te alcanza, nada te toca. Sacrificas tu emoción, pero sobrevives. Resolví esperar sus escasos gestos, los que surgen cuando abandona la melancolía y las páginas de sus libros.

Son los recuerdos, una vida que se resiste a dejar atrás. Son los almuerzos de los domingos en casa de la abuela, la risa de mi padre, Vivaldi sonando en el tocadiscos el sábado por la mañana, mi perro agitando su cola, los peregrinajes en el Fiat 600 a las poblaciones, las tertulias por la noche en nuestra casa. Soy desde luego yo, niña amada por ellos, por todos. Son las puertas abriéndose y cerrándose al compás de Joan Baez que se desliza por el corredor de la casa. Yo los veía, a mi padre y a mi madre, parecían felices. Una felicidad que se expandía, volviéndolos parte de algo más grande que ellos mismos. Creer es tal vez el gesto más noble y también el más pueril. Ellos creían. Creían que un mundo más justo era posible y estaban dispuestos a demostrarlo.

No puedo culpar a mi madre por su esperanza de entonces y su nostalgia de hoy, pero no soporto su desolación, esa que sólo yo percibo escondida tras sus discursos iluminados.

8

Llegamos a los suburbios de Edimburgo alrededor de las siete de la tarde del día siguiente. Aparcamos el coche en un descampado frente a un satélite de torres iguales y grises. Un olor a humo, comida y excremento saturaba el aire. Bajamos nuestros bolsos y nos internamos en el bosque de edificios, esquivando pilas de basura a medio quemar. El paro nacional de basureros, que en lugares más prósperos pasaba inadvertido, allí era evidente. Pero sobre todo, ya no estaban los campos verdes, ni la tarde soleada, ni las canciones. Éramos cuatro seres cansados, caminando bajo unos faroles que alumbraban apenas.

Al poco rato estábamos frente a la puerta de uno de los cientos de departamentos que habíamos visto desde la calle. Una pareja de chilenos nos esperaba. René era un hombre de ojos rasgados cuya gruesa contextura daba fe de su fuerza física. Alicia estaba embarazada.

Nos sentamos alrededor de la mesa y ella nos ofreció una copa de vino. En el entorno más bien opaco de la sala, los carteles colgados en las paredes, con sus flores coloridas y sus fusiles, contenían una esperanza cautiva. Pronto, René y Antonio hablaban del Partido, de algún militante descarriado y de los últimos disturbios ocurridos en Chile. Después de servirnos algo para comer, la mujer se sentó a cierta distancia, observando los gestos enérgicos de Antonio y su marido, al tiempo que una máscara de aburrimiento caía sobre su rostro. Caroline preguntó dónde estaba el baño. Instantes después, René se puso de pie, tomó un diccionario inglés-español y extrajo de él un pasaporte.

—Tu nueva identidad —afirmó.

Antonio lo abrió y leyó:

—Daniel Nilo, fecha de nacimiento: 12 de octubre de 1966. ¡Pero éste es un pendejo!

—No exageres, tiene unos años menos que tú —dijo René—. Aunque, a decir verdad, tienes razón, es un pendejo descarado. Cuando le pregunté si estaba seguro de lo que hacía, ¿sabes lo que me dijo? «Cómo no. Es el negocio perfecto, me gano el cielo sin que se me mueva un pelo».

—Un genio —dijo Antonio, y ambos soltaron una carcajada—. Qué crees tú, René, ¿recibiremos una recompensa por nuestras virtudes o tendremos que conformarnos con la virtud en sí misma?

—La virtud, my dear Watson, es como masturbarse —en este punto, René miró a las mujeres pidiendo disculpas por el calibre de su última palabra—. Tú me entiendes. Nadie se entera, pero es placentero.

Volvieron a reírse con una risa compulsiva que llenó el espacio hasta saturarlo.

—Lo cierto es que la virtud a Cristóbal no le sirvió ni un carajo —dijo Antonio y todo se detuvo.

Busqué los ojos de Clara, pero ella tenía los suyos clavados en él. Creí ver compasión, pero también otro sentimiento, que volvía sus ojos más brillantes. Nadie volvió a hablar.

René y Antonio parecían velar el cuerpo ausente de Cristóbal; bebían a sorbos sus vasos de vino sin mirarse, como si digirieran sus emociones. A fin de cuentas, ahí estábamos; cada uno aferrado a su mísera realidad, tan diferente, tan divorciada una de la otra. Caroline, escondiendo sus pañuelitos ensangrentados; Antonio, preparándose para una odisea incierta, y yo, obsesionado con una mujer que apenas conocía. Cada uno de nosotros orbitaba en torno a su propia obsesión.

Se había hecho tarde. La mujer improvisó una cama en el sofá. Alguien tendría que pasar la noche en el suelo en un saco de dormir. Los otros dos dormirían en un cuarto con un par de camas. Me ofrecí a ocupar el suelo y Clara el sofá. Antonio y Caroline desaparecieron en la oscuridad de un minúsculo pasillo.

Estábamos solos por primera vez desde el inicio de nuestro viaje. Clara, con la cabeza apoyada en una mano, me miraba recostada en el sofá; tan próxima y a la vez tan lejos de mi alcance. A pesar de su risa, de su determinación, una fina seda parecía separarla del mundo, volviéndola inaccesible. Me senté en el suelo de pies cruzados frente a ella. No sé cómo llegué a darle un beso. Pronto mis manos estaban en sus pechos, en su vientre, en su sexo. Cuando intenté ir más lejos, ella me detuvo; sin palabras, nada más un gesto. Le dije que no importaba, que era mejor de esa forma, con lentitud. Estaba convencido que si no quería ir más lejos era porque tenía una razón contundente. Era así como imaginaba vivían Antonio y Clara: con motivos. Y en este orden de cosas, mi proceder errático, compulsivo y hedonista estaba fuera de lugar.

Diario de Clara

Theo duerme a mi lado. Tiene una expresión plácida. Me gusta su reserva, tras la cual parece tejer un mundo propio. Presiento que bajo su silencio se oculta un hombre inquieto y apasionado. Observo desde el palco de mi teatro cada uno de sus gestos, cada uno de sus intentos pacientes por tenerme. Sin piedad lo calibro, clasifico sus palabras, cotejo sus caricias. Pero no es tan fácil. Quisiera descomponerlo hasta hacerlo polvo, pero el recuerdo de su dulzura me envuelve. Me aproximo a él. Quiero tocarlo, observar su cuerpo. Podría ser un hombre muerto y entonces se habría ido sin poseerme. Un hombre que dejé partir solo.

¿Por qué me resisto? Quizá porque intuyo que Theo me ve. «Eres un torbellino, un esperpento, una luz, un instinto», me dicen sus ojos cada vez que se prenden y acometen para entrar en los míos. Su lucidez me produce temor. Pero también expectación. Theo es una posibilidad que se abre tímidamente. Cierro los ojos y lo nombro. Theo. La posibilidad se ensancha hasta volverse un sentimiento. Tal vez él tenga la fuerza para que Antonio ya no me importe, para que su vida no sea el centro de la mía. Con Antonio somos amigos porque yo velo sus sueños, porque nunca nos hemos tocado. Sobre todo, somos amigos porque él me eligió. Cuando Antonio se detiene en ti no ofreces resistencia. ¿Se resistirá Theo?

Alrededor de las nueve de la mañana nos despedimos de René y Alicia. Debíamos llegar a Dover antes de las seis de la tarde. Ahí, un suizo experto en adulteraciones reemplazaría la foto de Daniel Nilo por la de Antonio en el pasaporte. Era así como lo había organizado el Partido. En ese momento tomé conciencia de que todo aquello estaba lejos de ser un juego. Éramos parte del trazado de un plan en el cual muchas otras personas estaban involucradas.

A pesar del hedor que despedía la basura, la calle estaba empapada de una lánguida y placentera atmósfera de domingo. Alguien golpeaba una pelota contra un muro. Clara y Caroline se quedaron frente a la puerta del edificio mientras Antonio y yo partimos rumbo al estacionamiento.

—Ya no hay vuelta atrás. ¿Te das cuenta? —me dijo señalando el pasaporte en el bolsillo trasero de su pantalón. Se quedó un instante mirándome con una expresión nublada, como si sus ojos hubieran partido en busca de recuerdos que atesorar.

Cuando estuvimos dentro del auto me contó la pesadilla que había tenido en el *bed and breakfast*. Había soñado con cuervos. Los cuervos movían sus alas sin lograr emprender el vuelo. Soñó que abría los ojos pero los cuervos se multiplicaban y se pegaban a sus párpados con su aleteo inútil.

Instantes antes que recogiéramos a Clara y Caroline, Antonio me preguntó:

—¿Qué crees diría Freud al respecto?

—Cuervos que no vuelan y que se multiplican —me quedé pensando algunos segundos y luego dije—: Seguramente, Freud diría que son deseos reprimidos, pero yo te digo que la próxima vez que aparezcan esos malditos pajarracos les retuerzas el pescuezo.

—Es lo que estaba pensando, Theo. A veces me sorprendes —dijo riendo, y me palmoteó la espalda.

No era en absoluto lo que pensaba. Antonio tenía miedo, eso era todo; pero *miedo* era una de esas palabras que no podían pronunciarse.

Diario de Clara

Miro alrededor y sospecho que una fórmula oculta une las vidas de los otros. Así, el mundo se vuelve una gran ola, una marea que arrasa con todo lo disímil. Quizá si lo intentara con todas mis fuerzas podría sumergirme, borrar esa marca que llevo impresa y que me impide pertenecer a algún sitio. Tal vez, para volverme una de ellos bastaría con apropiarme de una apariencia, asumir unos cuantos dogmas, remedar algunos gestos.

Entro al baño, Caroline está sentada sobre la tapa del escusado. La ola intenta alcanzarnos por la rendija de la puerta. No somos distintas ella y yo. Sólo que Caroline es más valiente. Ha abandonado la calidez del mundo que le era familiar. Cruzó el espejo. No puedo dejar de admirarla por eso. A través de sus ojos quiero ver lo que está al otro lado. Tengo la impresión de que ella me revela la parte más oscura de mí misma, y acaso la más verdadera.

Me dice que a veces su cuerpo se desprende. Lo ve moverse, hablar, robar, retornar magullado de sus andanzas. Le pido que cuente más, pero no sabe cómo expresarse. Le sugiero que use palabras sin intentar darles coherencia. Dice vergüenza, dice cemento, dice espejo. La abrazo y ella llora. Intuyo que hace tiempo nadie la abraza sin pedirle algo a cambio.

Volvemos a la sala. No hay escapatoria. René y Antonio hablan de Cristóbal. Miro a Theo. Descubro sus ojos transparentes, su expresión limpia, su promesa...

Todo en Clara me sorprendía. En especial su risa, que imposibilitaba cualquier forma de resistencia, aun cuando en ocasiones su causa se me escapara. Un par de veces en el camino sacó su diario de tapas rojas, escribió algo y lo volvió a guardar en el bolso. Clara conjugaba la promesa de Antonio —la de una existencia colmada de sentido y emociones— con la suya, la que exudaba su cuerpo.

No obstante, había algo que complicaba las cosas. Ella no quería dejar en evidencia frente a Antonio lo que ocurría entre nosotros, y las oportunidades que teníamos de estar a solas eran escasas.

—Nunca me ha visto ligada con otro tipo —me dijo en un momento, cuando Antonio y Caroline bajaron del coche a comprar algo para comer—. Soy como su hermana. Además, me va a acusar de quitarle a su mejor amigo. Es mejor que no lo sepa aún, no en este viaje al menos.

Apoyó su cabeza en mis piernas. Con una mano tomó mi rostro para que lo aproximara al suyo. Se alzó levemente y me besó. Sus labios tenían una extraña fiereza. Al desprendernos, ostentaba una sonrisa ufana, como si fuera consciente del poder que empezaba a ejercer sobre mí y gozara de ello.

Estábamos en Dover. Antonio debía reunirse en un *fish and chips* del centro con el tipo que cambiaría la foto del pasaporte. Dejamos el auto en un estacionamiento y él salió del recinto solo. Ciertas medidas de seguridad debían cumplirse. Nunca llegué a saber si el peligro era real o parte de la costumbre del temor.

En alguna oportunidad, Clara me contó que recién llegada a Inglaterra la cercanía de un uniforme le producía vértigo. Pensó incluso que nunca más podría caminar por las calles con desenvoltura. Después que se llevaron a su padre, todo se volvió amenazante. Los vecinos guardaron distancia de una manera educada pero implacable. Nunca hicieron preguntas, como si lo acaecido esa noche hubiera surgido de su imaginación desquiciada. Continuó asistiendo a clases, a los cumpleaños de sus compañeras, tomando helados con ellas el sábado por la mañana, pero al cabo de un tiempo los amigos de sus padres y todo su mundo se habían sumergido y lo que quedaba en la superficie ya no le pertenecía.

Para distraernos decidimos caminar por Maison Dieu Road, la larga avenida que lleva al mar. Las calles estaban vacías. Había leído en la primera plana del *Sun* que Arsenal y Liverpool se enfrentaban esa tarde. Un partido de fútbol que ningún inglés en su sano juicio se perdería. Sin embargo, nada en aquel instante me importaba menos que ese encuentro. Mientras caminaba junto a Clara y Caroline sentí que mi vida anterior estaba lejos. Las calles de una ciudad como tantas otras de mi país, con sus infinitos detalles familiares, se habían vuelto ajenas. Imaginé que la percepción que Clara y Antonio como extranjeros tenían de Inglaterra debía ser similar. Excepto que yo podía cruzar cuando me diera la gana el cristal ficticio de mi aislamiento; en cambio, ellos, no importaba cuán bien dominaran mi idioma, con cuánta maestría se mimetizaran, siempre permanecerían del otro lado. Mirada desde sus ojos, la isla de Gran Bretaña me pareció una gran nave de seres amables que nunca llegaban a revelar su ser, ni a tocarte verdaderamente el corazón.

Tomé una mano de Clara y la oprimí con fuerza.

Un cielo a punto de oscurecerse se cernía sobre la solidez de las fachadas. A lo lejos, sobre las aguas plomizas del mar, vimos la luz de un barco que navegaba rumbo a Francia.

—Algún día podemos ir allá —dijo Clara señalándolo.

—¿Tú y yo? —pregunté.

—¿Por qué no?

Me miró con una expresión resuelta y a la vez soñadora, como si tan sólo nuestra voluntad fuera necesaria para sortear las adversidades.

—Por qué no —asentí.

Cuando volvimos al estacionamiento, Antonio nos esperaba de brazos cruzados montado sobre el capó. Había cumplido su objetivo. Una vez que estuvimos dentro del auto, nos mostró el pasaporte que llevaba su foto y el nombre de Daniel Nilo.

—Estoy esperando ver la cara de mi padre cuando se lo muestre —dijo.

Esa noche paramos en una casa tomada. Varios de sus habitantes eran chilenos. Cuando llegamos, la puerta estaba abierta. Nos adentramos por un corredor de paredes descascaradas. Escuchamos voces que provenían de una pieza al fondo del pasillo y enfilamos en esa dirección. Unas doce personas sentadas en el suelo escuchaban a un tipo de barba. La luz era escasa pero suficiente para distinguir sus rostros desconcertados cuando nos vieron en el rellano de la puerta. En medio de un grave silencio, un chico flaco y nervioso reconoció a Antonio y se precipitó a saludarlo.

—Amigos, él es Antonio, hermano de Cristóbal Sierra.

Algunos se acercaron a saludarlo, después de lo cual nos invitaron a participar en su reunión. Nos enteramos de que habían ocupado esa casa hacía un par de meses y que esperaban en cualquier instante ser desalojados. Los más combativos proponían cubrir la fachada con carteles denunciando las políticas del Gobierno contra los jóvenes. Unos cuantos sostenían que lo mejor era buscar una nueva casa desocupada y mudarse. Otros, más cándidos, sugerían enviar una carta a un miembro del Parlamento y explicarle su problema.

—Tienen que quedarse —dije de pronto en voz alta. No más pronunciar estas palabras, sentí un nudo en el estómago.

Se produjo un silencio. Todos me miraron, esperando que justificara no sólo lo que había dicho, sino también mi intrusión. Antonio me miró interrogante, con la risa a punto de explotarle en la boca.

Yo estaba convencido de lo que había dicho, pero era incapaz de explayarme frente a esas decenas de ojos que me escrutaban. La idea de hablar en público siempre me había aterrado.

—Theo tiene razón, deben quedarse —intervino Antonio. Las miradas suspicaces se dirigieron a él.

—A nadie le importa el destino de una banda de vagos —afirmó con una sonrisa colmada de ironía—. No esperen que uno de esos parlamentarios rimbombantes los ayude, menos el encargado del *Council*. Les aseguro que están pensando en cosas más importantes, como por ejemplo, ganar las próximas elecciones sin nuestra ayuda. Sólo ustedes pueden solucionar su problema —continuó, ahora con seriedad—. Tienen que resistir cueste lo que cueste, defender su derecho a tener un hogar. No sólo estarán haciendo algo por ustedes, sino también dando un ejemplo.

—Nos quedamos —afirmaron un par de chicas al unísono.

—Lo que está proponiendo el chileno es suicida —vociferó un tipo de rostro ancho, barba y cabello ensortijado—. Si resistimos, como tan románticamente nos ha propuesto, en un par de semanas estaremos en la calle. ¿Qué creen? ¿Que nos van a mirar a la cara y llenos de admiración nos dirán: oh, estos ciudadanos ejemplares defienden sus derechos? Nos van a sacar de aquí a patadas si es necesario, esa es la realidad. Lo otro es un idealismo añejo.

Temí por Antonio. Sus argumentos efectivamente tenían un tono quijotesco.

—Idealismo. Has traído a colación la palabra clave —arremetió Antonio acentuando cada vocablo con un matiz melodioso, inopinado—. Suena añejo, es cierto, hace rato que venimos oyendo eso de sean realistas, pidan lo imposible. Estamos cansados de oír eslóganes sesenteros.

Hubo risas desperdigadas.

—Sobre todo porque no vemos cómo podemos relacionar nuestras vidas ordinarias con un enunciado tan grandilocuente. Tal vez tú tengas razón —aceptó Antonio dirigiéndose al hombre de barba—, y lo que estoy planteando sea uno de esos imposibles. ¿Pero qué es un imposible sino una oportunidad? ¿Han pensado que en lugar de huir con la cola entre las piernas, pueden transformar esto en una oportunidad, en algo que podría llegar a hacer una diferencia? Los envidio. Recuerden que han sido los hombres que han pedido lo imposible quienes han cambiado la visión del mundo. Los que fueron expulsados de las academias, de los círculos selectos, de los gobiernos, los que fueron arrojados a la calle por sus ideas. A ustedes no los desalojan para construir un hospital, un asilo de ancianos, una escuela, los echan a la calle porque son un mal ejemplo, un atentado a la base misma de su sistema: la propiedad. Pueden desdeñar el reto, limitarse a vegetar, como lo hace la mayoría de las personas, o pueden aceptarlo. Resistir, cualquiera sea el resultado, será tal vez el aporte más significativo que hagan nunca por cambiar el mundo. Resistir es también la oportunidad que tiene cada uno de ustedes, tú, tú —empezó a apuntar a uno y otro—, de convertir esta experiencia en un triunfo interior, de hacerse más digno.

Antonio entonces, bajó los ojos y calló. Los habitantes de la casa aplaudieron mientras vitoreaban al unísono: «Nos quedamos».

Sentí una profunda emoción. Sus palabras me llevaron a entender por primera vez el significado de cada uno de sus actos. Palabras que en otro me habrían sonado llenas de presunción y falso idealismo, en Antonio tenían sentido. Él no era como yo. Por mucho que compartiéramos un montón de cosas, Antonio era un exiliado, tenía un hermano muerto y estábamos ahí porque había decidido unirse a la Resistencia.

—Gracias por salvarme —le dije cuando estuvimos solos. Aunque lo que hubiese querido expresarle era mucho más que eso.

—Me debes una —repuso chocando con su puño mi estómago, y luego se rió como un niño que ha logrado salir airoso de la emboscada de sus compañeros de juego.

*

Caroline apenas se mantenía en pie; los numerosos diazepanes que había tomado durante esos días comenzaban a hacer estragos. Con la ayuda del tipo que nos había recibido, Antonio la condujo a una pieza. Clara y yo aprovechamos de recorrer el resto de la casa. Una chica de cabello corto y mono naranja se asomó por el pasillo y nos invitó a entrar en su habitación. Se sentó con las piernas cruzadas y siguió liando un porro que tenía a medio hacer.

—Tengo un colchón debajo de mi cama, si quieres puedes dormir aquí —le dijo a Clara con una sospechosa afabilidad.

—Te lo agradezco, pero estoy con Theo. Ya encontraremos un lugar donde dormir —dijo Clara, y tomó mi mano.

Era el primer atisbo de una promesa que Clara me hacía. Lo cierto es que el deseo que tenía de ella empezaba a irritarme. Todas esas sugerencias que no llegaban a concretarse habían dejado de ser placenteras, se estaban volviendo una rotunda derrota.

—¿La drogadicta está con Antonio? —preguntó entonces la chica.

—¿Qué quieres decir con eso? —inquirió a su vez Clara en un tono cortante. Tenía la expresión alerta de quien se ve amenazado.

—Sabes a qué me refiero. Es su pareja, folla con ella, etc., etc.

—¿Hace eso alguna diferencia? —le interrogó Clara con una sonrisa burlona.

—Soy feminista, corazón, no me echo al bolsillo a otras mujeres, por muy drogadictas o putas que sean.

—Bueno, si no quieres lastimar a nadie es mejor que no te metas con él —señaló Clara, y salió de la pieza con ferocidad.

No era a Caroline a quien defendía. Entre Antonio y Caroline no existía más lazo que el interés de él por ayudarla. Clara se protegía a sí misma. Pero, ¿por qué? A medida que pasaban los días, los extraños sentimientos que unían a Clara y Antonio eran más incomprensibles. No estaban enamorados, ambos habían sido categóricos en esto; además, si ése era el caso, no veía una razón concreta para que no estuvieran juntos. A menos que los motivos fueran secretos.

Seguí a Clara por el pasillo rumbo a la sala, de donde provenía una música. Los habitantes de la casa habían declarado la guerra y lo celebraban. Algunos habían comenzado a bailar. Un intenso olor a comida volvía el aire denso y picante. Una chimenea, que un joven pecoso y microcefálico se preocupaba de alimentar, era la única fuente de luz. Tomé a Clara por detrás y la abracé hasta sentir el roce de sus caderas en movimiento.

Antonio ya estaba de vuelta. Apostado contra una pared, fumaba y expulsaba el humo hacia arriba en pequeñas argollas, sus ojos fijos en nosotros. Cuando advirtió que lo había sorprendido observándonos, desvió la mirada. Clara también debió verlo, se escurrió de mi abrazo y se sentó frente a la chimenea a conversar con una chica. Un par de tipos se acercaron a Antonio. Me senté con mi cerveza a unos pocos metros de Clara, en una posición privilegiada para solazarme mirándola. Ella, a su vez, de tanto en tanto me buscaba; entonces, a excepción de su imagen, todo perdía nitidez y consistencia, como si el resto de las personas hubiera sido llamado a hablar en voz baja, a moverse apenas. Sólo la presencia de Antonio interfería mi ensueño. Aun cercado, lograba tenernos en su radio visual e inhibir nuestro contacto. Cuando vi que se quedaba solo, contemplé la posibilidad de hablarle. Me aproximé a él con lentitud. No hizo gesto alguno para alentarme. Era evidente que vernos juntos lo había afectado. No sé si con plena conciencia de lo que estaba haciendo, o por casualidad, Antonio diría algo que despejaría en parte mis dudas:

—Por fortuna, la revolución y el sexo casual van muy bien. —Observaba atento a un grupo de chicas bailando con desenfreno en el centro de la sala.

—¿Por qué dices eso?

—Están hechos de la misma materia: un montón de testosterona. Los sentimientos, en cambio, si quieres luchar por algo que valga la pena, te hacen mierda.

—Tú estás loco. Si no tienes sentimientos es lo mismo que ser un asesino a sueldo.

—No me vengas con eso, Theo. Sabes muy bien de qué tipo de sentimientos te estoy hablando. Esos que te desatornillan la cabeza, que te trituran los sesos, y que pueden costarte la vida.

Guardé silencio por algunos segundos para otorgarle filo a la afirmación que me disponía a hacer.

—Ya veo, por eso renuncias a Clara.

Su reacción fue inmediata.

—Te equivocas. A Clara la conozco demasiado, hace rato perdió el misterio necesario para que me desatornille la cabeza.

—Eres un mentiroso.

—Y tú un caliente —dijo golpeándome suavemente el brazo.

En todo caso, ya sabía algo: cualquier sentimiento que Antonio albergara por Clara, sería aplacado por su voluntad. Venía hacia nosotros. Ambos la miramos.

—Por Clara —brindé alzando mi lata de cerveza—. Es magnífica.

Cuando estuvo frente a nosotros preguntó:

—¿Y? ¿Quién va a bailar conmigo?

A diferencia de su talante, que contenía todo el garbo imaginable en una bailarina, su expresión era de una inmensa modestia. Estaba consciente de tener en sus manos los hilos de ese instante, pero, en lugar de placer, esa situación parecía causarle vergüenza.

—Theo —indicó Antonio sonriendo con una impostada perversidad. Él sabía que yo era un desastre a la hora de bailar.

—Además de mentiroso eres un cabrón —le dije en voz baja.

Por fortuna, una canción de Bob Marley sonaba ahora por los parlantes.

—Escribí de ti en mi cuaderno —me dijo Clara al oído.

—¿Y se puede saber qué?

—De tus manos —señaló riendo.

—¿Y qué tienen mis manos?

—Son un poco inquietas.

Acerqué mis manos a mis ojos como si fueran la prueba definitiva para inculparme de un crimen. Dije:

—No veo nada.

—No se ve, se siente...

—Bueno, qué quieres, tengo ganas de tocarte —confesé.

Clara sonrió y alzó los hombros, como si el deseo que producía en mí fuera una anomalía irremediable.

De improviso, Bob Marley fue reemplazado por The Cure y todos empezaron a saltar y a moverse como si alguien hubiera inyectado un gas excitante a través de las murallas. Estaba perdido, tendría que bailar frente a Clara. Ella se movía con tal belleza y entusiasmo que mis temores aumentaron.

—No sé si quiero hacer esto...

Me tomó de ambas manos y empezó a guiar mis movimientos. Me miraba a los ojos, como si intentara con suavidad, pero también con firmeza, rescatar mi brío perdido. Al poco rato bailaba como si el gas también me hubiera narcotizado y las penosas ataduras de mi cuerpo se hubiesen destrabado. Temeroso de romper el hechizo, preferí no pensar en lo que estaba haciendo. Intuí que junto a Clara podría hacer muchas cosas que hasta entonces había evitado.

Antonio bailaba con una chica alta, de rasgos finos y apariencia desgarbada. En un momento él se acercó a nosotros y nos abrazó. Ambos recibimos su abrazo. Sentí alegría por la unión que se estaba generando entre los tres.

No obstante, mi mente suspicaz me hizo pensar que intentaba mostrarnos cuán poco le afectaba mi relación con Clara, y sobre todo hacernos saber que, hiciéramos lo que hiciéramos, ambos le pertenecíamos.

Cuando la música se detuvo, con Clara miramos a nuestro alrededor y descubrimos que la mayoría de los moradores de la casa se había retirado, a excepción de unos pocos intrusos como nosotros, que se acomodaban sobre cojines. Antonio también había desaparecido. A escasos centímetros de la chimenea apagada, un tipo hacía acordes en una guitarra, al tiempo que una chica en estado de éxtasis trazaba ochos en el aire con la cabeza. Encontré un par de cojines y los acomodé bajo una mesa. Me pareció que ahí estaríamos más protegidos. Clara se arrimó a mí. Dormida entre mis brazos me producía una excitación difícil de contener.

*

Al día siguiente emprendimos el retorno. Dejaríamos a Clara en casa de su madre y luego continuaríamos viaje a Londres. Antonio se volvió taciturno. Miraba con fijeza la carretera. Recuerdo que poco antes de llegar a Wivenhoe, Clara hizo un comentario sobre su aire distante. Noté un dejo de ansiedad en su voz, como si el estado de Antonio la inquietara más de lo que estaba dispuesta a revelar.

—¿Has oído la pregunta retórica número treinta de Aristóteles? Dice así: ¿por qué todo ser excepcional es melancólico? —respondió él cortante, sin despegar los ojos del asfalto.

Terminada su frase, arrepentido de su exabrupto, pidió disculpas.

Cuando llegamos a Wivenhoe acompañé a Clara hasta la puerta.

—¿Cuándo te veo? —le pregunté ansioso.

—Cuando vuelva a Londres —y luego agregó—: No te alejes mucho de Antonio. ¿Me lo prometes?

—Te lo prometo —repuse, sin entender por qué me pedía tal cosa.

Clara se despidió de mí con un beso más bien frío, temiendo tal vez la mirada atenta que Antonio desde el auto arrojaba sobre nosotros.

Después de dejarla, Antonio, Caroline y yo no cruzamos palabra hasta llegar a Londres. Era una tarde cálida y sin nubes. Caroline me pidió que la llevara hasta Randolph Avenue, donde una amiga le alquilaba una pieza. El compromiso era que al día siguiente, Antonio la pasaría a buscar para llevarla a la clínica. Fue en el último instante, cuando Caroline se despedía de nosotros, que él cambió de opinión. La tomó de un brazo y le dijo que no confiaba en ella. Era mejor que hiciera su maleta, la dejaríamos en la clínica esa misma tarde. La expresión de Caroline, que hasta ese entonces era la de una niña feliz, se ensombreció. Tal vez su súbito desánimo se debiera a la falta de confianza de Antonio, o por el contrario, al hecho de que él hubiera desbaratado sus planes de esa noche para conseguir más droga. Esgrimió algunos argumentos que no lo disuadieron. Cuando tenía la batalla perdida, sacó una carta de la manga: subiría al departamento de su amiga, una modelo conocida, y si estaba en casa le haría prometer frente a nosotros que cuidaría de ella hasta el día siguiente.

—Es un ogro. Les juro que si acepta no me va a dejar ni ir al baño. ¿Está bien? —preguntó con ansiedad.

Subió la escalinata y desapareció tras la puerta azul del edificio. Retornó después de un rato con una chica anoréxica, de pantalón caqui y blusa blanca, al estilo de una niña bien. Seguramente fue su halo de seriedad el que persuadió a Antonio. Convinieron que al día siguiente por la mañana la pasaría a buscar. Nos despedimos de ellas y él se quedó mirándolas por el espejo retrovisor hasta que desaparecieron tras la puerta de su edificio.

—Me gustó esa chica —dijo después de un rato.

—Pero si parece una escoba —alegué.

—De todas formas me gustó —declaró categórico.

Diario de Clara

Ocurrió, no supe cómo. Fue quizá cuando solté la cuerda que me ataba a Antonio y vi que no caía, cuando su rabia y sus proyectos dejaron de ser el centro de mi vida. Cuando tomé a Theo de la mano y supe que había llegado a una orilla donde recalar. Entonces pensé que bien podía vivir con ese hombre, ser bailarina, escribir en este cuaderno, pegar mis dibujos en las murallas, tener hijos. Eso pensé. Me dejé llevar por las imágenes que encuentro en las películas, en las novelas rosa, y que me prometen un final feliz.

Pero el espía acecha cargado de suspicacia. Es él quien me susurra al oído que imaginar estas cosas es una debilidad inaceptable.

Algo ocurre. Me rebelo. Basta. No dejaré que el miedo me taladre; lo detendré con palabras, esas que se esconden en los recodos de mis sueños. Las sacaré al aire, y con ellas sobre mis palmas esperaré la llegada de Theo.

11

Antonio me aguardaba en las puertas del *pub*. Estaba alicaído. Nos sentamos en una mesa lejos de la barra, del pool y de los juegos electrónicos. No llegamos a pedir nuestras cervezas cuando ya estaba hablando.

De un día para otro, el Partido había decidido que él no estaba preparado para entrar al *interior*. Le pregunté a qué se refería con *interior* y me explicó que era la forma en que los exiliados se referían a su país; el resto del mundo, íntegro, constituía el *exterior*. En lugar de Antonio entraría Marcos, que le llevaba diez años y que, a juicio de ellos, tenía el carácter más templado. Creo que fue esto último lo que más lo enfureció: que pusieran en cuestión su temple. Su discurso avanzaba sin tregua y su ánimo se crispaba. Antonio tenía el presentimiento que alguien del Partido quería perjudicarlo y había intervenido para que él no entrara.

—Me meto al Partido por el culo. A mí no me van a decir qué puedo y qué no puedo hacer. Voy a entrar. Con o sin ellos.

Encendió un cigarrillo.

—Yo no estoy bien aquí, Theo. Este no es mi país ni nunca llegará a serlo. Desde que llegué he vivido esto como un paréntesis, un tiempo en suspenso. Sé que otros tipos de mi edad se adaptaron, pero yo nunca quise hacerlo. Tal vez porque allá estaba Cristóbal. —Guardó silencio por un instante—. Con mayor razón ahora que está muerto. No puedo seguir aquí de brazos cruzados, aprendiendo teorías inútiles, comiendo caviar robado, jugando a la guerra como un pendejo. Todo esto para mí no tiene sentido.

—Es tu oportunidad —dije, refiriéndome a lo que él había señalado en la casa tomada.

—Exacto.

—No debe ser fácil entrar sin apoyo.

—Ya pensaré cómo. Tiene que haber una forma.

—¿Conoces a alguien que te conecte con los grupos clandestinos?

—Ya te dije, hallaré la forma —replicó tajante.

Sin embargo, algo había en su expresión que me hizo dudar. Una mirada que ya no era tan rotunda, sino más bien indagadora, como si quisiera encontrar en mí algo a primera vista invisible. Tal vez lo que él buscaba era un argumento que lo detuviera. De haber planteado alguna duda, yo me habría montado en ella hasta llegar a un destino donde la idea de partir a luchar a un país, sin la ayuda de una organización, sin nadie a quien acudir, fuera un acto demencial. Pero no lo hizo.

—Voy a entrar —volvió a decirme, arrojando una descarga de humo.

—Lo harás, no me cabe duda.

—No puedo seguir viviendo así, bajo la sombra de Cristóbal... —señaló con rapidez.

Su expresión de perplejidad me hizo entender que no había sido su intención hablar así.

El resto de las cosas tampoco iba bien. Caroline había desaparecido la misma noche que la dejamos en casa de Emily, la modelo anoréxica. Antonio se sentía traicionado. Yo, en cambio, creía que la intención de ella cuando se despidió de nosotros era pasar la noche con su amiga; que su fuga no era un acto premeditado, sino la respuesta a un impulso de muerte que fue incapaz de resistir. Intenté explicarle esto, pero él no estuvo de acuerdo.

—Tú no conoces a los adictos. La traición para ellos es un detalle.

La lealtad constituía un tema recurrente en nuestras conversaciones. Era la forma de solazarnos ante ese tesoro que sabíamos escaso y que ambos, por ser amigos, creíamos poseer.

—Y lo que tienes que entender, Theo, es que hasta un adicto tiene la posibilidad de elegir. Cualquier ser humano, bajo las condiciones más trágicas, guarda la libertad de decidir cómo actuar y quién quiere ser.

—¿Y tú crees que Caroline tenía esa opción?

—Por supuesto. De hecho, lo estaba logrando. Pero sucumbió ante su debilidad.

—Eres muy exigente, Antonio. No todos tienen tu fuerza de voluntad. No puedes juzgar a las otras personas bajo tu misma vara.

—Estoy hablando de principios morales básicos, Theo, no de voluntad.

—Como reza el dicho alemán: la mejor almohada es una buena conciencia —dije con una sonrisa de ironía.

—No me has entendido. No es un asunto de buena o mala conciencia. Yo no quiero entrar a Chile para dormir tranquilo.

Su forma categórica de ver las cosas y de juzgar a las personas, a veces me asustaba. En cualquier instante podría yo mismo carecer de la lucidez necesaria o de la entereza para dar la talla. También me producían un dejo de rabia. Hacía que el resto de los mortales, con nuestros modestos objetivos, pareciésemos meras marionetas del destino. Yo no me sentía así. Tal vez, un propósito de la magnitud del de Antonio fuera heroico, pero también mi vida, con lo que pudiera depararme en ese mundo que él tanto despreciaba, poseía un valor. Tenía también la intuición de que aquellas exigencias desembocaban de forma inevitable en el desengaño. Era imposible que las personas cumplieran con tan altas expectativas. Mi semblante debió delatarme, porque de pronto, sonriendo, dijo:

—Aunque la verdad es que no me vendría nada mal una buena almohada. Hace días que no pego un ojo.

—¿No será falta de sexo?

—Lo más probable. ¿Y tú? —preguntó.

—Yo tampoco estoy durmiendo muy bien.

En ese momento vi aparecer tras Antonio a la modelo anoréxica. Llevaba unas gruesas gafas y buscaba a alguien.

—Hablando del asunto, mira quién está aquí.

Al vernos se acercó a nuestra mesa.

—Qué bueno que viniste. —Antonio se levantó de su silla, le dio un tímido beso y luego, como a la antigua usanza, esperó a que ella se sentara para volver a su sitio.

—¿Por qué no habría de venir?

—No sé. Pensé que, dadas las circunstancias en que nos conocimos, no te interesaría volver a vernos.

Era evidente que usaba el plural como una forma de encubrir su ansiedad y el interés que sentía por ella. Decidí que apenas terminara mi cerveza emprendería la retirada. Mis planes, sin embargo, se desbarataron. No bien insinué que debía marcharme, Antonio, con una mirada implorante, me hizo saber que mi presencia era indispensable. Una sutil metamorfosis se estaba gestando en él. Al principio pensé que su actitud insegura era el resultado transitorio de los últimos acontecimientos: su abortado viaje a Chile y la desaparición de Caroline. Pero me di cuenta que no se trataba tan sólo de eso. Sus frases sin terminar, sus gestos torpes que se quedaban a medio camino, lo delataban. Emily lo intimidaba. Las cosas no cambiaron mucho en el transcurso de la velada, a excepción de Antonio, cuyo perfil intelectual fue diluyéndose en forma vertiginosa hasta terminar hablando con Emily de moda, tema del cual me extrañó que supiera algo, al menos más que yo. Nos quedamos hasta que cerraron el *pub*.

Volví al departamento de Cadogan Place con dolor de estómago. Por fortuna, mis padres estaban en uno de sus conciertos de verano. ¿Por qué la nueva conquista de Antonio me fastidiaba de esa forma tan brutal? ¿Eran, como en el caso de Caroline, simples y burdos celos? Hurgué en mi conciencia con toda la objetividad que me fue posible y concluí que era otra cosa. Emily era demasiado parecida a todas las mujeres con quienes me había criado. Una chica inglesa bien educada, adicta a las revistas femeninas, sin mucha imaginación, aunque con un sentido práctico capaz de mover montañas. No las detestaba, pero se trataba de un terreno conocido.

Antonio debía mantenerse al otro lado, donde se hablaba de traición, de *interior*, de hombres que morían por una causa. Él debía conservarse en la orilla donde ocurrían cosas reales que te estremecían y te hacían sentir alguien. Antonio, acercándose a mi mundo, traicionaba la sustancia de nuestro lazo.

Yo necesitaba sus certezas, que por primera vez ahuyentaban la soledad que había sentido desde niño; necesitaba la imagen mejorada que me devolvía de mí mismo; necesitaba sus ideales, porque yo nunca había tenido los míos.

Era una constatación patética, pues me revelaba por primera vez lo turbia que es la trama que une a una persona con otra, y que encubrimos con palabras tan mitológicas como amistad y amor.

12

Esa noche me eché en un sofá y desvalijé el bar de mi padre. Me quedé largo rato observando su colección de pipas, los retratos de la familia sobre el escritorio, el samovar de plata de mi abuela materna, el grabado con la vista de Fawns, la propiedad en el campo que, como primogénito, mi padre heredó del suyo. Me dormí rodeado del mundo donde había crecido, y que mis padres conservaban con celo, como si al mantener intacta la apariencia de las cosas, también ellos se conservaran indemnes.

A la mañana siguiente fue mi madre quien me despertó. Por fortuna, estaba atareada preparando la maleta de mi padre —que partía en uno de sus viajes de negocios— y no tuvo la oportunidad de avasallarme con sus preguntas. Me vestí y desayuné con ellos en la mesa. Ahí estaban, con sus medios pomelos y sus cafés negros bajo la esplendorosa lámpara de lágrimas, soñando él con un cuerpo fresco donde sentirse más vivo, añorando ella un buen trozo de pan con mantequilla. No me era fácil volver a casa de mis padres después de vivir durante el año en la universidad. Mi principal motivación para terminar los estudios era ganarme la vida e independizarme.

Al partir mi padre me encerré en mi cuarto, donde pasé los días siguientes tumbado mirando televisión. Hubiera podido llamar a Clara a casa de su madre, pero por una vez estaba decidido a pertenecer al grupo de hombres que no llaman, a ese grupo por el cual las mujeres suspiran. Pero, sobre todo, intentaba evitar un obsesivo recorrido por los momentos pasados con ella. Ya había desechado esa falsa clarividencia que se apoderaba de mi mente, que me hacía traducir hasta los más nimios gestos de la mujer deseada, en una expresión definitiva de su amor por mí. Debía considerar que Clara al despedirse, se había mostrado más bien indiferente, dejando en evidencia que, junto con el viaje, lo nuestro —si es que había algo posible de llamar *nuestro*— se había acabado.

Mi aislamiento era interrumpido tan sólo por las largas sesiones culinarias con mi madre. Le gustaba explorar nuevas recetas orientales, cargadas de especias y aromas que para mi padre hubiesen sido un sacrilegio. Mientras saboreábamos sus platillos, algunos sabrosos, otros incomibles, hablábamos de nosotros mismos como si se tratara de otras personas. Estas conversaciones me hicieron ver que Antonio y su mundo me habían absorbido al punto de perder todo contacto con mis anteriores amistades.

Me propuse hacer una lista de los amigos y conocidos que había dejado de ver. Al intentarlo, descubrí que me costaba trabajo pensar en alguien con quien hubiera establecido una relación estrecha y que quisiera reencontrar. Este hallazgo me desalentó aún más. Lo cierto es que no tenía muchos amigos.

Con gran esfuerzo logré pensar en dos personas, que no habían sido cercanas, pero que al menos me producían cierta ilusión. Una chica mayor, estudiante de filología, con quien había mantenido una corta pero educativa relación, y Bernard, el editor de una revista de vanguardia. Había sido él quien un día me enviara una nota a la universidad proponiéndome que pasara a verlo a su oficina cuando estuviera en Londres. Enceguecido por esa arrogancia adolescente que te lleva a asumir que todo te pertenece de antemano, nunca me pregunté por qué un editor de su calibre se interesaba por un estudiante mediocre como yo. En una ocasión le llevé uno de los ensayos que había escrito para la universidad. Después de leerlo, Bernard me propuso que escribiera un artículo para su revista, cosa que nunca llegué a hacer.

Tomé el teléfono y lo llamé. Quedamos de vernos esa misma tarde en un *pub* cercano a su revista en Kensal Road. Me causó resquemor el exceso de entusiasmo que demostró al oír mi voz, pero estaba tan decidido a restablecer lo que yo consideraba *mi vida,* que deseché mis aprensiones.

Era la primera vez que salía del departamento en varios días y la luz de la tarde que irrumpía entre los árboles y edificios se me antojaba más resplandeciente que nunca. Dos chicas asiáticas jugaban tenis en la plaza frente a mi edificio; a través de la densa vegetación alcancé a ver sus piernas morenas y firmes moviéndose de un lado a otro bajo sus falditas blancas. Un espíritu de conquista se apoderó de mí. Decidí caminar. Le propondría a Bernard escribir un artículo sobre el amor. Me pareció un buen desafío. Nadie en su sano juicio se habría aventurado con algo tan desprestigiado y a la vez tan insondable.

Cuando nos encontramos, Bernard me recibió con una sonrisa y alabó mi apariencia, halago que me hizo sentir aún mejor. Él en cambio, me pareció desmejorado. Era un hombre de edad indefinible, alto, delgado, de gestos aristocráticos y marcado acento irlandés. Sus ojos, de múltiples tonos azules, se detenían en cualquier hombre medianamente atractivo que cruzara su radio visual. No sabía con exactitud qué había cambiado en él. La sensación general que producía era la de alguien cuyo voltaje de vida se había atenuado.

Pensé en la primera frase de mi artículo: «El amor se está muriendo y yace inconsciente sobre la superficie del deseo». Una frase que captaría la atención de los lectores cuando se preguntaran rascándose la cabeza: ¿quién pudo escribir tamaña cursilería? Consideré que era una estupenda estrategia. Estaba tan exaltado que no dejé espacio para las preguntas de rigor. Quería escribir, eso le dije. Sin pausa, le expuse mi tema. Pese a que varias veces su rostro dejó traslucir una cierta aflicción, Bernard se mostró interesado. Yo hacía esfuerzos colosales para que mi conversación no se volviera insulsa pero tampoco impertinente, los dos acantilados por donde suele despeñarse la ignorancia. Mientras, Clara y Antonio volvieron a surgir. Mis esfuerzos adquirían sentido bajo su mirada. Era por ellos que me volvía articulado.

Bernard me contó que las cosas no iban bien en su revista. Buscaba nuevos inversionistas. Le ofrecí indagar con mi padre. Sin embargo, él, con sus ademanes educados, me respondió que no le interesaban los banqueros ni los empresarios, pues todos ellos exigirían una cuota de poder. Me gustó su respuesta, provista de romanticismo y vehemencia. Pensé que Antonio y su tropa no eran los únicos que valían la pena. Poco a poco el *pub* se fue llenando de parroquianos. Un par de amigos de Bernard se sentó con nosotros. Uno de ellos era el editor de una revista especializada en Latinoamérica, llamada *South Now*, y el otro, reportero de guerra en el *Times*. Mi excitación crecía según avanzaba la noche. Todo lo que yo expresaba les parecía interesante o simplemente dulce, palabra que usaron varias veces sin desalentarme. Cuando cerró el local partimos rumbo al apartamento de Tony, el editor de *South Now*. Un loft frente al Támesis que nunca olvidaría, al punto que hoy vivo en uno similar. En una de las paredes pendía un cuadro que llevaba impreso el siguiente texto: «Chile vencerá». Al final, todo estaba unido. Éramos un manojo de hombres mirando hacia el Tercer Mundo con ojos esperanzados. Habíamos encontrado un buen motivo para creer que nuestras vidas eran trascendentes.

Este pensamiento me desanimó. El mundo al cual pertenecíamos por nacimiento y por herencia estaba completo. Lo más lejos que llegábamos era a una marcha multitudinaria en contra de la bomba nuclear. Terminé hablando de Antonio, de su padre, de Clara, como si ellos, sus vidas, fueran mi trofeo personal. Junto con la embriaguez que me producía la atención de mis interlocutores, me di cuenta que Clara y Antonio estaban unidos a mi vida de una forma que no me sería fácil romper.

*

Esa noche, de vuelta en Cadogan Place, encontré una nota de mi madre. Clara había llamado. Eran las dos de la mañana. Las probabilidades de que lograra dormirme eran casi nulas. Me senté frente a mi Remington decidido a escribir el artículo sobre el amor.

Me fue difícil apartarme de la imagen de Clara. En lugar de abordar el tema de una forma erudita y lógica, mis cavilaciones se reducían a estrategias para conquistarla. Si había algo que no debía hacer cuando la viera, era mencionarle mis padecimientos por ella. No hay mejor forma de alejar a alguien que exacerbando sus sentimientos de culpa. De hecho, ésta era una de las contadas *premisas básicas* con que a esa edad lograba vencer las *dificultades básicas*. Había adquirido la mayoría de estas premisas de las chicas del colegio, de las películas y de la literatura erótica. Sin embargo, las cosas estaban cambiando. Empezaba a asomarse la idea de que para lograr algún tipo de relación con el género femenino había que ser vulnerable, comunicativo, hacer preguntas, pero no de esa forma que aprendí en mi temprana adolescencia, esa curiosidad superficial y utilitaria que usaba con el fin de conseguir sexo. No, había que plantear interrogantes que revelaran la comprensión que poseías del alma femenina. Al mismo tiempo, había que escuchar de una forma adecuada, en un estado de fragilidad y apertura que te permitiera sentir al otro. Pero había algo que no cuajaba. Ser vulnerable no es parte del registro masculino, y al no serlo, no estimula las hormonas femeninas que producen el enlace. En este escenario tenías dos opciones: te pasabas la noche conversando de forma abierta con una mujer y te quedabas con las ganas, o te volvías misterioso y lacónico, y entonces tenías sexo. Existía, sí, la posibilidad de arrellanarse en el pecho de una mujer con instinto maternal, pero esas circunstancias no eran precisamente eróticas. El *problema básico* es que ese hombre que desarrolla su lado femenino no excita a nadie. Incluso aquellos héroes dañados por la vida, jamás hablan, se tragan su pena, sobreviven y tienen sexo. Es posible que para casarse, una mujer elija a uno de esos tipos sensibles, pero lo más probable es que al cabo de un tiempo se encuentre follando en el ascensor o en las escaleras de su edificio con otro.

Podía desarrollar cualquiera de estas cavilaciones en mi artículo, pero sabía que a la hora de relacionarme con Clara me serían inútiles. Escribí durante gran parte de la noche, y por la mañana arrojé todo a la basura.

Después de desayunar llamé a Clara. Había llegado hacía dos días de Wivenhoe. Quedamos de encontrarnos en Hyde Park, frente a los botes, a las cuatro de la tarde. A las tres en punto cerré la puerta y salí. Caminé con tal rapidez que demasiado pronto estaba en el parque, rodeado de decenas de cuerpos pálidos que saltaban y corrían, pero sobre todo que permanecían quietos de cara al sol absorbiendo su energía. Me senté en el pasto e hice lo mismo que ellos. Añoraba el sol. Al poco rato la vi. Desde la distancia distinguí la gracia y el fulgor que emanaban de su cuerpo. Estaba de pie frente a la laguna con las manos enlazadas en la espalda. Llevaba un delicado vestido a rayas, no muy ceñido ni corto, pero lo suficiente para que su cintura quebrada se dibujara con nitidez y sus pantorrillas de bailarina quedaran al descubierto. Al encontrarnos la abracé. Su torso me pareció demasiado fino para ser real. Por primera vez, Clara se dejó llevar. Cuando nos separamos, creo que ambos estábamos mareados. Hice un fulminante recuento de los lugares donde ir. Cadogan Place era una posibilidad. Mi madre no regresaría hasta las ocho. Sin embargo, nunca antes había llevado a una chica a la casa de mis padres, y la idea no me entusiasmaba. Fue entonces cuando Clara propuso ir a su casa. Su arrojo y decisión me excitaron aún más.

Sin necesidad de ponernos de acuerdo emprendimos la marcha hacia Speaker Corner para tomar el bus 53. A pesar de que todo a mi alrededor se había vuelto insignificante, no pude dejar de advertir a los oradores de siempre predicando sobre sus púlpitos improvisados. Me llamó la atención, sobre todo, una mujer de impecable traje rosa y cartera colgada del codo, que defendía el derecho de las mujeres maduras al amor. Pensé que su imagen sería un buen inicio para el artículo que me proponía escribir.

*

Clara vivía en una urbanización del *Council,* en Swiss Cottage, junto a dos chilenas: una diseñadora y una estudiante de matemáticas. El mobiliario se reducía a un par de sillones, una televisión y un comedor de estilo nórdico. Un afiche del Che Guevara ocupaba parte de la muralla principal. Entramos a la cocina en busca de algo para beber.

—¿Has visto a Antonio? —pregunté no sé con qué propósito.

Me había resistido a mencionarlo, pero ahí estaba, preguntando por él, levantando la única muralla que se interponía entre nosotros. La respuesta de Clara fue contundente:

—No hablemos de él ahora, ¿OK?

—Me parece una excelente idea.

Me quedé frente a Clara todo lo relajado que me fue posible, mientras ella sacaba una caja de leche del refrigerador. Apoyé una mano en la muralla y crucé los pies en una posición que pretendía ser la de un tipo que tiene todo bajo control pero que apenas se mantiene en equilibrio. ¿Qué me sucedía? ¿No se suponía que todo este asunto de los preámbulos ya lo tenía resuelto hace rato? ¿Estaba condenado por el resto de mi vida a pasar por ese aro de fuego cada vez que quisiera tener sexo con una mujer? ¿O era Clara en particular quien me provocaba ese grado insoportable de ansiedad?

—¿Quieres un poco? —preguntó extendiéndome la caja de leche—. Una cerveza sería más apropiada, pero ya no nos quedan.

Deshice el enredo de pies que estaba a punto de hacerme caer y, con la voz más profunda que me fue posible, le pregunté:

—¿Más apropiada para qué?

¡Dios! Era tan estúpido que yo mismo no daba crédito a mis palabras.

—Para lo que sea —repuso acercándose a mí un poco más—. Ven —dijo con el mismo tono alegre y confiado, luego dio media vuelta y salió de la cocina.

Entramos a su habitación y Clara se descalzó. Un pañuelo suspendido del techo hacía que su cama, amplia y a ras de suelo, se sumiera en misterio. Unos dibujos trazados con tinta y coloreados en acuarela estaban clavados con chinchetas en las paredes. Recuerdo bien una mariposa cuya fidelidad era la de un dibujo enciclopédico, a excepción de la cabeza, que había sido suplantada por la de una niña. Pensé que Clara tenía algo de esa mariposa. Era, de hecho, la sensación que había tenido de ella en nuestro viaje. Cuando creías haberla atrapado, se volvía inaccesible.

—Eres tú, ¿verdad?

—¿Qué te hace pensar eso?

—Porque tienes alas, igual que ella.

Ambos reímos. Se sentó sobre el escritorio. Tenía una mirada expectante. Una jarra de cerámica sin asas contenía sus lápices y pinceles. Debía hacer algo. Lo que fuera. Noté que tenía una erección. En lugar de alentarme a tomar la iniciativa, me cohibió. Había algo en ella, el carácter sensual de sus movimientos, su forma abierta de expresarse, que hacía pensar en una mujer con experiencia. No soportaba la idea que me comparara con algún amante previo, con un sudamericano mejor dotado que yo, que no sería tan blanco, ni tan huesudo, ni tan alto. Mis sesos, por alguna razón, se empecinaban en boicotearme. No había forma de detener ese arrebato de pensamientos degradantes. Cerré los ojos en un intento de cambiar el escenario de mi mente. Cuando los abrí, Clara me miraba; pensé que estaba a punto de preguntarme algo. Oí un ruido frágil y húmedo que emergía de su boca, como si sus labios se hubieran despegado bruscamente.

Estas cosas ocurren de mil formas; si hubiera sido una película, tal vez habríamos tropezado, para terminar en pocos segundos sobre la cama. Pero no era una película, no tropezábamos, y yo, víctima de una embolia, era incapaz de actuar. Una parte de mí deseaba que todo se detuviera en ese momento. Mientras la promesa no cumplida permaneciera intacta, estaba a salvo.

Podría justificarme diciendo que al fin y al cabo no tenía muchos años, y que los reiterados rechazos de Clara habían mermado mi aplomo.

—Tus dibujos son preciosos —señalé por decir algo.

Sonrió con timidez y me pidió que escogiera uno. Elegí un par de manos en movimiento. La niña mariposa me gustaba mucho, pero pensé que Clara debía tenerle apego.

—Son las tuyas —afirmó y se echó a reír—. ¿Recuerdas cuando te conté que había escrito sobre tus manos? Era un dibujo —se bajó de la mesa y arrancó la hoja de la muralla.

—¿Ves? En este dedo tienes un callo —señaló cogiendo mi mano.

Entonces me pregunté qué estaría pensando ella, porque lo más probable es que su cabeza, como la mía, tuviese su propia fiesta. Era obvio que el noventa por ciento de lo que se jugaba en ese instante estaba oculto en nuestras mentes. Por fortuna, el diez por ciento restante comenzaba a agitarse, con el fin de hacer lo que estaba destinado a hacer; la fuerza de la excitación es titánica. Le dije que tenía unos labios preciosos. Ella se quedó quieta sin despegar sus ojos de los míos. Pasé mi lengua suavemente por sus labios. Nuestra proximidad desató el resto.

*

Antes incluso de haber desprendido mi cuerpo del suyo, una brecha se había abierto en algún lugar del mío, por donde corría una necesidad imperiosa, que me golpeaba el corazón, el sexo, pidiendo más. Al punto que, ya calmo, tumbado sobre la cama, me era difícil dejar de tocarla. Había algo en sus largos miembros que se desperezaban, en sus hombros dóciles, en la oquedad plácida y fibrosa de su estómago, donde por instantes se detenía mi mano. La luz empezaba a desvanecerse en la avanzada de la tarde. Estaba en el mundo de Clara, el tiempo detenido en sus dibujos, en sus cintas rosas, en sus zapatillas de ballet, en sus pinceles. Las siluetas de los árboles se dibujaban sobre los muros, produciendo un suave movimiento de luces y sombras. Clara se levantó de la cama y abrió la ventana de guillotina. La miré moverse con esa seguridad de quien conoce el efecto que produce su cuerpo. Lo usaba para que mis ojos no se apartaran de ella. Desde algún departamento vecino, los sonidos contundentes de Emerson Lake and Palmer entraron en la habitación. Sus nalgas levitando a la altura de mis ojos, las sábanas blancas ensortijadas sobre la cama, y el calor de la tarde que no aflojaba por completo, emitían una sensualidad difícil de resistir. Me levanté y la abracé mientras el sol destellaba en la pendiente de un techo vecino.

Nos quedamos observando los pequeños movimientos de la calle: una mujer de aires señoriales con la puerta entreabierta y su perro orinando en la acera; una chica desorientada mirando el suelo; un tipo arropado, como si enfrentara una tormenta, caminando cabizbajo. Todas estas cosas contemplamos hasta que las sombras alcanzaron nuestra ventana; entonces nos despedimos, primero en su cuarto, luego en el pasillo, para terminar con un largo beso frente a la puerta de su departamento.

Tomé un bus a Hyde Park Corner, y desde ahí caminé hasta Cadogan Place. Las primeras estrellas aparecieron temprano. Era la única forma de apaciguar ese flujo de energía que me ahogaba.

13

Esa noche reanudé mi labor de escritura. Las ideas fluían vertiginosas, como si el contacto con Clara hubiera ampliado las posibilidades, no sólo de mis sentidos, sino también de mi imaginación. En la madrugada creí tener un material decente que mostrar a Bernard. Dormí unas pocas horas. Mi madre me despertó con la noticia que partía a Fawns. Mi padre, por su parte, no llegaría antes de una semana. Todo andaba sobre ruedas.

Llamé a Bernard y quedamos en reunirnos esa tarde en el *pub* de Kensal Road, el mismo donde nos habíamos encontrado la vez anterior. A las cinco salí a la calle llevando mi flamante artículo bajo el brazo. Empezaba con la mujer arriba de su púlpito exigiendo su derecho al amor y terminaba con el mito de Platón, tal cual aparece en el discurso de Aristófanes, donde los hombres, originariamente andróginos, luego de ser escindidos en dos mitades por los dioses, vagaban por el mundo buscando la porción perdida de sí mismos. No estaba muy convencido de esto, se me antojaba una visión narcisista del amor, pero consideré que todas las especulaciones e historias inventadas que había escrito quedaban bien selladas con una imagen de ese calibre.

A las seis estaba sentado en una mesa del *pub* con una cerveza en la mano. Tenía una sensación grandiosa. Al parecer, los instantes que anteceden a los grandes momentos tienen una cualidad especial que los hace muchas veces más excitantes que el evento mismo. Es tal vez, el vértigo de estar suspendido en el borde de un momento donde todo es aún posible. Lamenté no haber incluido esta observación en mi artículo. De hecho, había sentido algo similar en casa de Clara.

Desde la barra, una mujer nada desdeñable me miraba con insistencia, exacerbando mi buen ánimo. A las seis y media llegaron Bernard y Tony, su amigo de la revista *South Now*. Bernard se veía desmejorado. Parecía haber perdido unos cuantos kilos en esa semana. De todas formas, su ánimo chispeante hizo que mi impresión inicial desapareciera. Le pasé la carpeta con las seis páginas escritas. Una sonrisa empezó a surgir en su rostro, hasta transformarse en una carcajada; entonces me miró y dijo:

—Theo, que tienes pluma, la tienes.

Tenía pluma. Una pluma que en mis manos se tornaba un arma y que según mi voluntad se haría incisiva, voluptuosa, alcanzando los rincones más ocultos de las almas, y sobre todo, de los cuerpos femeninos. Una pluma que era parte de mí, un órgano hasta ese entonces oculto, que nadie podría arrebatarme.

Bernard leyó un párrafo en voz alta, mientras Tony no me sacaba los ojos de encima. Por alguna razón que sólo más tarde entendería, ambos estaban dispuestos a ayudarme a cambio de nada. En un momento, Bernard se puso a toser. Tony lo cogió de un brazo y lo acompañó al baño. Los observé caminar hacia el otro extremo del *pub*, Bernard con la cabeza gacha sin poder detener las convulsiones, Tony abriéndole paso entre los parroquianos. La mujer de la barra estaba ahora con un tipo de traje azul que intentaba darle un beso. Nuestras miradas se cruzaron y ella me sonrió como si me conociera.

Cuando volvieron, unas gotas de agua se deslizaban por las mejillas de Bernard, otorgándole una apariencia devastada. Tony cogió una servilleta y las secó. Su gesto delicado y a la vez rotundo me reveló cuán insustancial era mi texto sobre el amor, un juego de palabras colmado de ironía y pretensiones, pero sin un gramo de honestidad. Me sentí podrido.

—Lo que escribí es una mierda —dije.

Me impresiona ahora la volubilidad que tenían en esos años mis sentimientos, pero más aún mi impudicia para transformar todo en un asunto personal. En lugar de detenerme a pensar en Bernard, en su palidez, en esa tos persistente que lo dejaba exhausto, la única preocupación en mi horizonte era yo mismo. Imagino que algo similar pensaron ellos. Tony alzó su vaso de cerveza y sin malicia dijo:

—Salud por la irrepetible juventud.

Ellos no eran viejos, pero esa dolencia que aquejaba a Bernard los acercaba más a la madurez que a la eterna adolescencia. La chica de la barra y su acompañante se levantaron de su sitio; desde la distancia ella me saludó. En ese momento caí en la cuenta de que se trataba de Emily, la amiga de Caroline. El tipo de traje la llevaba cogida de una mano, con la otra intentaba alzar su falda, mientras ella, mitad ofuscada, mitad anhelante, lo dejaba hacer. Esa era la chica por la cual Antonio había expresado interés. La única en todo ese tiempo. Los ojos perfilados con una línea negra le daban un aire dramático, muy lejano a esa imagen de niña bien que había cautivado a Antonio. Por fortuna, pronto Emily y su perchero azul estuvieron fuera del *pub*. Me quedé mirando la barra desdentada, con sus escasas botellas suspendidas. Bernard volvía a toser y Tony se ensombrecía.

—Es el humo —dijo Tony—. Será mejor que salgamos a la calle.

Caminamos un par de cuadras y en la esquina de Kensal con West Row nos separamos.

Decidí llamar a Antonio apenas llegara a casa. No sólo habían desaparecido mis malos sentimientos, sino que tenía genuinas ganas de estar con él. Hacía más de una semana que no lo veía, y algo empezaba a faltarme. Cuando levanté el auricular y marqué su número entendí la atracción que Antonio sentía por la chica recatada que había visto en Emily. Lo que él necesitaba era aferrarse a la normalidad, a la vida tal cual debía ser, para así dilatar en la imaginación su partida a un mundo incierto. Esperé un buen rato con el auricular en la mano y nadie respondió.

14

Un par de horas después llamó Clara. No me había mencionado la tarde anterior que hacía días intentaba sin éxito hablar con Antonio. Acordamos ir juntos a su casa después que ella terminara su turno en la pizzería donde trabajaba dos tardes por semana.

Alrededor de las ocho la esperaba dentro de mi Austin Mini frente a las puertas del local. Traía una pequeña mochila al hombro y unos jeans desteñidos y ajustados. En un segundo pasaron por mi mente las imágenes de nuestro encuentro y volví a sentir deseos de ella. Se subió al auto, me dio un rápido beso en los labios y, con una expresión que no era en absoluto tranquila, dijo:

—El padre de Antonio partió a Rumania, a una reunión del Partido. Cuando se va, Antonio aprovecha para quedarse en su casa oyendo música. Lo conoces, es lo que más le gusta en el mundo, por eso me parece extraño que no esté. Además...

—¿Además qué?

—Ya sabes, lo del viaje a Chile. —Creí percibir en el tono de su voz una creciente inquietud.

Con el fin de saber hasta qué punto llegaba la complicidad de Clara y Antonio, señalé:

—Y lo de Emily.

—Eso no lo sé —afirmó con indiferencia, dándome a entender que su preocupación por Antonio trascendía esas pequeñeces.

—¿Temes algo?

Clara guardó silencio y yo no insistí. A esas alturas lo único que quería era rescatar la atmósfera que habíamos compartido el día anterior. Tomó su morral del asiento trasero y sacó una caja de cartón que contenía dos trozos de pizza. Alcancé a divisar su cuaderno rojo. Le pregunté si siempre lo traía consigo. Me respondió que ese cuaderno era su refugio.

—¿Y nunca voy a poder verlo?

—Depende de cómo te portes.

—¿Y cómo lo estoy haciendo?

—Bastante bien, pero aún es muy pronto para tomar esa decisión —dijo mientras me pasaba uno de los trozos de pizza envuelto en una servilleta de papel.

Lo cierto es que la exaltación de estar con ella, sumada a las emociones del día, me habían quitado el hambre por completo. Respiré hondo y mastiqué la pizza. En la radio sonaba *Women*, la canción que Lennon compuso a Yoko. En lugar de alegrarme, la expresión de su amor por ella me sonrojó. Abrí la ventanilla.

Nos detuvimos frente al edificio de Antonio. En la acera, unos chicos sostenían a un perro de las patas, mientras uno de ellos le abría la boca a la fuerza. El perro chillaba con los ojos abiertos. Un niño pequeño lo remedaba. Cuando nos bajamos del auto, Clara me tomó del brazo y se pegó a mí. Caminamos los pocos metros que nos separaban del antejardín y miramos por la ventana de la cocina. El interior estaba en penumbras. A través de la puerta abierta del pasillo se filtraba una luz, revelando decenas de platos, vasos y tarros de alimentos sobre la mesa. Clara saltó la verja y tocó la puerta. Nadie respondió. Volvió a tocar con más intensidad.

—Antonio está ahí dentro.

—¿Por qué estás tan segura de eso?

—Debe llevar días encerrado. ¡Cómo no me di cuenta antes!

—Clara, ¿qué ocurre? —insistí.

Ella continuaba golpeando la puerta y luego el cristal de la ventana.

Una mujer de caderas anchas y pechos generosos se asomó por la puerta vecina. Al reconocer a Clara corrió hacia nosotros.

—Está ahí hace días. No hay caso. Usted sabe, Clarita, yo a ese niño lo quiero como si fuera mío. Para mí que ya no tiene nada que comer. Ayer le dejé un plato de comida en la puerta... —en este punto se detuvo conmovida—. Pero no lo tocó.

Clara me miró. En sus ojos divisé un destello, como si intentase contener las lágrimas. Su voz, en cambio, era firme:

—Theo, vamos a entrar.

—¿A patadas? —preguntó la mujer.

—A patadas —afirmó Clara. Se echó hacia atrás para tomar impulso y con un pie le pegó a la puerta. Nada ocurrió.

Los chicos, al oír el golpe, nos miraron. Aprovechando el segundo de distracción de sus captores, el perro salió corriendo. Tomé un impulso más largo que el de Clara y me precipité con todas mis fuerzas contra la puerta. El estruendo fue mayor, pero la puerta seguía intacta. Lo intenté unas cuantas veces; fue inútil. Al cabo de un rato, la mujer nos pidió disculpas por tener que abandonarnos. Se despidió de nosotros al tiempo que se persignaba a una velocidad sorprendente.

Salimos del jardín y nos sentamos en la acera. Los niños, al otro lado de la calle, hicieron lo mismo. Encendieron un cigarrillo y lo pasaron de mano en mano. Nos miraban sin disimulo, hablando un inglés salpicado de palabras en español. Parecían dispuestos a esperar lo que fuera con tal de presenciar lo que estaba por ocurrir.

—Podemos quebrar el cristal de la ventana de la cocina —dije.

—Estaba pensando lo mismo —afirmó Clara.

Los faroles de la calle difundían una luz turbia. Me saqué el suéter, cubrí mi mano derecha con él y le asesté un golpe a la ventana. Clara se estremeció. La imagen del militar rompiendo un cristal de su casa con la culata de un fusil retornó a mi memoria. Una de esas extrañas simetrías donde los hechos vuelven con el perverso fin de restaurar los recuerdos dolorosos.

Con la mano aún cubierta saqué los trozos de vidrio que permanecían sujetos en el marco y despejé el hueco, de manera que Clara pudiera entrar. En un segundo estaba dentro. Mientras esperaba que ella me abriera la puerta, miré hacia el cielo, no había estrellas ni luna. Los chicos del frente guardaban silencio.

Cuando entré, el olor nauseabundo de la cocina me provocó arcadas. La oscuridad era absoluta. Clara tanteó el interruptor y prendió una luz. En la sala, los objetos yacían hundidos bajo envoltorios de alimentos, libros, peladuras de naranja, latas de cerveza.

—Está aquí —susurró Clara—. ¡Antonio! —gritó.

No hubo respuesta. Sobre la mesa del comedor, entre tazas vacías y recortes de periódicos, divisé un puzzle gigante a medio armar. Clara volvió a gritar su nombre varias veces, pero Antonio no dio señales de vida. De pronto dijo:

—Si no sales, nunca más vuelvo a bailar, ¿oíste?

Por su expresión resuelta supe que decía la verdad. Estaba dispuesta a renunciar a su carrera si Antonio no daba la cara.

Lo vimos aparecer en el pasillo. En la penumbra, su silueta adquiría una dimensión mayor que la real.

—Lo lograste, Santa Clara —escuché que decía sarcástico. En el fondo del pasillo, apoyado contra la muralla, hablaba sin mirarnos. Aún no podíamos ver su rostro.

—Theo está conmigo —dijo Clara.

—Preferiría que se fueran. Ahora.

—Eso es imposible.

—Abren la puerta y desaparecen. Que yo sepa, eso no es muy complicado.

—Primero quiero verte la cara —dijo ella.

Por un espacio que dejaban las cortinas oscuras de la ventana se filtraba la luz amarillenta de la calle, produciendo un único espacio de calidez sobre el piso. Antonio se deslizó con la espalda apoyada en la muralla hasta quedar sentado en el suelo. Permaneció quieto, en cuclillas, su respiración agitada interrumpiendo el silencio que se volvía macizo, como si cientos de demonios nos hubieran invadido. Por un rato, ninguno de nosotros se movió.

—Antonio, di algo, por favor —suplicó Clara, iniciando un paseo de un lado a otro de la sala.

Su silencio no cejaba. Los chicos de la calle, después de un período de calma, reanudaron sus gritos y risas que se colaban por los rincones, saturando el aire de un júbilo ficticio.

—¿Para qué? El huevón cagado les revela lo bien que están; además, como si eso fuera poco, tienen la posibilidad de ser buenos.

—No sigas —intervino Clara con los ojos cerrados.

—¿Para eso vinieron? ¿Para darle un ajuste a su autoestima? Olvídenlo.

A pesar de la violencia de sus palabras, su voz sonaba cansada.

Clara me miró con amargura e impotencia. Su rostro quebrado por las sombras se pobló de ángulos. No hallaba en el registro de mi conciencia palabra alguna que la animara, así como ella carecía de un gesto que hiciera a

Antonio salir de su caparazón. Sentado en el suelo del pasillo, él miraba el techo. Al cabo de un rato preguntó:

—¿Trajeron cigarrillos?

Clara me miró. El hecho que Antonio nos pidiera algo abría una ranura, pero la posibilidad de que cediera dependía de nuestra sutileza, de nuestra astucia.

—Te voy a comprar, si quieres —dije.

—¿Quieres? —preguntó Clara, y me hizo un gesto con las manos para evitar cualquier movimiento mío que rompiera el frágil contacto.

—Me da lo mismo —replicó Antonio en un tono que volvía a ser sombrío.

—Anda —me indicó Clara en un susurro.

En la calle, el aire me golpeó la cara. Los chicos habían desaparecido. Me costaba reconocer a Antonio en ese hombre recogido en el pasillo. ¿Dónde estaba el brío que alentaba su vida, su aplomo de hierro? ¿Cómo conciliar a ese individuo de porte quebrado, disminuido, con aquel capaz de juzgar a los otros por sus debilidades?

Su imagen hacía que nada tuviera consistencia; la calle, los faroles encendidos, mis pasos, todo se volvió irreal. Y mientras caminaba deseé que una porción de su dolor se desplazara hacia mí. Y no era este, como hubiera querido, un sentimiento altruista. Aunque deseaba aminorar su dolor, tenía la intuición que en ese abandono estaba el secreto de la fuerza que yo quería poseer. Unas cuadras más adelante encontré un *pub*. Adentro estaban las risas, el humo, el tiempo detenido en un cuadro que conocía bien, mientras a tan sólo un par de calles, Antonio se hundía. Compré los cigarrillos y una caja de fósforos, salí y eché a correr con todas mis fuerzas.

Cuando llegué, apenas podía respirar. Toqué varias veces la puerta. El silencio era absoluto. Me senté a esperar en los escalones. Pensé que todo lo que había vivido hasta ese entonces poseía un cariz familiar, era parte de un mismo registro, reconocible. Pero no ese momento. No Antonio y Clara allá dentro, no esa calle con su vacuidad y su mutismo. Me levanté y, a través de la abertura que dejaba la cortina, recorrí la sala con la mirada. Antonio estaba sentado en el sofá; Clara, arrodillada en el suelo frente a él. Sentí alivio. Había logrado traerlo a su lado. Tal vez temía que al abrirme la puerta, él retornara a su trinchera.

Volví a sentarme en la escalinata. No sabía qué hacer. No podía entrar, pero la idea de dejar a Clara me produjo una insoportable inquietud. Decidí esperarla. Las campanas de un reloj repicaban a lo lejos con insistencia, como si alguien hubiera decidido dislocar el tiempo.

De pronto, Clara abrió la puerta. Me alcé de un brinco. Tenía una expresión cansada.

—¿Todo bien? —pregunté.

—Está mejor. Pero creo que debiera quedarme con él esta noche.

Guardé silencio, herido por la forma campante con que Clara me hacía a un lado. Mal que mal, yo también era amigo de Antonio.

—Theo, por favor, no te enojes. Yo sé que así es mejor, créeme. Mañana en la mañana te llamo.

Me dio un beso y, sin más explicaciones, entró a la casa.

Sentí rabia, pero también temor. Saqué una página de mi agenda y escribí: «Os quiero mucho». No era en absoluto lo que sentía. Era una forma de colocarme por sobre el bien y el mal, de manifestar mi falsa magnanimidad perdonándolos de antemano por lo que pudieran hacer.

Dejé los cigarrillos y la nota. Me subí al coche. Pronto estaba lejos.

Diario de Clara

Allá en el fondo, entre las raíces, las hojas y las flores podridas, flotan los hedores. Nadie necesita señalarme el camino para llegar hasta ahí. Estoy llorando. Trato de entender el ardor que siento en el pecho. Es un sentimiento que conozco poco. No acostumbro a llorar. Tal vez es la extrañeza, la borrachera que provocó en mí Antonio cuando de pronto, flotando a la deriva, me estrechó con la urgencia de quien presiente un cataclismo. Quizá lloro por el recuerdo de su cuerpo desnudo, de sus ojos ávidos fijos en mí.

Nunca antes nos habíamos tocado. Su desesperanza provocó el deshielo. «Nos debemos esto hace un siglo», me susurró al oído. Acabó cuando supo que yo también estaba ahí. Se echó a un lado con los brazos abiertos. Pronto yacía en un espacio inaccesible, los ojos nebulosos, como si un extraño se hubiera asomado en el plano de su iris.

Son tantos los sentimientos que no logro apresarlos. Se agolpan por salir, se atropellan, y a su paso me escuecen la garganta. Sólo sé que ha sido inevitable. Hay fuerzas que no podemos resistir, como la que nos empuja el uno hacia el otro, la misma que en este instante nos separa.

Veo algo, una luz apunta hacia Theo. Me muestra su andar calmo, sus ojos atentos, su rincón pacífico donde los fantasmas no me alcanzan ni me destruyen. ¿Por qué, entonces, me cuesta considerar lo nuestro como algo imprescindible? ¿Acaso necesito la tensión mortal para existir?

¡Dios! Lo he traicionado. Lo imagino solo ante la evidencia de lo que él más que nadie presentía. Todo es más confuso de lo que quisiera. Transito un camino que miles de mujeres recorrieron antes que yo. Soy un número más entre aquellas que desconfían de sus pasiones, que sienten temor ante la incertidumbre, que intentan reafirmar el principio de la monogamia y se torturan por ello. Que se declaran culpables. Es patético.

Acallo mis sentimientos. Temo que mis lágrimas atraviesen estas paredes delgadas, alcancen la calle y salgan campantes a delatarme. Nada de lo que diga, de lo que piense o sienta, tiene valor. Sigo escribiendo. Tal vez el lápiz rozando la hoja blanca desvanezca el conjuro. Al menos, este cuaderno rojo no me pide explicaciones. Puedo decirle que intento ser una persona buena y él sostendrá mis palabras sin arrojarlas de vuelta a la cara.

Antonio ha despertado. Su silencio es elocuente. Intenta transmutar la confusión en una rápida fuga. Me levanto del rincón donde escribo y le ofrezco una taza de té. Todas las mujeres queremos algo. Eso dicen los hombres, al menos. No sé qué quiero. No es amor eterno. No es siquiera amor. Es apenas la necesidad de contar con la certeza de que Antonio no me hará daño. Y eso nadie, menos él, me lo puede garantizar.

15

Metí la cabeza dentro del agua de la bañera con el fin de llegar hasta el límite de mi resistencia. No era un afán suicida. Percibir la cercanía de la muerte era una forma de ampliar el registro de la vida. Como Antonio. No duré mucho, apenas algunos segundos. Al sacar la cabeza con fuerza, el agua desbordó la bañera y se extendió por las baldosas del piso. Me sentí ridículo. En ese instante sonó el teléfono. Había esperado con ansias ese sonido.

—¿Theo? —escuché que decía Clara.

La tensión que había experimentado por horas llegaba a un punto casi irresistible. Fui incapaz de decir palabra.

—¿Me perdonas? —preguntó ella con una voz ronca.

—¿De qué? —dije, intentando aparentar naturalidad.

—Quiero que sepas que no dormí con Antonio. —Su voz era tan frágil y a la vez tan grave que le creí. Necesitaba creerle.

—Me preocupaba. Pero más me preocupa él —mentí—. ¿Cómo está?

—Aceptó que fuéramos a ver a su psiquiatra. No es la primera vez, Theo, no te preocupes. Llega al fondo y de ahí sale.

—¿Antonio tiene un psiquiatra?

—Hay muchas cosas de Antonio que no sabes y yo tampoco. Ya te habrás dado cuenta cómo resguarda su privacidad. En eso es aún más fiero que ustedes los ingleses —dijo con una entonación más alegre.

—Es cierto. Pero nosotros lo hacemos porque consideramos una falta de educación ventilar nuestra intimidad, que es o muy aburrida o muy perversa. —Clara rió. Su risa me dio aliento—. En cambio, a Antonio lo detienen sus aspiraciones de héroe. Ya sabes, los duros no lloran.

—Los duros no lloran porque tienen miedo —dijo Clara, y yo le respondí que estaba en lo cierto.

Me contó que había encontrado mi nota en la puerta, y que era probable que ella también me quisiera, y mucho. Entonces rió con ganas, una risa fresca que no tenía ni un dejo de sarcasmo.

Antonio aún dormía. Le pediría ayuda a la vecina para limpiar la casa, después lo acompañaría al psiquiatra. Iba a intentar que Marcos se quedara con él hasta que su padre estuviera de vuelta. Temía que Antonio no aceptara. La presencia de otras personas lo intimidaba, por eso su aislamiento. Prefería no comer, no fumar siquiera, con tal de no encontrarse con alguien.

—Theo, tenemos que ayudarlo a entrar a Chile —declaró entonces.

—¿Pero cómo?

—Juntando dinero para el pasaje.

Quedamos de reunirnos lo más pronto posible para diseñar un plan de acción. Había que actuar y rápido. Al fin del verano, Antonio tomaría su avión rumbo a Chile. Ese sería nuestro objetivo.

—¿Cuándo te veo? —le pregunté, una vez definida nuestra estrategia. A decir verdad, era lo único que me interesaba.

—Déjame salir de este embrollo y te llamo, ¿ya?

Era evidente que la urgencia que yo tenía de ella no era correspondida. Como si hubiera escuchado el murmullo de mi desazón, con una voz suave dijo:

—Yo también quiero verte, Theo. Sólo espérame. ¿Me lo prometes?

—Te lo prometo —afirmé con alivio y felicidad.

Todo había cambiado. Antonio era mucho más vulnerable de lo que yo creía, y necesitaba mi ayuda. Sus fisuras no sólo lo hacían más cercano, sino que, además, me permitirían avistar su ser más profundo. Un nuevo optimismo me embargó. Volví a la bañera y cerré los ojos. Recordé las toallas blancas apiladas en la cómoda de madera, el olor a jabón de lavanda, mi madre sentada en la silla, contándome la historia sin fin de una divertida madre y su valiente hijo. Recordé la agonía de tener que abandonar la tibieza del agua, la nube de vapor, y salir al mundo que se encontraba al otro lado de la puerta.

Nunca nos gustó la realidad. Ni a mi madre ni a mí. Intentábamos siempre buscar los vericuetos que nos condujeran a ese otro espacio imaginario que moldeábamos a nuestro gusto. Abrí los ojos y vi mi cuerpo bajo el agua. Un cuerpo que hacía tiempo había abandonado la niñez. Me asombró descubrir esas ganas siempre vivas de permanecer sumergido en la bañera, acurrucado, como si aún no hubiera nacido. Intuí que aun cuando mi exterior se hiciera grande y más tarde con la edad se volviera añejo, una parte de mí quedaría intacta. Era ese reducto el que importaba. El resto estaba troquelado según las leyes que regían el mundo tras la puerta del baño, y de ahí no surgiría nada valedero.

*

Principal cometido: conseguir dinero para el pasaje de Antonio. Pensé en mi padre, pero lo deseché de plano. No quería tener deudas con él. La solución surgió sin siquiera haber iniciado el proceso de buscarla. Salí del baño y llamé a Bernard. Le propuse escribir un artículo sobre los exiliados chilenos. Mi relación con ellos me permitía tener una mirada alejada de las apreciaciones turísticas. Le pareció una buena idea, aunque me advirtió que no tenía muchos recursos, que tal vez lo mejor sería proponérselo a Tony. En *South Now* se especializaban en Latinoamérica, y él me podría pagar mejor.

—Bernard —le dije una vez que él me hubo propuesto tan perfecta alternativa—. ¿Por qué haces esto por mí?

—Historia larga...

—¿Qué? Jamás imaginé que detrás de esto hubiera una historia.

—Theo querido, detrás de todas las cosas, incluso las más insustanciales, hay una historia, premisa número uno si quieres escribir.

—Tienes que prometerme que me la vas a contar.

Me dio el número de teléfono de Tony y quedamos en juntarnos uno de esos días en el mismo *pub* de siempre para que él me contara la historia.

Me senté en el sillón de mi padre con *Las tristes* que Antonio me había regalado hacía no mucho tiempo. Según él, al leerlas había reconocido vívidamente los sentimientos expresados por Ovidio. Me sumergí en la noche en que el poeta describe sus últimos momentos en Roma antes de partir al destierro. Y mientras leía entendí que no era posible hablar del exilio de mis amigos como un cúmulo de lugares comunes.

Preparé la máquina de escribir, descolgué el teléfono y me encerré en la habitación que ocupaba mi hermana antes de su matrimonio, y que ahora estaba llena de trastos. El olor a polvo lo impregnaba todo. Al encender la luz, una polilla se precipitó hacia la lámpara del escritorio abandonado de mi hermana. Debió estar ahí ciega, atrapada, y a la vez a salvo de la fatal atracción que ejercería la luz sobre ella. La imagen de Clara en la terraza de Wivenhoe acudió a mi memoria. Su mirada perdida en los techos, su voz calma mientras hablaba de la noche que se llevaron a su padre. Escribiría todo lo que surgiera, sin aspirar a la coherencia. Era la única forma de rescatar la nube de vapor de la bañera.

Escribí el artículo en un arrebato que no me abandonaría en el transcurso de dos insomnes e inapetentes jornadas. La mañana del tercer día salí a la calle en un estado febril y casi inconsciente. Compré pan, queso, y volví a mi casa. Después de comer me dormí en el Chesterfield de la sala. Desperté transpirado, con la boca seca y una punzada en las sienes. El sol áspero de mediodía golpeaba en mi ventana. Llamé a Clara.

Según me dijo, había intentado comunicarse conmigo cientos de veces. Algo con lo que mi vanidad había contado al descolgar el teléfono. Le conté que escribía un artículo para una revista y que esperaba obtener algún dinero. No le mencioné, sin embargo, que trataba de los chilenos en el exilio y que los detonantes de mi inspiración habían sido ella y una polilla muerta.

—Antonio está aquí conmigo, ¿quieres hablar con él? —me preguntó.

—¡Hola, amigo! —la voz de Antonio sonaba crujiente y limpia.

Me contó que se estaba quedando unos días en casa de Clara hasta encontrar un lugar propio. Había recuperado su aplomo. Su tono era exaltado, como si estuviera a punto de comunicarme algo esencial para el destino de ambos. Me pareció natural que no quisiera seguir viviendo con su padre, aunque hubiera preferido no encontrarlo en casa de Clara.

Más tarde, en ausencia de Antonio, ella me llamó nuevamente. Estuve a punto de plantearle mis aprensiones, pero sabía que eran inapropiadas. Mal que mal, su amistad con él se remontaba a muchos años. Yo no tenía derecho a inmiscuirme, ni tampoco a cuestionar la integridad de Clara. Me contó que la depresión de Antonio no había sido tan profunda, aunque las apariencias indicaran lo contrario. Tenía sus razones, me dijo, y al pensar en los últimos acontecimientos estuve de acuerdo con ella. Pero todo eso había quedado atrás. Ahora estaba esperanzado ante la idea de partir. Que nosotros decidiéramos ayudarlo resultó decisivo. Había encontrado trabajo en una tienda de productos naturales y por las tardes posaba en una escuela de arte. Me contó también que ella con su grupo de danza participaría en un acto de solidaridad con Chile. Todo esto había ocurrido en dos días, mientras yo, encerrado en un mundo de polillas muertas, narraba sus vidas.

—Y nosotros, ¿cuándo nos vemos? —le pregunté después de una larga elucubración sobre las posibilidades de reunir el dinero en un plazo razonable.

—Tengo ensayo a las ocho, pero si quieres podemos vernos ahora.

Me duché y partí a Swiss Cottage intentando no hacer evidente mi ansiedad. De todas formas, en menos de una hora estaba en casa de Clara, sorprendido ante su belleza, que los últimos acontecimientos habían vuelto más plena.

Diario de Clara

Nunca debió ocurrir. La distancia era la clave de nuestra unión.

Fue Antonio quien impuso el escepticismo. No fue algo repentino, me fue persuadiendo poco a poco de que el amor no es sólo imposible, sino también inútil. Las pasiones, tarde o temprano, mueren, y cuando esto ocurre surgen el resentimiento y la rabia. Amigos, siempre amigos, jugando el juego del desencuentro, evitando los peligros de una pasión adulta. Fue una forma de sobrevivencia la que él me inculcó. De mi mirada siempre atenta se nutrió su fuerza, y de la necesidad que tiene él de mí se sostuvo la mía.

Por eso desistimos. Hasta esa noche. Desde entonces, si nuestras miradas se cruzan, nos alejamos desconcertados, sin saber qué dirección tomar para no encontrarnos, ni tampoco perdernos definitivamente. Pero la vida no transcurre en línea recta. Fue tan sólo un roce, cuando lavábamos la vajilla. Eran días sin sentirlo. Ese mareo. Por fortuna, apareció Theo. Me colgué de su cuello y él me besó. Antonio palmoteó su espalda, como si también él necesitara de la luz de Theo para no perderse. Reímos. Tomé una a una sus manos y me las llevé a las mejillas. Antonio intuye que estoy cediendo, que el amor de Theo se está infiltrando en mi cuerpo, que pronto caeré inconsciente bajo su influjo, y lo resiente. En tanto, somos tres. Quiero creer que nada más necesitamos del mundo.

16

Unas semanas después presenté a Tony el artículo de los exiliados chilenos. Se mostró entusiasmado, incluso me pidió que escribiera otro reportaje, esta vez sobre un grupo de músicos costarricenses.

Se volvió frecuente que por las tardes recogiera a Clara de sus ensayos y nos tomáramos una cerveza en algún *pub*, donde la mayoría de las veces Antonio, después de su trabajo, se unía a nosotros. Podría decirse que éramos felices. Incluso mis dudas con respecto a ellos dos se habían disipado. Lo suyo era la amistad, y gracias a eso, por primera vez yo era parte de algo.

Había llegado el día del acto de solidaridad. Mientras bajábamos en coche hacia el County Hall de Westminster, Clara observó que a lo lejos, por el norte de la ciudad, asomaba una escuadra de nubes.

—Ojalá no llueva —dijo rodeándose con los brazos.

Sin dejar el volante tomé su mano y la miré por un segundo. Nunca antes había visto el daño en sus ojos. Me di cuenta que había estado ahí todo el tiempo, y que ella debía hacer grandes esfuerzos por ocultarlo. Me dieron ganas de convertirme en espía, en héroe, e ir a castigar a quien hiciera falta. Cuando llegamos al County Hall la abracé.

Entramos en una gran sala de paredes cubiertas por carteles coloridos. Puños en alto, imágenes del fallecido presidente de Chile, campos con flores y fusiles. La ilusión de defender a Clara del infortunio me había insuflado optimismo y confianza. Los participantes, ataviados con sus trajes típicos, preparaban sus números o conversaban en los rincones. Un hombre bigotudo, provisto de una desmedida vitalidad, se acercó a ella con los brazos abiertos. Era el organizador del acto. Un par de chicas del grupo de danza se unieron a nosotros. El resto de los bailarines llegaría luego. Me quedé unos pasos atrás observando a Clara. Al mirarla con los ojos de otros, cada uno de sus gestos adquiría una sensualidad adicional. Me desprendí de todo lo que me era familiar en ella y la miré como la hembra recia y dulce que era. Me sentí afortunado de ser yo quien la acompañara. Un conjunto de músicos ingleses afinaba sus guitarras. Mientras Clara y sus compañeras iniciaban sus calentamientos, el organizador de bigotes tupidos me pidió que ayudara a un grupo de jóvenes a instalar las sillas. Al terminar encontré a Clara preocupada. El resto de su grupo de danza aún no había aparecido. Salí a la calle a echar un vistazo.

Los espectadores comenzaban a llegar, pero los integrantes del grupo no se veían por ningún lado. Me puse a caminar. No había recorrido más de un par de metros cuando vi a un hombre cruzar la calle y avanzar a paso rápido hacia mí. Vestía con una anticuada pulcritud. La camisa blanca sin cuello, abotonada hasta el pescuezo, hacía que su cabeza quedara comprimida entre sus hombros. A pesar del vestuario extemporáneo, su andar vigoroso era el de un hombre habituado al movimiento. Cuando lo tuve enfrente reconocí a don Arturo, el padre de Antonio. Lo había visto tan sólo una vez, el día de la muerte de su hijo Cristóbal. Recordé sus gestos solemnes y gentiles, también su caminar erguido por el pasillo, no dispuesto a dejar en evidencia frente a nosotros la magnitud de su quebranto. Esta evocación hizo que un sentimiento de trascendencia se apoderara de mí. Cuando estuvimos frente a frente me estrechó la mano y se presentó con su nombre de pila. Empezó a decirme algo y me di cuenta del inmenso esfuerzo que hacía para expresarse en inglés. Le dije que me hablara en español. Me preguntó si contaba con un par de minutos y me pidió que siguiéramos caminando, pero en dirección contraria a la calle principal.

—Me alegro de encontrarte aquí, así no tendré que entrar. Tú ya sabes, Antonio se fue de casa.

Asentí con un movimiento de cabeza sin decir palabra.

—Voy a ir al grano, hijo —puntualizó—. Necesito tu ayuda para impedir que Antonio salga de este país. Si Antonio entra a Chile ahora, lo apresan. Así de simple. Hemos recibido noticias que el servicio de inteligencia está al tanto de sus intenciones de entrar. Aun cuando ingrese con una identidad falsa, hay fotos recientes de él en todos los controles fronterizos.

—Pero, ¿y eso Antonio no lo sabe?

—Está convencido que son invenciones del Partido para evitar que entre. Cree que no tienen confianza en él. Y lo cierto es que no es un asunto de confianza, el peligro es real.

—Y usted ¿cómo puede estar tan seguro de eso?

—Confío en el Partido. Es lo único en que puedo confiar —dijo cabizbajo.

Doblamos por una calle, una mujer con zapatillas y traje deportivo nos adelantó dando tumbos.

—Yo sería incapaz de convencerlo. Es lo que más quiere en la vida —dije.

—No pretendo que lo convenzas. Yo sé que eso sería imposible. Quiero que lo detengas.

—¿Pero por qué yo? —le pregunté, sorprendido de que se dirigiera a mí para llevar a cabo una tarea tan seria.

—Eres la única persona que conozco, que habla

perfecto inglés, no eres parte del círculo de chilenos y, sobre todo, sé que quieres a Antonio.

—Sí, pero impedir que entre a Chile es condenarlo. El resto no tiene importancia para él —dije con voz insegura. Yo no era nadie para darle un sermón a un hombre como don Arturo.

—No es lo mismo, y tú lo sabes.

Miré la hora, faltaban diez minutos para que se iniciara el acto. Don Arturo se frotó la cara con las manos, cerró los ojos un segundo y sin mirarme recapituló en voz alta:

—No quiero perder otro hijo.

—Dígame cómo puedo ayudarlo —indagué, a pesar de que no estaba en absoluto convencido de querer asumir esa responsabilidad.

—Tienes que hacer una llamada telefónica en el momento adecuado. Dirás que Antonio lleva consigo un documento del IRA para un dirigente de la Resistencia en Chile. Lo detendrán, encontrarán la carta, la analizarán y se darán cuenta de que es falsa. Esto llevará algunas horas, tal vez incluso un día, y a él le será imposible tomar su vuelo. Al descubrir la verdad considerarán que ha sido víctima de una mala broma.

—¿Y el documento? ¿Cómo va a llevar un documento sin saberlo?

—Yo me encargaré que así sea.

—Pero, de todas formas, es probable que ellos mismos lo pongan en otro vuelo, dado que todo es un malentendido.

—Eres muy idealista, hijo. La responsabilidad de un gobierno como éste es salvaguardar la seguridad de su gente, no pagarle el pasaje de vuelta a su país a un apestoso inmigrante que ha sido víctima de una mala jugada. Por otro lado, como tampoco habrá incurrido en ninguna falta, lo dejarán ir. Es una forma limpia de detenerlo. No estamos haciéndole un gran daño.

—¿Cómo que no? Estamos traicionándolo.

—No, hijo, tú no entiendes, estamos impidiendo su muerte.

Habíamos dado la vuelta a la manzana y llegábamos al County Hall. Don Arturo se detuvo frente a la puerta. Me cogió de los codos y dijo:

—Antonio es lo único que me queda en el mundo.

Ambos lo vimos al mismo tiempo. Su cabeza morena sobresalía entre las otras. La forma lenta y segura con que Antonio clavó sus ojos primero en mí y luego en su padre no significaba otra cosa que la contención de una inmensa rabia. Giró sobre sí mismo, cruzó la puerta principal y desapareció entre las decenas de personas que ingresaban. Don Arturo me tomó una mano con firmeza, la cubrió con la otra y se quedó así unos segundos.

—Me pondré en contacto contigo cuando sea el momento —dijo en un murmullo y emprendió la marcha calle abajo.

Confundidos en un grupo que avanzaba hacia la puerta reconocí a los compañeros de Clara. Los conduje por el pasillo lateral a la sala donde se encontraban los participantes, y entre ellos Clara a punto de estallar. Necesitaba contarle lo que había ocurrido. La ansiedad apenas me dejaba respirar. Pero era imposible. El aire estaba cargado de nerviosismo. Los participantes, con sus trajes de colores, corrían de un lado a otro. La tensión aumentó cuando el primer grupo de músicos subió al escenario. Clara me preguntó por Antonio. Le dije que lo había visto al entrar.

Me senté lo más cerca posible del escenario. El grupo británico de indumentaria andina hacía sonar sus guitarras. El más pequeño cantaba a voz en cuello, mientras la audiencia se alzaba de sus asientos con el puño en alto y la mirada perdida en un lugar entre el muro y el techo, donde parecía estar la abertura que conducía a un futuro mejor. Miré alrededor en busca de Antonio. Estaba de pie, unas filas más atrás. Tenía una expresión reconcentrada. ¿Y si don Arturo estaba en lo cierto y su vida corría peligro?

Siempre había considerado las catarsis grupales como una forma demasiado simple de intentar resolver la soledad. Sin embargo, era difícil sustraerse de la emoción que inundaba el aire. Pensé en don Arturo. Una ola de calor ascendió por mi cuerpo. Me levanté de mi asiento y sin darme cuenta alcé también el puño. Pero era inútil. A los pocos minutos me encontré observando todo con distancia. La ironía, que esta vez me señalaba: qué fácil es alimentarte de ideales ajenos, derramar unas cuantas lágrimas y sentir que estás vivo. Una ironía no muy sofisticada, pero que a esa edad tenía sentido. Azorado, bajé el puño y miré otra vez a Antonio. Volví a pensar en la conversación que había sostenido con su padre.

Nada de lo que había hecho hasta entonces en mi vida tenía mayor importancia. Había cumplido medianamente con las reglas del juego para no sufrir un tropezón mayor, siempre consciente de que todo ese ir y venir no era más que eso, un juego, un ensayo para lo que vendría después. Incluso, mi amistad con Antonio podría decirse que formaba parte de ese ámbito ficticio. Había contemplado su universo y sus miserias desde una distancia no muy diferente a aquella con que ahora observaba el escenario. Lo que don Arturo me pedía, en cambio, era real. De ello dependía el porvenir de un hombre.

Después de varios números folclóricos de dudosa calidad, de improviso, como si algo hubiese estallado, los cuerpos danzantes del grupo de Clara llenaron el escenario. Recordé nuestro primer contacto en casa de su madre, que había surgido cuando hablamos de Frida Kahlo. En movimiento, su ser adquiría dimensiones inusitadas.

Una marea de aplausos inundó la sala cuando terminaron. Quería abrazarla. Me levanté de un salto y corrí al lugar donde se encontraban los participantes. Desde la puerta los vi. Antonio la estrechaba. Ella tenía la cabeza en su hombro y los ojos cerrados. Incapaz de mover un músculo, me quedé mirándolos: los dedos de Antonio esbozando una leve caricia en su cuello, las caderas de Clara cerrándose contra las de él. Nada se me escapaba. Ella abrió los ojos y me vio. Su expresión no fue la de una mujer que ha sido sorprendida en una falta; por el contrario, me sonrió sin desprenderse de él. Un par de segundos después se acercó a mí, me dio un largo beso en la boca y tomó mi mano para que la acompañara. Toda posibilidad de iniciar un patético espectáculo de celos quedaba anulada.

*

Esa noche, parte del grupo de danza, Antonio, Clara y yo celebramos la actuación en un *pub* cercano. Antonio apenas me dirigió la palabra. Al final, cuando nos disponíamos a partir, me dijo:

—Así que estás en conversaciones con mi padre.

—No estoy en conversaciones con nadie. Tu padre me pidió que lo ayudara para evitar que te fueras. Pero yo no soy ningún traidor.

—¿Te dijo qué quería concretamente de ti?

—No, ante mi inmediata negativa no seguimos conversando. —No supe por qué mentía.

—Discúlpame por haber pensado mal de ti. Lo que pasa es que no sé quién está conmigo y quién no. Mi propio padre está ahora en mi contra. Seguro que te dio esa cháchara de la seguridad. No me cree capaz de entrar y salir vivo. Cree que soy un pendejo mediocre. Fue él quien convenció al Partido para que me dejaran aquí.

¿Entiendes ahora por qué todo lo que hacen ustedes es tan importante?

Quise decirle que le había mentido, que sabía muy bien lo que don Arturo se llevaba entre manos, pero ya era tarde. Si le confesaba el diálogo que había sostenido con su padre, Antonio nunca volvería a confiar en mí. Este fue el primer atisbo que tuve del sentimiento que provoca la deslealtad. Después de esto nos unimos al grupo que se apresuraba a partir. Él le dijo a Clara que se mudaría a casa de un amigo, pues ya estaba agobiado de vivir entre tantas mujeres. Era la primera vez que Clara y yo dormiríamos juntos toda la noche.

17

Durante los siguientes días me dediqué a los músicos costarricenses. Conviví con ellos un par de jornadas y luego me encerré a escribir en el cuarto de mi hermana, rodeado como siempre de trastos y polillas. Una historia se fue plasmando en el papel, una historia real que poseía todas esas observaciones del mundo invisible que se habían colado en mi conciencia. Después de una semana de trabajo, el resultado me satisfizo. Frente a mi Remington, las virtudes que me habían sido negadas emergían con una facilidad sorprendente. Podía ser inquisitivo, sagaz, arrojado, irónico; era como si otro hombre hubiera estado agazapado bajo mi piel y ahora encontrara una forma de vida en las palabras. Sin saberlo, estaba fundando los cimientos de lo que sería mi futuro. Esa manera particular de dar cuenta de mi entorno sería el medio con que en los siguientes años me ganaría la vida.

Llamé a Tony en un estado de euforia. Su voz sonaba sombría. Quedamos de encontrarnos al día siguiente en el mismo *pub* donde nos habíamos reunido un mes atrás.

Bernard había muerto —me lo contó cuando estuvimos sentados junto a un par de cervezas— en un hospital, acosado por una enfermedad de la que por ese entonces se sabía poco. Me impresionó la falta de dramatismo y la dulzura con que Tony se refirió a su mal, detalles que en boca de otro habrían resultado morbosos. Me dijo que Bernard no había querido ver a nadie, razón por la cual no me advirtió de su estado. Nos quedamos frente a nuestras cervezas, en silencio, observando el ir y venir de los tipos con sus vaqueros ajustados y sus músculos lustrosos. Era un mundo que Bernard ya no veía más. Lo único que ansiaba era escabullirme del horror que me producía su muerte. Tony, con los codos apoyados sobre la mesa, mantenía una expresión calma, pero en el silencio su pesar se volvió evidente. Tuve un extraño presentimiento. Por algún motivo, Bernard nos había reunido antes de su muerte. Recordé nuestra última conversación telefónica. Bernard había mencionado una historia. No era el momento de preguntarle a Tony, pero no cabía duda que ahí radicaba la respuesta.

Un tipo se aproximó a Tony y le palmoteó el hombro. En ese momento, ambos retornamos de los subterráneos donde sin percatarnos nos habíamos sumergido.

—Tu artículo sobre los exiliados chilenos causó buena impresión en el medio. Te aseguro que en las próximas semanas vas a recibir otras ofertas de trabajo —dijo Tony.

—¿Pero de quién? —pregunté con la vanidad asomándose a mi garganta.

—Ya verás. Este es un mundo pequeño, todo se sabe muy rápido. Los artículos inteligentes y profundos de perfiles humanos se están poniendo de moda.

Inteligente y profundo. Hermosas palabras que se quedaron revoloteando frente a mis ojos. La alegría ahora atrapaba a la tristeza e intentaba derrotarla de un manotazo.

—Bernard me dijo que le preguntaras por él a tu madre —declaró entonces con una expresión seria.

—¿A mi madre? ¿Qué tiene que ver mi madre con Bernard?

—No sé, Theo. Fue algo que mencionó un día en el hospital y no quiso hablar más de ello. Tendrás que averiguarlo tú.

Esa tarde me extravié en las calles de Kensal Town. Me costaba asimilar la idea de que Bernard estuviera muerto. No cabía duda que él formaba parte del pasado de mi madre de una forma lo suficientemente profunda como para que me buscara, me abriera paso y luego mencionara mi nombre en su lecho de muerte. Y mientras caminaba con estos pensamientos acudiendo como ciclones, no lograba evitar deleitarme con los escaparates cargados de verano, las chicas de faldas estrechas y escotes rebosantes.

Apenas llegué a casa, llamé a mi madre a Fawns. Mi pregunta fue directa.

—¿Quién es Bernard Fitzpatrick?

Vaciló un segundo. En otra persona el hecho de vacilar habría revelado alguna oculta aprensión, pero dado que en ella todo era titubeante, eso no significaba gran cosa.

—Un viejo amigo —dijo sin grandes aspavientos.

—¿De cuándo?

—De mi juventud.

—Está muerto. ¿Sabías?

—Sí. Lamentablemente no me enteré a tiempo. Lo leí en la prensa. ¿Por qué me preguntas por él?

—Antes de morir le pidió a su pareja que me hablaras de él. ¿Por qué, mamá? Cuando las personas piden cosas antes de morir es porque tienen cierta importancia.

—No siempre, querido. Como te dije, conocí a Bernard hace muchos años. Tendrás que venir a verme si quieres enterarte de más. Ya sabes, odio el teléfono. En todo caso, no esperes gran cosa.

—Pero podrías decirme algo. No sé si tendré tiempo para ir hasta allá.

—Pues no te diré nada. Así me aseguro que uno de estos días apareces por aquí —dijo, y luego viró la conversación hacia otros temas, como el alto contenido de polen que había en el jardín ese verano.

La imaginé en la sala moviéndose impaciente a lo largo del alambre telefónico, rozando con sus finos dedos un cenicero, un jarrón, una mota de polvo. La oí intercambiar unas palabras con el jardinero por la ventana. No había forma de proseguir. Había emprendido el vuelo, como siempre hacía cuando la vida comenzaba a incomodarla.

Unos días más tarde recibí un cheque de *South Now*. Era una suma importante, teniendo en cuenta mis escasos conocimientos periodísticos. Le entregué el dinero a Clara.

Tal como me lo había advertido Tony, en las semanas siguientes me llamaron de dos revistas. Mi nicho había quedado establecido: perfiles humanos en comunidades extranjeras. Al cabo de unos días me encontré escribiendo sobre dos actores argentinos que habían huido de su país. Mi historia salió publicada en el apogeo de su fama, cuando el Home Office, después de fuertes presiones de Amnistía Internacional, les otorgó la residencia. Por su parte, Tony me ofreció viajar a Nicaragua. Quería que hiciera el reportaje de una pareja inglesa que vivía con la guerrilla. Era una oportunidad que ningún principiante en sus cabales hubiese rechazado. Pero lo hice. El motivo era inconfesable: no quería dejar a Clara, no en ese momento.

Mi amor por ella se hacía cada día más sólido y más imprescindible, al punto que en un instante me encontré hablando del futuro. Veíamos en el televisor de su pieza *Top on the Pops*, programa que ella veía con deleite. Yo, en tanto, me complacía observando los movimientos mínimos pero llenos de gracia que surgían de su cuerpo al son de la música. En ocasiones, se levantaba para examinar algún detalle. Al retornar a la cama me daba un abrazo, como si acompañarla en ese rito fuera un acto sublime de amor. Y lo era. Sus caricias, sus pies descalzos sobre el edredón, eran lo más cerca que había estado hasta entonces de una mujer. Fue en uno de esos momentos cuando le dije:

—Es así como me imagino el resto de mi vida.

Por fortuna, en lugar de reírse, Clara se arrimó a mí, se hizo un ovillo en mis brazos y me besó.

Para Antonio, en cambio, el futuro se volvía día a día más amenazante. Tal vez para evitar pensar en ello, en sus ratos libres se propuso encontrar a Caroline.

Hacía averiguaciones y partía a los lugares donde alguien creyó verla. Fiestas, algún *pub* periférico, clubes nocturnos donde se transaba droga. En una de esas ocasiones me pidió que lo acompañara. Al parecer, Caroline había sido vista con frecuencia en un club de Tottenham Court Road. Llegamos poco antes de la madrugada. La vimos apenas entramos. Tenía la cabeza oculta entre sus brazos sobre la mesa de la barra. La música era estridente. A pesar de la proximidad del día, las luces de colores flameaban desde las esquinas como emblemas de un lugar sin tiempo. Nos sentamos a su lado y pedimos una cerveza. Caroline, desde su distancia, alzó el rostro y nos miró sin reconocernos. Un tipo de cabello zanahoria se aproximó a la barra y le sacudió un hombro.

—Es hora de emigrar, querida —le dijo echándonos a ambos una mirada que poseía la turbiedad de una cabeza intoxicada. Caroline se reincorporó. Sin mirarnos, se aferró al brazo del tipo y, haciendo evidentes esfuerzos por salvar la escasa dignidad que aún poseía, se alejó de nosotros.

—Es inútil —dije mientras la observábamos avanzar penosamente a través de la pista de baile casi vacía.

—Si tuviera más tiempo... —dijo Antonio sin poder ocultar su desazón.

Salimos del club cuando las primeras luces del alba perfilaban la enorme torre vacía de Tottenham Court Road.

Cuatro semanas antes de que finalizara el verano habíamos reunido el dinero necesario para que Antonio comprara su pasaje. En tanto, Bernard estaba bajo tierra, y Caroline, con sus tacones de aguja, avanzaba también hacia ese lugar.

18

Fue idea de Clara la de despedir a Antonio con una fiesta la noche previa a su partida. Elaboró una lista de invitados y un par de días antes comenzó a preparar una torta de finas capas de masa, rellenas con dulce de leche. Atareada como estaba, esos días no nos vimos.

El día de la gran fiesta, ella y yo nos internamos en el supermercado y salimos con patatas fritas, aceitunas, latas de cerveza, frutas en conserva y unas cuantas botellas de vino. Confeccionamos una media docena de guirnaldas, después preparamos cócteles de fruta y distribuimos los bocadillos en platos de cerámica. Terminadas nuestras labores sentí unas ganas tremendas de encerrarnos los dos en su cuarto. La tomé por los hombros e intenté darle un beso. Clara colocó sus manos sobre mi pecho.

—Me gustaría tomar una taza de té —dijo.

Me molestó que después de varios días sin vernos no estuviera ansiosa por compartir conmigo un momento de intimidad. Me senté en la estrecha mesa de la cocina y ella puso la tetera a calentar. Sus movimientos eran mecánicos y distraídos. Se sentó frente a mí. Le pregunté si le ocurría algo. No me respondió. Su atención estaba lejos de ese instante. Me levanté y le dije que volvería más tarde.

—Tú no vas a ninguna parte —dijo apresando mi mano. Me dio un beso y luego agregó—: Me cuesta creer que haya llegado el día. No sé, hablamos tanto de su partida, pero siempre lo vi como algo lejano...

—¿Tú crees que resistiremos? —pregunté mientras recorría con la punta de mis dedos su perfil.

—Yo sí, no sé tú —afirmó riendo.

—Depende de ti, ya sabes, contigo en mi cama soy capaz de olvidar hasta mi nombre.

—Sólo piensas en eso.

—¿Y tú no?

—Un poco.

Ceñí su cintura. A pesar de nuestra proximidad, había algo en ella que la hacía inasequible, imprecisa. Era como si tan sólo una parte de sí misma fuera visible, aquella que transitaba etérea, pero bajo la cual había otra mujer, una que tal vez fuera mucho más sombría, y que yo nunca llegaría a descubrir.

En ese instante, la matemática que compartía el departamento con Clara entró a la cocina, arruinando nuestra intimidad.

Poco a poco, los invitados fueron llegando. La francesa de Wivenhoe había abandonado su estilo intelectual para convertirse en una vampiresa. Antonio apareció a eso de las diez. Llevaba jeans negros y chaqueta de cuero. Estaba feliz. Los hombres palmearon su espalda y las chicas lo abrazaron. Clara y yo permanecimos alejados, cada uno en un extremo de la sala, diciéndonos en silencio que no necesitábamos de esos despliegues de euforia para que él supiera cuánto nos importaba. Ninguno de los tres había querido hablar de nuestra separación. Antonio partía a un mundo incierto y nosotros, sin movernos de nuestro sitio, también. No sabíamos lo que era vivir sin él, sin su brío, sin sus metas.

Yo temía, además, que despojado de la luz que él arrojaba sobre mí, Clara advirtiera mi insulsez.

*

Al poco rato, un grupo heterogéneo llenaba cada rincón de la casa. Divisé a un par de catedráticos de Essex que solían asistir a las fiestas de la universidad. Todos sabíamos que eran amantes y que se valían de esas ocasiones para dejar a sus respectivas parejas en casa. Antonio charlaba atento con cada uno de sus amigos, como si intentara apresar los instantes que se convertirían después en la materia de sus recuerdos. Por fortuna, mi labor como ayudante de Clara me resolvía el problema de descubrir con quién charlar. Nunca fui diestro en el arte de preguntar futilidades a personas que tal vez no vería nunca más; una habilidad que en todo caso no me habría desagradado poseer.

En un momento, alguien apagó las luces y puso un disco de Bob Marley. Busqué a Clara, estaba atareada en sus labores de anfitriona. Bajo la única lámpara encendida, Antonio hablaba con una chica de pelo corto. La francesa de Wivenhoe se había plantado frente a ellos, aguardando su instante. Me interné en la cocina, el lugar donde siempre terminaba en esas circunstancias. Nunca faltaba la posibilidad de servirse algo o quedarse sentado, pretendiendo escuchar alguna conversación.

Cuando salí, una canción de la Piaf sonaba por los parlantes. La francesa hacía lo imposible por llamar la atención de Antonio. De pronto se puso a cantar *Je vois la vie en rose...*, al principio despacio, luego con mayor intensidad, desplegando un acto de seducción que carecía de la levedad necesaria para ser eficaz.

En el pequeño jardín habíamos instalado unas cuantas sillas y una mesa, alrededor de la cual poco a poco nos fuimos sentando. Una balada en español colmó de nostalgia el sosegado aire de fin de verano. Un muchacho de aspecto meditabundo encendió un porro. Clara, sentada en una banqueta, le dio una larga calada. Era la primera vez que la veía fumar. Había abandonado su rol de anfitriona y ahora se entregaba a un exquisito letargo. Llevaba un vestido color tabaco que dejaba al descubierto sus piernas. Se había quitado las sandalias.

Un tipo de gorro hasta las orejas pidió silencio. Habló del significado que tenía Antonio en su vida. Gracias a él había logrado terminar la universidad. Otro de sus protegidos. Nada nuevo. Mientras lo escuchábamos, Antonio me miraba con una intensidad que logró intimidarme. Clara abandonó su estado solitario y se arrimó a mí. Entonces, la mirada insistente de él se clavó en ambos.

No supe en qué instante la mayoría de los invitados se fue. El hombre del gorro yacía en el único sofá. La matemática se sentó a mi lado y empezó a hablarme. Al rato, el tipo se despertó y, desorientado, salió por la puerta sin despedirse. Las voces de Clara y Antonio llegaban hasta nosotros desde el jardín. Estaba a punto de perder la paciencia con la matemática y su largo monólogo, cuando Clara y Antonio aparecieron en el rellano de la puertaventana.

—Necesito dormir —dijo la matemática y alzándose de un brinco, desapareció.

Allí estábamos Clara, Antonio, yo, solos y en silencio. Un brazo de Antonio cruzaba la cintura de ella. Por la puerta-ventana irrumpía la corriente de la noche estival. Me miraron sonriendo. Intercepté una complicidad entre ellos que me irritó. Clara se desprendió de él y se sentó a mi lado. Un gesto que en ese instante agradecí. Antonio encendió un cigarrillo y echó el humo hacia arriba.

—Les tengo una sorpresa —dijo Clara.

Ambos nos miramos divertidos mientras Clara desaparecía en la cocina. A los pocos minutos retornó con una botella de vino. Nos echamos en el sofá con nuestras copas en la mano, mientras los ruidos de la noche alcanzaban nuestro reducto. En cierto momento, Clara se alzó y comenzó a cantar; emulaba a la francesita, pero con una gracia que esta última no poseía.

—*Quand il me prend dans ses bras...* —decía meciendo sus caderas y soltando una risa que desataba también la nuestra.

A pesar de su condición de bailarina, era poco usual que hiciera evidente sus habilidades cuando no estaba en una representación o ensayando. Era tal vez algo demasiado serio para ella, o quizá le producía pudor. Pero ahora, incentivada por nuestro placer de mirarla, bailaba para nosotros. Antonio extendió una mano y golpeó la parte exterior de su muslo derecho, contacto que pareció estimularla aún más. Los ojos de Clara, algo nublados, se detenían en uno y en otro. Toqué la punta de su vestido y deslicé mi mano hacia el interior. Ella exhaló un gemido y cerró por un instante los ojos sin dejar de moverse. Antonio volvió a palmearla, pero esta vez con más energía. El estampido de su mano al estrellarse contra su muslo me produjo una excitación instantánea. Antonio, echado hacia atrás, la boca entreabierta, la observaba con una expresión animal. Las ondulaciones de Clara, cada vez más lentas y profundas, poseían una lasitud voluptuosa y a la vez un vigor que tensaba cada uno de sus músculos.

Era el instante de detener el juego, de tomarla de un brazo y contenerla, pero la excitación anulaba todos mis esfuerzos por mantener la cordura. La avidez de Antonio y su respiración pegajosa me provocaban intensamente. Antonio se levantó y rodeó su espalda. En un gesto de abandono, ella echó la cabeza hacia atrás. Postrado en el sillón, yo era incapaz de quitarles los ojos de encima. Él cogió una mano de Clara, la llevó a su sexo y la cubrió con la suya, oprimiéndola, deslizándola arriba y abajo. Pensé que no lo resistiría, pero mi deseo era más fuerte que la rabia. O tal vez era la rabia que exacerbaba mi deseo. Clara dio media vuelta y se apartó de Antonio, mientras me arrojaba una mirada desafiante y a la vez indefensa. Me levanté, la tomé, ella se aferró a mí y me besó. Entonces, él nos envolvió a ambos. Sentí su respiración en mi cuello. Atados, nos deslizamos al cuarto de Clara.

Sin romper la atmósfera de danza, ella se quitó el vestido y se quedó de pie, agresiva y magnífica, los ojos perdidos en un punto impreciso. Antonio se tendió en la cama. Sin dejar de contemplarla se deshizo de su camisa, revelando su torso moreno y sólido. Yo me senté en el borde.

Una fuerza invisible nos movía. Presentí que ese momento había quedado definido el mismo día que nos conocimos. No había forma de resistirlo. Nos hallábamos cautivos.

Clara nos observaba. Con un brazo cubrió uno de sus pechos desnudos dejando al descubierto su pezón erecto. Pensé en lo poco que la conocía. Esa mujer me atemorizaba y al mismo tiempo provocaba en mí el ardor más intenso. Lo desesperado de mi pasión hacía que ésta fuera más potente.

—Tóquense —dijo, y permaneció impávida exhibiendo su cuerpo.

Antonio introdujo una mano dentro de su pantalón y comenzó a moverla sin despegar los ojos de Clara. Permanecí sentado en la cama, inmóvil, mientras él seguía masturbándose. Ella se acercó a mí, me quitó la camisa y me abrazó. Debí tener una expresión devastada. Me meció en sus brazos besando mi frente y mis labios. Al cabo de un momento, Antonio me cogió por los hombros y me hizo a un lado. Sus manos sudadas en mi cuerpo me produjeron una extraña embriaguez. No supe en qué instante la penetró. Oí un sonido profundo que provenía de la boca de Clara. Observé las nalgas de Antonio moviéndose. No pude evitarlo. Le asesté un golpe con el puño cerrado. Una endemoniada exaltación se apoderó de mí al observar mi propio brazo incrustándose en su cuerpo. Él gimió. Era un gemido que no provenía del dolor, sino más bien del placer, como si mi golpe hubiera intensificado su excitación. Sin desprenderse de Antonio, Clara me atrajo hacia ella y me besó. Súbitamente, él se hizo a un lado. Se detenía antes de correrse. Con sus dedos él rozó mi rostro. Una perturbadora expresión de afecto brotaba de sus labios enrojecidos. Sentí miedo. Clara se aferró a mí, empujé hondo, intentando partirla o encontrar algo definitivo dentro de su cuerpo. Antonio, mirándonos, se corrió solo y luego se desplomó sobre la cama.

Al cabo de un detenido instante, Clara se levantó y tomó su copa del suelo. De un sorbo acabó su contenido y luego se echó sobre la cama cubriéndose con el edredón. Antonio y yo establecimos un contacto ocular que se prolongó por algunos segundos. Él se vistió y dejó la pieza. Clara había desaparecido bajo el cobertor. Su respiración comenzó a hacerse más lenta. Después de un rato, cuando me pareció que dormía, abandoné su casa. La tristeza se me agolpó en la garganta. Era la última vez que estaría con ellos. No era algo que pudiera saber aún, pero lo sabía. Era el fin.

Diario de Clara

Me despierto sudando. Una luz se cuela por la puerta entreabierta de mi pieza. Durante algunos segundos no sé dónde estoy. Me levanto con los ojos cerrados, camino unos pasos, tropiezo. Abro los ojos. Por la ventana veo la luz exigua de la madrugada. Un pájaro está quieto sobre la rama de un árbol que ha empezado a perder sus hojas. Quizá duerme, quizá ha muerto, y en este segundo lo veré reventarse en el pavimento. He cruzado el espejo, aquel que intuía en los ojos perdidos de Caroline. Cada momento posee una brecha. Está siempre ahí, pero no la ves o pretendes no verla. En ocasiones la presientes y piensas que alguna vez tendrás las agallas para explorarla. Un día ocurre. Te asomas y te dejas ir, te embriagas con el vértigo de la caída y dejas que la potencia de lo que antes no veías te avasalle. Antonio y Theo estaban ahí mucho antes; aparecían juntos en mi entresueño, apagando luces, alzando las sábanas de mi cama. Soy afortunada de haber estado con los dos hombres que amo, juntos, de haberlos provocado hasta el límite del dolor. Soy afortunada por la intensidad, por olvidar quién soy.

Cuando el sol llegue con su luz a las aceras, para mí llegará la culpa. En tanto, en la penumbra, puedo revivir cada instante, puedo palpar mi cuerpo donde han quedado las huellas de los suyos. Todo lo que reproduzca lo habré vivido y será mío. Cierro las cortinas para que la ciudad desperezándose no me alcance.

Pero es inútil, la noche está desapareciendo. Todo comienza a moverse, como si una gran máquina echara a andar el mundo. El futuro se ha vuelto incierto y peligroso. No hay palabra ni gesto que deshaga lo andado. En unas horas, Antonio tomará su vuelo a Chile. El árbol perdió otras cuantas hojas y las que quedan tienen un brillo grasiento. Mientras observo a mi vecina con su echarpe de seda retirar el periódico de su puerta, caigo en la cuenta que he perdido a Theo.

19

En unas cuantas horas, Antonio habría desaparecido de mi vida. Sin embargo, mientras caminaba hacia mi casa en la madrugada, tuve la certeza que aquello que sentía se quedaría ahí por mucho tiempo, y lo único que podía hacer era aprender a soportarlo sin desesperar. Al menos, la certidumbre de su partida me otorgaba la cuota de voluntad necesaria para llegar hasta mi casa y echarme a dormir.

Avanzaba a paso rápido, intentando que el mundo exterior se incrustara en mi cabeza: el vaho que desprendía mi boca, los ciclistas de cuerpos enjutos, los cuidados antejardines y sus senderos de gravilla blanca. Pero era imposible, las imágenes de la noche me cercaban. Me sentí perdido, las cosas más elementales se alejaban de mí sin poder evitarlo. Caminaba como si de golpe mis sentidos se hubieran esfumado. Sólo veía el cuerpo de Clara aferrado al de Antonio, sus labios ansiosos, sus brazos aprisionándolo, sus gemidos quebrando el aire. Sentí tal rabia que sin darme cuenta golpeé un árbol con la mano empuñada. No era la primera vez que estaban juntos. Ambos me habían mentido. A pesar de esta certeza, mi corazón no quería renunciar a Clara y le exigía a mi mente que hallara la forma de redimirla. Tal vez la clave radicara en esa sutil diferencia entre infidelidad y deslealtad. ¿Qué porción de sí misma le había entregado a él? Quise creer que lo nuestro era irreproducible, que jamás había pronunciado ante Antonio las palabras con que me reconocía su amor. Pero mis deseos no eran suficientes. Necesitaba pruebas, y lo más probable era que nunca las obtendría.

Llegué a Cadogan Place cuando los primeros rayos de sol ya habían alcanzado las fachadas de la manzana. Me eché sobre la cama. El cansancio logró sumirme en un sueño que fue interrumpido unas horas más tarde por el ruido del teléfono.

Era don Arturo, el padre de Antonio. No creo que existiera en el mundo una persona, además de Antonio y Clara, que hubiese querido evitar con más vehemencia. No había vuelto a saber de él desde el acto en el County Hall, pero había esperado con temor el momento en que él se comunicara conmigo. Don Arturo no me preguntó si estaba dispuesto a hacerlo. Por su voz firme y pausada, entendí que él contaba con que yo lo hiciera. Se limitó a darme las instrucciones, el número de pasaporte de Daniel Nilo, el vuelo, la hora de salida —que yo conocía— y el número de teléfono de las autoridades de inmigración del aeropuerto.

Debía llamar desde una cabina telefónica en la esquina oeste de Regent Street con Oxford Street, cuatro horas antes del despegue del avión. No debía identificarme. Eso era todo. Me impresionó la simplicidad de la operación. Una llamada por teléfono y el destino de Antonio tomaría rumbos que ya nadie podía prever. Antes de cortar y sin cambiar el tono tranquilo pero a la vez concluyente de quien no abriga dudas, me dijo que él asumía toda la responsabilidad. Antonio nunca sabría que yo había hecho esa llamada.

Me quedé sentado en el borde de la cama, la vista fija en las zapatillas de levantarse que mi madre me había dejado de regalo antes de partir a Fawns. Un gesto de madre, el de velar por su hijo, como don Arturo por el suyo. Era incapaz de albergar malos sentimientos hacia él.

Recordé su último gesto, cuando a las puertas del County Hall apresó mi mano en las suyas y sin decir palabra se echó calle abajo.

Pasados esos minutos de congelamiento, ya no encontré la paz. Los últimos sucesos volvieron a mi memoria con tal fuerza, que sentí ganas de vomitar. Me vestí y salí a la calle.

El aire de la mañana era limpio, exacerbando mi impaciencia. Al principio caminé sin rumbo. Necesitaba sacarme esa tensión. Me costaba trabajo pensar. Me detuve en una esquina. *Charlotte sometimes* sonaba por la ventanilla de un automóvil detenido en la luz roja. Una canción de The Cure que me gustaba mucho. Tal vez escucharla en ese instante significaba algo, ¿pero qué? Añoraba encontrar un signo, una seña oculta que le diera respuesta a mi dilema. Y mientras caminaba intoxicado de emociones, alcé la cabeza y miré adelante, hacia la calle de Knightsbridge, cuya fastuosidad anulaba cualquier sombra humana. Las fachadas blancas cubiertas por el follaje, la plaza, el cielo medio azul y medio blanco, me llamaban a su lado, al vientre cálido de la normalidad. Yo no pertenecía al mundo oscuro de Antonio. Yo era un tipo como tantos otros, un poco desorientado, con ganas de pasarlo bien sin hacer daño a nadie. O ése había sido. Porque ahora estaba lleno de malos sentimientos. Odiaba a Antonio por haberme mentido, por las sensaciones confusas que desataba en mí, lo odiaba por ser como era. Quería que desapareciese de mi vida. Esta idea me estremeció. No podía tomar una decisión con respecto al futuro de mi mejor amigo movido por sentimientos de los cuales quería huir.

Debía ordenar mi mente. Separar las cosas. Lo único que importaba era el destino de Antonio. Con los pocos elementos que contaba, tenía que decidir si la posibilidad de que fuese apresado era real o producto del miedo de un padre que ha perdido a un hijo.

Eran las doce y los *pubs* ya estaban abiertos. Necesitaba una cerveza. Enseguida estaba sentado en la barra de un bar. Con el primer trago me sentí mejor. Intenté retornar a la línea de reflexión que había iniciado en la calle. La disyuntiva se reducía a creer o no creer en las palabras de don Arturo. Si la vida de Antonio estaba en riesgo, ¿por qué Clara no lo detenía? Según mi parecer, ella no era una de esas personas que eluden la realidad. Si no lo hacía era porque consideraba que ese peligro no era real. Y estaba el mismo Antonio, sus esporádicas depresiones no lo volvían un potencial suicida. Por el contrario, a excepción del episodio en su casa, todo en él apuntaba hacia la vida. De todas formas, era imposible soslayar el hecho de que un hombre que ingresa a un país con una identidad falsa para integrarse a la Resistencia, pone en peligro su vida. Era algo que Antonio sabía y que, sin embargo, no representaba un obstáculo para él. «No puedo seguir viviendo bajo la sombra de mi hermano», me dijo una vez. El sentimiento de opresión que esto le provocaba no era lejano a la muerte. ¿Quién era yo para detenerlo? Pensé que Antonio haría lo que fuese para entrar a Chile, si no era ahora sería más tarde, y si su destino era morir a manos de los militares, llegaría a cumplirlo. Era iluso de parte de don Arturo pensar que impidiendo su salida, Antonio permanecería atado a él. Yo nada podía contra su fuerza. La decisión estaba tomada. No iba a llamar, pero tampoco iba a advertir a don Arturo de mi resolución. Antonio tomaría su vuelo sin tropiezos. Pedí otra cerveza y me la bebí de un solo trago.

Diario de Clara

Estoy estacionada en un punto entre la penumbra y la madrugada. Floto extraviada en un armario donde van a parar los trastos viejos y las muñecas desmembradas. He perdido a Theo, y con él me he perdido a mí misma. A ese ser que sólo aflora en su presencia. Nos arrojamos juntos pero no caímos en el mismo sitio, la prueba es que cuando desperté estaba sola. No siento culpa ni arrepentimiento. Tan sólo tristeza. ¿Es ese el precio que se paga por el coraje? Nada de lo que ocurrió hace algunas horas en esta cama pertenece al mundo de la mentira. Lo sabíamos de antemano. Theo sabía. No hizo más que verlo. Emergió todo aquello que vive tras las compuertas de la conciencia. Cada uno de nuestros gestos más velados encontró su lugar en el otro, nada quedó atrapado en el deseo no cumplido. ¿Cómo hacen las personas para sobrevivir? ¿Se ocultan acaso bajo las armaduras de la apariencia? Tal vez estén en lo cierto. Quizá es la única forma de seguir adelante, cerrando los ojos y contando hasta tres, implorándole a Dios que resguarde nuestra decencia y estrangule ese pulso de vida que nos amenaza.

20

Cuando estuve en la calle, la luz y el calor del mediodía fueron como un abrazo amistoso. Deshice el camino andado y al cabo de unos minutos estaba en Cadogan Place.

Me preparé un sándwich, un vaso de coca-cola con hielo y me encerré en el cuarto apolillado de mi hermana. Era la una y media de la tarde. El vuelo de Antonio salía a las nueve de la noche. Me senté frente a mi Remington. Necesitaba concentrarme en algo, lo que fuera, con tal de no volver sobre lo que había ocurrido. Alrededor de las tres sonó el teléfono. Era don Arturo.

—¿Theo? —preguntó.

Asentí.

—Te llamo porque debes estar lleno de dudas, imagino. Yo también las tendría. Pero quiero que sepas que si lo haces habrás sido el amigo más leal que nunca tendrá Antonio. Cuento contigo, ¿verdad? Necesito saberlo, porque si no tendré que hacer yo esa llamada y lo más probable es que con mi inglés endemoniado no me entiendan. —Emitió una risa que parecía ser exhalada con esfuerzo.

Guardé silencio. ¿Cómo expresarle todas esas cavilaciones que ya ni recordaba y que me habían llevado a concluir que no lo haría?

—No vas a llamar. Lo entiendo.

—Sí. Lo haré —dije.

Los sentimientos que había mantenido a raya durante esas horas se me vinieron encima. Sentí compasión por todos nosotros. Por Clara, por Antonio, por mí. Vi a Antonio haciendo su maleta para abandonar su identidad, su vida. Ya éramos parte de una tragedia y lo peor que podía ocurrir es que uno de nosotros perdiera la vida. Tal vez su padre estuviera en lo cierto y, entonces, ¿cómo podría perdonármelo? Don Arturo había mencionado la lealtad.

Evoqué las múltiples conversaciones que había sostenido con Antonio sobre este tema. Era una cuestión que a él lo obsesionaba. Con el tiempo se había vuelto parte de nuestro vocabulario, y el entendimiento mutuo de lo que significaba había constituido uno de los pilares de nuestro vínculo. Recordé que habíamos llegado juntos a la conclusión de que la lealtad estaba incluso por encima de la verdad. Esta última podía estar supeditada a la experiencia de cada uno, a los requerimientos de un tipo más elevado de integridad; en cambio, la lealtad —pensábamos— era inequívoca.

Antonio no había sido leal conmigo. Me había hecho creer que entre él y Clara no había más que una profunda amistad. Sin embargo, cabía la posibilidad de que nunca antes hubieran estado juntos, que la confianza de sus cuerpos al encontrarse fuera el resultado del afecto que los unía. Tal vez, Antonio no me había engañado, ni tampoco Clara.

De todas formas, que él me hubiese traicionado no significaba que yo tenía que hacerle lo mismo. La única posibilidad que tenía de salvarme era siendo lo más justo posible. ¿Pero cuál era la forma de actuar con justicia?

Hice un veloz registro de mis sentimientos y descubrí que seguía lleno de rabia. Estaba incluso dispuesto a enviar a Antonio a la muerte. Quería verlo muerto. Sentí un ahogo tan intenso que tuve que abrir la ventana. Afuera la luz era suave, decenas de golondrinas sobrevolaban la ciudad. De hacer esa llamada, Antonio se quedaría en Londres y su presencia haría que todos los sentimientos confusos de la noche anterior volvieran a torturarme. Pero, sobre todo, perdería a Clara; ella jamás me perdonaría haber destruido el sueño de él. Era evidente que desde mi punto de vista, resultaba mejor no llamar. Al partir, desaparecería de nuestras vidas.

Había escuchado que el coraje no es fácil. Salvaguardar la vida de un amigo y soltar el último cabo que me unía a la mujer que amaba, era una de esas raras oportunidades que tendría en mi vida de ponerlo a prueba. Miré otra vez las golondrinas. El aire sereno se introdujo en mis pulmones.

Deshice uno a uno los argumentos que había construido. El más arduo de echar abajo fue la inutilidad de retenerlo, puesto que él llegaría a su destino de todas formas. Pero entonces recordé que en alguno de nuestros encuentros en el *pub*, un amigo de Antonio había mencionado que ese era el momento más riesgoso para entrar a Chile. El estado de alerta de los servicios de inteligencia se había recrudecido después del atentado a Pinochet, también la represión. Las cosas estaban demasiado frescas, dijo, dirigiéndose a Antonio. Éste simuló no escucharlo y pidió una nueva ronda de cervezas.

Aun cuando el resto de los peligros enunciados por don Arturo fueran ficticios, ése era real y yo podía evitar que Antonio se expusiera a él. Conseguir otro pasaporte sin la ayuda del Partido sería imposible. Para entrar a su país tendría que idear una nueva estrategia, encontrar recursos, aliados, y todo eso llevaría tiempo. El suficiente para que las cosas se calmaran en Chile.

A las cuatro y media estaba en el cruce de Oxford con Regent Street. Me aposté en la esquina opuesta a la cabina telefónica. La calle estaba atestada de turistas. Los minutos se sucedían con una lentitud exasperante. Las voces de los transeúntes, sus pasos, el clamor del tránsito, se intensificaban. No quería pensar, temía que si echaba a andar la cabeza cambiaría de parecer. Sobre todo no quería vislumbrar el dolor de la mañana siguiente, y de la siguiente, y de la siguiente. Por mucho que hubiese concluido que la única forma de ser leal con Antonio era protegerlo de sí mismo, a primera vista lo que hacía era traicionarlo.

Tres minutos antes de las cinco crucé la calle, entré en la cabina y marqué el número que don Arturo me había dado. Debía hablar con un tal James Reeves. El resto ocurrió de forma automática. El tipo al otro lado del auricular me escuchó en silencio. Supe que anotaba cada palabra mía, luego me preguntó mi nombre y colgué. Salí de la cabina empapado de sudor. Me quedé unos minutos en el borde de la acera recuperando el ritmo de mi respiración, mientras los transeúntes pasaban ruidosos a mi alrededor. Tomé otro taxi y retorné a Cadogan Place. Me eché en la cama, me encasqueté los auriculares con *El lado oscuro de la luna,* de Pink Floyd, y lloré calladamente. Extraña paradoja: el futuro de Antonio y el mío se habían unido y también divorciado.

No sé cómo transcurrió el tiempo, a Pink Floyd lo sucedieron los Stones y otros que ya no recuerdo. Creo que me quedé dormido un rato. A las siete de la tarde sonó una vez más el teléfono. Era Antonio. Al oír su voz sentí que caía desde un infierno a otro.

—Theo —escuché que me decía.

Yo sabía que en menos de una hora sería apresado por la seguridad de inmigración, llevado a empujones a una sala, interrogado una y otra vez, y luego... luego no sabía lo que le ocurriría. Decenas de imágenes en las cuales era maltratado hasta la tortura barrían mis pupilas. ¿Qué había hecho?

—Theo, ¿estás ahí? —lo oí preguntar.

Un suspiro degradante se escapó de mi garganta.

—Theo, quiero que sepas que Clara te ama. Anoche estaba bebido, todos lo estábamos. Aunque ahora nos parezca algo muy fuerte, en poco rato no tendrá ninguna importancia. Es sexo, ¿me entiendes? El sexo no une a las personas, lo que las une es otra cosa, y eso tú y Clara lo tienen. También tú y yo tenemos algo... ya sabes, has sido mi amigo, el único que he tenido. No te lo había dicho antes porque me cuesta mucho, pero ya era hora. Sigues siéndolo, bueno, eso espero... Theo, ¿me oyes? —su voz se fue apagando hasta volverse un débil registro, como si el esfuerzo que había hecho para decir todo eso lo hubiese consumido.

Pegado al auricular, no sabía qué decir. De algún lugar surgieron mis palabras.

—Antonio, no puedes tomar ese avión, ¿me oyes? No puedes cruzar la policía, vete... antes de que sea tarde.

—¿De qué me estás hablando? —gritó por el teléfono.

—Tu padre —dije.

—¿Mi padre qué?

—La policía te está esperando. No te dejarán partir. Tu padre teme por tu vida, Antonio. Y yo también.

Un silencio cayó sobre nosotros como una losa.

—Antonio —dije con un hilo de voz apenas audible.

—Eres un hijo de puta —y colgó.

Ya no había vuelta atrás. Podría haberle dicho que tan sólo debía buscar la carta que su padre había escondido en su equipaje y deshacerse de ella. Pero las cosas no ocurrieron así.

Una extraña ingravidez se apoderó de mí. Me fumé un porro, me tomé varios vasos de vodka y caí inconsciente sobre la cama.

Cuando desperté, una nueva paz me embargaba, donde no cabía la esperanza pero tampoco el temor. Todo lo que tenía que ocurrir había ocurrido y lo que vendría era ya irremediable.

Diario de Clara

¿Es posible perder a alguien dos veces sin haberlo recuperado la primera vez?

¿Es posible traicionar a alguien y que su traición redima la tuya? Traicioné a Theo y Theo traicionó a Antonio. Nos traicionó a todos. De un zarpazo destruyó el sueño. Su traición hizo que la mía se volviera un juego de niños. Yo lo quería, y tal vez lo quiero, pero no sé si después de esto pueda seguir haciéndolo. No son sólo mis sentimientos. Es algo más, es esa sombra esperpéntica que se interpondrá entre nosotros, que se precipitará implacable sobre cualquier cosa que intentemos. La embriaguez se ha esfumado, la promesa de Theo yace despedazada. Con tristeza, la cordura ha vuelto a anidar en mí. Estoy de vuelta en el barco de Antonio. Nunca debí abandonarlo. Nos une el pacto de quienes saben que sólo se tienen el uno al otro.

21

Un par de días después llamé a Clara. No fue algo que hubiese planeado. En un momento me senté frente al teléfono y marqué su número. Ella no entendía lo que yo había hecho. Aferrada a un solo argumento fue despedazando mis palabras. Antonio era un adulto consciente de sus actos y nadie tenía derecho a detenerlo. La rabia fue dando paso a la desconfianza. Le propuse encontrarnos, pero ella se negó. Yo tampoco estaba seguro de querer verla. Los recuerdos de esa noche me torturaban. Cuando le pregunté por Antonio, ella, con sorna, me respondió:

—¿Qué crees tú?

La imagen de su casa hecha una pocilga acudió a mi memoria. Tal vez al detenerlo le había salvado la vida, pero tuve la intuición de que también lo había arrojado al vacío. Quizá, Antonio necesitara el continuo movimiento —sin importar sus consecuencias— para no sucumbir a la tentación de la caída.

Al cabo de una semana volvimos a hablar; sin embargo, el abismo entre nosotros se había vuelto insoslayable. Era como intentar salir de un recinto donde había estado antes, el de esa natural distancia que se produce de tanto en tanto entre las personas, pero descubrir que esta vez, a diferencia de las otras, sus salidas están cerradas. Durante el transcurso de las semanas siguientes fue poco lo que sentí. Era una experiencia similar a la que produce una anestesia local. Una parte de tu cuerpo se vuelve insensible, ocultando un dolor que de otra manera sería inaguantable.

Recibí una carta sin sellos de don Arturo; deduje que él mismo debió llevarla. En la carta me expresaba su gratitud. Con Antonio no tuve contacto hasta quince años más tarde, cuando él me llamó a Londres para invitarme a pasar la Navidad en Chile.

Del tiempo que siguió tengo pocos recuerdos. La anestesia había alcanzado también la prensa que estampa la memoria. Recuerdo, sí, con absoluta claridad una conversación que sostuve con mi madre.

*

Después de que mi hermana y yo, por diferentes razones, rechazáramos el viaje familiar a Italia, mi padre inventó una excusa para no pasar un par de semanas a solas con mi madre, aislado en una villa italiana, lejos de sus amigos, de su club y tal vez de alguna amante. En consecuencia, el estado de ánimo de mi madre —quien había estado sola la mayor parte del verano en Fawns— no era el mejor. Tampoco el mío. Ante su insistencia y a regañadientes, partí al campo.

A las pocas horas de llegar, el andamiaje que mantenía mis emociones a raya comenzó a desmoronarse. Los ires y venires de mi madre con sus flores y sus libros de filosofía china desataban en mí un sordo rencor por todo lo que tuviera atisbos de belleza. Creo que, con el propósito de destruir la gota de buen ánimo que yo mismo le insuflaba con mi visita, la emprendí contra ella.

Estábamos en la sala, la chimenea encendida, la ópera *Manon* se oía de fondo. Mientras mi madre buscaba en su libro de turno un párrafo para leerme, yo miraba a mi alrededor y me deprimía aún más. Los libros olvidados en las múltiples mesillas delataban su eterna esperanza de aprender algo. Por lo general, no llegaba a terminarlos, pero siempre atrapaba algún párrafo que con urgencia debía compartir con nosotros. Cuando comenzó a leer fui incapaz de soportarlo.

—Me aburres —le dije—. Quiero saber quién es Bernard Fitzpatrick.

—A ti te ocurre algo, ¿verdad? —preguntó. Se acercó a mí y apresó mis manos.

Me desprendí de ella y miré hacia el techo en un gesto de fastidio que no la disuadió. Me observaba esperando una respuesta.

—Eso no importa. Siempre desvías las conversaciones como se te da la gana. Yo te hice una pregunta y quiero que la contestes.

—Descuida, Theo, te voy a responder.

Sentí su dulzura. Era otra vez la madre de la bañera, la que cerraba la puerta y dejaba el mundo al otro lado.

—Yo sabía que alguna vez te contaría esta historia.

—Como en la bañera —dije conciliador.

—Así es.

Hacía años que no mencionábamos nuestros encuentros. Me miró como esperando que después de su aclaración yo me animara a hablar de lo mío.

—Sí, me ocurre algo —dije, y en ese mismo momento me arrepentí—. Muchas cosas, como a toda la gente de mi edad, pero quiero que tú me cuentes —aclaré.

Se acomodó en el sillón y encendió uno de sus cigarrillos negros. Respetaba el límite que yo le imponía, intuyendo tal vez mi carga de emoción agazapada, que podía detonar en cualquier instante.

—Es cierto que la historia de Bernard tiene algo de las que yo te contaba, ¿las recuerdas? —me preguntó sonriendo.

—Aventuras, actos heroicos, y alguien que quedaba desconcertado con el chico y su madre.

—Exacto. Aunque después de su muerte ya no estoy tan segura de nada —señaló con una expresión que había dejado de ser alegre—. Nos conocimos en Oxford.

—Nunca me dijiste que habías ido a Oxford.

—Por mis bajas calificaciones nunca conseguí una plaza, pero asistía como oyente a algunos cursos de literatura inglesa. Fue idea de mis padres. Pensaban que el contacto con personas que tuvieran inquietudes similares a las mías me sacaría de mi estado melancólico. No sabían que la mayor parte del tiempo me lo pasaba vagando por la ribera del río, imaginando ser una gran poetisa. —En este punto ambos sonreímos.

—Bernard, en cambio, era un estudiante regular, pero su condición de homosexual encubierto lo volvía, también a él, un ser taciturno. Coincidimos en un curso. Fue él quien se acercó a mí. Me pareció de inmediato un tipo atractivo. No sé si cuando lo conociste tenía aún ese porte altivo y esa elegancia algo excéntrica. Un día al salir de clases, me preguntó a dónde iba. Le dije que iría al parque, como todas las tardes, alimentaría a un par de patos, patearía unas cuantas piedras para luego volver a mi estrecha pero encantadora habitación. Todo esto le causó gracia y se ofreció a acompañarme. Así se inauguró una costumbre que a ambos nos hacía mucho bien.

Mi madre se levantó de su sillón, atizó las brasas de la chimenea y volvió a su sitio. Las ventanas encuadraban un cielo azul oscuro. Divisé la silueta menuda de Baltasar, el viejo jardinero.

—Al principio creí que su manera de hablar algo afectada era algo propio de su origen irlandés de buena familia, pero un día noté que miraba a un hombre con una intensidad que no había visto nunca en sus ojos. Intuí que era homosexual. Tienes que entender, Theo, la espantosa ignorancia que teníamos en esa época en todo lo referente al sexo, cualquiera fuera su forma. Mi única aproximación a la homosexualidad había sido a través de Sebastián, tú sabes, el protagonista de *Regreso a Brideshead*.

—Por eso le pusiste Aloysius a mi oso; yo pensaba que era en honor a Evelyn Waugh.

—Fue mi forma secreta de hacerle un pequeño homenaje a Bernard —dijo, rubricando sus palabras con un chasquido—. Esos meses fueron uno de los tiempos más felices de mi vida.

Se detuvo un momento y comenzó a juguetear con su collar de perlas, al tiempo que miraba por la ventana la luminosidad de la noche.

—Paseábamos por las calles de Oxford conversando y riéndonos de los pretenciosos, de los arribistas, de los desubicados, y de todos los que aparentaban ser algo que no eran. Los hacíamos nuestras presas favoritas porque nosotros no éramos muy diferentes de ellos. Una tarde caminábamos por el borde del río y se lo planteé así, tal cual: «Bernard, ya sé que te gustan los hombres». Él se detuvo y me miró. No era necesario que me dijera algo. Seguimos caminando. Desde entonces se estableció una alianza entre nosotros. Vivíamos en nuestro mundo. A su lado me sentía libre, podía ser yo misma, significara eso lo que significara. Más de una vez me aproximé a otros hombres con el solo propósito que él intimara con ellos. «Mi amigo es un gran poeta», les decía, y después de presentarlos yo desaparecía como por arte de magia. Al día siguiente, Bernard, radiante y sin decir palabra, me daba un abrazo.

En este punto mi madre se cruzó de brazos, tenía una sonrisa traviesa. Me costó imaginarla como una alcahueta de homosexuales.

—Necesito un brandy. ¿Quieres uno? —me preguntó al tiempo que se levantaba de su sitio.

Nunca la había visto beber un trago fuerte, a lo más una copa de vino blanco en un día de extremo calor. Sirvió los dos vasos mediados de brandy y nos quedamos mirando las luces de las lamparillas repartidas en la sala.

—Fue un poco antes de las vacaciones de Pascua de Resurrección —continuó—. Un día me anunció que ese fin de semana vendrían de visita sus padres y su novia. «¿Cómo vas a tener novia si eres homosexual?», le pregunté espantada. «No lo soy», me respondió. «Me gusta tener sexo con hombres, pero eso no significa que quiera construir mi vida con uno». Como te dije, yo no tenía grandes conocimientos sobre el sexo, pero mi instinto me decía que el deseo era una energía imparable. Todo tropezaba ahí. Por más que Bernard intentara hacer su vida con una mujer, llegaría el momento en que él mismo la destruiría. Intenté explicarle esto, pero estoy segura de que ya lo sabía y no quería oírlo de boca de nadie. Estaba dispuesto a aplacar su instinto. Eso me dijo.

»Esa noche le jugué una mala pasada. Yo había comprado entradas para una obra de Shaw con semanas de antelación, y a pesar de su enojo, Bernard no tenía más alternativa que acompañarme. Después de la función pasamos por un *pub* a tomarnos una cerveza. Apenas entramos, vi a un chiquillo sentado en una mesa, solo. Tenía una de esas bellezas desafiantes, que parecen estar hechas para atraer y destruir. Me senté en la mesa contigua mientras Bernard conseguía en la barra un par de cervezas. Cuando volvió, yo charlaba animadamente con el chico. Había llegado ese mismo día a Oxford y esperaba a un amigo, quien debía haberlo recogido hacía un par de horas en ese *pub*. Escapaba de Barmsley, un pueblo minero sin muchos horizontes. Lo único que ansiaba era encontrar amparo y vivir una experiencia que lo sacara de cuajo de su vida anterior. Era sin duda la fantasía de cualquier homosexual. Carne virgen y disponible.

Me sorprendieron los términos empleados por mi madre. Ella interceptó mi asombro y con una sonrisa subrayó:

—Ya sé que te debe parecer chocante que utilice este lenguaje. Querido, sólo recuerda que nací treinta años antes que tú y todo te parecerá natural.

Esgrimí una sonrisa y ella continuó.

—Faltaban tres días para que sus padres y su novia llegaran a Oxford, y esos tres días se los pasó con el chico. El sábado estábamos tomando té en The Randolph, todos muy compuestos, en especial Bernard, que hizo gala de todo su encanto y buenas maneras. Su padre era un hombre de ademanes complejos y educados. Tenía una de esas comedidas sonrisas que lo mantenía al margen de toda nimiedad; como si ese encuentro entre su hijo y su futura nuera no tuviera ni el más mínimo interés. Tan sólo el anuncio de los excelentes resultados académicos de Bernard logró que su expresión se convirtiera en una sonrisa, aunque decir sonrisa sea quizá una exageración. La chica, por su parte, era un verdadero encanto. Bella, grácil y provista de un sentido del humor en absoluto soso. Mientras saboreábamos nuestros *scones* con mermelada, y Bernard tomaba la mano de Rose, pensé que tal vez él estuviera en lo cierto y fuera capaz de olvidar sus noches de pasión para construir una vida con ella. Me había hablado de sus anhelos profesionales, que incluían el inconfesable deseo de llegar a ser el director de un diario importante como el *Guardian*. Después del té dimos una caminata por el college. En ese paseo tuve la oportunidad de intercambiar algunas palabras con Rose. Estaba interesada en la amistad que me unía con Bernard. Tuve que ser evasiva. Le dije que Bernard se pasaba la mayor parte del tiempo encerrado en la biblioteca estudiando, mientras que yo prefería el aire libre. Mi explicación pareció complacerla, sobre todo por el hecho de que Bernard estudiara con vehemencia. Al final de nuestro paseo, Rose me llevaba cogida del brazo, como si una estrecha amistad se hubiera entablado entre nosotras. Si algo me quedó claro en esa velada, es que ella se sentía segura del amor de Bernard, cuestión que zanjó mis dudas con respecto a su futuro matrimonio. Por eso me sorprendió la carta que recibí de ella un par de semanas más tarde, donde me expresaba sus aprensiones con respecto a Bernard. Era insólito, por decir lo menos, que se dirigiera a mí, una perfecta extraña. Esto me hizo pensar que su angustia y su confusión eran más agudas de lo que se atrevía a manifestarme. Mencionaba un estado melancólico de parte de Bernard cuando estaban solos. A veces se ofuscaba sin razón aparente y la reprendía por algo que incluso en otra oportunidad había sido objeto de su admiración. También me expresaba, supongo que intentando contrarrestar ante sus ojos y los míos el comportamiento errático de Bernard, que él era cariñoso, que jamás olvidaba esos ritos propios de los enamorados, como por ejemplo la fecha en que ella le mandó por primera vez una carta. Este dato me hizo entender el origen de su relación. Había sido Rose quien eligiera a Bernard. Él no hizo más que coger la tabla de salvación que ella le tendió. Me decía que él no la había tocado, refiriéndose con esto a que nunca habían hecho el amor. No es que le preocupara, era al fin y al cabo una manera de expresarle el respeto que le guardaba. Pero que nunca lo hubiera intentado siquiera, como hacían los novios de sus amigas, la hacía dudar del amor que él sentía por ella. Me preguntaba si yo sabía de alguna mujer, tal vez no acorde a su estatus social, de quien Bernard pudiera estar secretamente enamorado. Estas eran preguntas que las mujeres en ese entonces nos hacíamos y que ahora te pueden parecer ridículas.

Mi madre se levantó y se apoyó en el borde de la chimenea. Su expresión contenía nostalgia y placidez.

—Cuando terminé de leer la carta de Rose no pude más que sentir una infinita compasión por ella. Hablé con Bernard. No mencioné la carta, pues Rose había sido muy clara al pedirme que ocultara este contacto epistolar. Le dije que no sólo estaba destruyendo su vida sino también la de Rose, a mi parecer, una chica sensible que no merecía ser engañada de esa forma tan brutal. Bernard esgrimió unos cuantos argumentos, tras los cuales entreví su desesperación. Los siguientes dos días me evitó. Al tercero, lo intercepté cuando salía de una clase y le dije que si él no le decía la verdad a Rose, yo lo haría. Se enfureció. Me dijo que no tenía derecho a inmiscuirme en su vida, que él era lo bastante maduro como para saber lo que estaba haciendo, y que si seguía adelante era porque tenía la certeza de que todo andaría bien. Me dijo que si le escribía a Rose destruiría su vida. Dio un paso atrás, temeroso acaso de lo que pudiera ocurrir. Luego, alzó las manos y se las llevó a la cabeza. Me miró. En sus ojos reconocí desesperación, temor, pero también una minúscula porción de alivio. Como si aquel enfrentamiento entre nosotros lo alejara por un instante de algo que lo dañaba mortalmente. Esa tarde escribí a Rose. ¿Sabes? Fue esa última mirada de Bernard la que me dio la fuerza y la convicción para hacerlo. Después, al volver a ese instante, entendí que tras su rabia, lo que Bernard me pedía, sin siquiera saberlo, era que lo protegiera de sí mismo. Que lo rescatara de ese deber que estaba anulándolo. Te podrás imaginar las consecuencias de mi carta. Su ruptura con Rose y también el quiebre definitivo de nuestra amistad.

Mi madre se aproximó a la ventana y siguió hablando desde allí. Las ramas de un castaño cargado de hojas se recortaban contra el cielo oscurecido. Ya no veía su expresión.

—Me lo he reprochado toda la vida, Theo. Nunca debí inmiscuirme.

Se me llenaron los ojos de lágrimas. Encendí un cigarrillo y le di varias bocanadas, arrojando el humo hacia la chimenea.

—Gracias a él ahora tengo trabajo. ¿Entiendes, mamá? —dije con una impaciencia que surgía de mi necesidad imperiosa de sacar conclusiones.

Mi madre calló.

—Te perdonó, te perdonó, está clarísimo; fue la forma de corresponder a lo que hiciste por él —continué.

—Cuando intervienes en la vida de los otros de esa manera tan definitiva, nunca puedes saber si lo que hiciste fue mejor o peor. Tal vez de no ser por mí, ahora Bernard estaría vivo. Esa enfermedad de la cual murió se transmite por vía sexual. ¿Sabías eso? —Tenía la mirada aún perdida en la oscuridad del jardín.

—Claro que sé; pero entiende, mamá, podría haberla tenido igual. El hecho de que se casara con esa tal Rose no garantizaba nada, imagínate la cantidad de años de infelicidad, el daño que le hubiera hecho a ella, ¿para qué? ¿Para dilatar algo que iba a llegar de todas formas? Tú lo entendiste antes que él, eso es todo. Estoy seguro que no te equivocaste. Estoy seguro —dije con la voz quebrada.

Mi madre se volvió, y al cruzarse nuestras miradas noté que ella sabía. Entendía que yo necesitaba desesperadamente creer lo que decía.

—Es probable que tengas razón, Theo —dijo con lentitud, como si intentara acariciarme con sus palabras.

Recordé el diálogo que había sostenido con Antonio en el *pub*, cuando, a pesar de la interdicción del Partido, había resuelto entrar a Chile. Volví a ver su mirada febril y la incertidumbre que sentí cuando, por un instante, pensé que buscaba en mí un argumento contundente que lo detuviera.

La relación entre el relato de mi madre y mi experiencia me hizo pensar por primera vez que la vida tiene cierta simetría interna. Mi madre había entendido su lealtad hacia Bernard de la misma forma que yo la mía hacia Antonio. Ya ni siquiera necesitaba su perdón. La misma congruencia que ahora me había concedido este descubrimiento se encargaría a su tiempo de poner las cosas en su lugar. La humanidad de mi madre rebalsaba en mí. Experimenté una inmensa ternura hacia ella. Advertí que me observaba, intuyendo sin duda el impacto que su historia había tenido en mí.

—Ya te contaré —dije, como si ella escuchara mi diálogo interno.

—Tú sabrás cuándo, y yo estaré aquí. Lo sabes, ¿verdad?

—Lo sé.

Antes de acostarnos le di un abrazo de esos que le daba de niño. Pensé por un instante que lloraría. Azorado por mi arranque, me desprendí de golpe y, sin mirarla, subí corriendo las escaleras.

Después de esa velada con mi madre renuncié a todo afán de concluir mis estudios de *Government*. Apenas llegué a Londres, llamé a Tony y le dije que estaba preparado para viajar a Nicaragua. Debía seguir el camino que Bernard había trazado para mí. Aunque sin ser consciente de ello entonces, lo que de verdad me movía no era Bernard, sino la imperiosa necesidad de emigrar a un sitio donde los riesgos exteriores fueran más potentes que los de mi interior. Un mes más tarde partía al país centroamericano, el primer viaje de muchos otros que vendrían después.

*

Cuando regresé de Nicaragua intenté buscarlos. Le dejé a don Arturo una nota en su casa pidiéndole las señas de Antonio, pero él nunca se puso en contacto conmigo. Llamé también a Ester, la madre de Clara; su voz cortante me indicó que no quería volver a oír de mí. Los recuerdos y la culpa siguieron rondándome por mucho tiempo y por momentos se hicieron incluso insoportables. Entonces traía a mi memoria la conversación con mi madre, intentaba con todas mis fuerzas reproducir el sentimiento de paz y redención de esa noche, y sin llegar nunca a sentirlo otra vez en plenitud, al menos conseguía no malograr irreparablemente mi existencia.

No puedo decir que el recuerdo de Clara no me persiguiera en el transcurso de esos años. Su presencia en mi cabeza y también en mi cuerpo definió los encuentros que después tuve con otras mujeres. Con el fin de hacer el asunto más soportable, concluí que mi incapacidad para entablar alguna relación, incluso de llegar a imaginarla, respondía a un principio de vida que yo mismo había establecido, donde los apegos no tenían un lugar donde asentarse. La única excepción a esta regla que yo mismo me impuse, era mi amor por Sophie, mi hija, con quien de todas formas tenía una deuda pendiente.

III. De vuelta

22

No sé cuánto rato estuvimos así, callados, Clara y yo en el sillón esa noche del 25 de diciembre, pero en algún momento advertí que la luna había desaparecido y con ella el lago y las siluetas de los cerros. Pensé en lo esquiva que puede ser la intimidad. Con frecuencia, la mentamos cuando no está presente. Porque la intimidad no es esa incontinencia verbal o física que a veces se apodera de nosotros cuando creemos haber encontrado en el camino a alguien digno de nuestras confesiones o de nuestra pasión. La auténtica es escurridiza y escasa, se manifiesta en el cuerpo como un calor pacífico, placentero, y provoca una ilusión de permanencia. Clara y yo en la penumbra, entregados a nuestros pensamientos, no la experimentábamos de ninguna forma. Por el contrario, estoy seguro de que ella se sentía tan lejos de mí como yo de ella.

Estaba cansado. No tenía fuerzas para provocar algún contacto. De todas formas, cualquier señal o movimiento hubiese sido arduo e inútil. En algún momento nos levantamos y nos despedimos con un beso en la mejilla.

A la mañana siguiente, al salir de mi cuarto, Antonio preparaba el desayuno. Llevaba una camisa que dejaba al descubierto sus gruesos antebrazos. Me senté a la mesa de la cocina. Él me sirvió un tazón de café y se instaló frente a mí con el suyo. Sostenía en la boca un cigarrillo liado por él mismo. Miré por la ventana, una nube de lluvia cubría parte de las montañas del fondo del lago. Antonio se pasó una mano por la cara y dijo:

—Seguramente nunca te enteraste que entré a Chile ocho meses después. Marcos me ayudó. Me consiguió otro pasaporte y un ticket para retornados. No fue tan difícil. Ya ves, no podían detenerme. —Tenía los ojos brillantes y el rostro animado.

Lanzó una bocanada de humo hacia arriba y contempló cómo se deshacía en volutas blancas. Lo había visto hacer ese mismo gesto tantas veces en nuestra juventud, que algo dentro de mí se contrajo.

—No sé si te interesa, pero puedo contarte —declaró.

—Por favor —repliqué con voz queda.

—Cuando llegué, el movimiento de resistencia estaba desmantelado; de todas formas, logré tomar contacto con un grupo que vivía en la montaña. Eran de los pocos que no se rendían. El resto empezaba a hacerle sonrisitas a cualquiera con tal de obtener la democracia. Viví un tiempo con ellos. Logramos algunas cosas. La gente del pueblo nos protegía y nos pedía que termináramos con la dictadura. Era una vida simple, llena de vigor. Una madrugada, el Ejército tomó por asalto nuestro campamento. Eran decenas, y tenían orden de aniquilarnos. Combatir era imposible. Nuestro comandante apareció muerto en el río unos días más tarde. Los pocos que logramos escapar nos desperdigamos por la ciudad como pudimos.

Miró hacia el campo. La nube cargada de lluvia estaba más cerca.

—Muy pronto estará aquí —dijo señalándola—. Es extraño poder observar lo que ocurrirá más tarde. ¿No te parece increíble? Ojalá tuviéramos esa posibilidad más a menudo.

Asentí con la cabeza.

—Y Clara —dijo entonces—. Quieres saber cómo encaja ella en todo esto. ¿No es cierto?

Abrió su caja de tabaco y se dispuso a liar otro cigarrillo. Sin moverme, esperé a que retomara su historia. En ese instante entró Clara y se sentó con nosotros. Vestía un short de dormir y una camiseta blanca que dejaba entrever sus pezones. Tenía la apariencia de no haber dormido bien.

—Antes de la primera taza de café, Clara no sabe ni cómo se llama —dijo Antonio acariciándole el cuello—. ¿Verdad?

Ella se recogió el pelo, improvisando una cola de caballo.

—No es eso. Es una manera de no entrar tan rápido en el día —señaló.

La lluvia alcanzaba nuestro reducto, tornándose al cabo de unos minutos en un furioso aguacero. A través de la cortina de agua se divisaba el sol apostado en el monte vecino.

—Debe haber un arco iris —dijo Clara, y salió por la puerta de la cocina a un campo extenso de pasto sin cortar.

—Es mejor que salgas. Es un espectáculo que no olvidarás —señaló Antonio.

Un arco perfecto surcaba el cielo gris plateado. Clara miraba hacia arriba. Se rodeó con los brazos y al cabo de unos minutos corrió a refugiarse al interior de la cabaña. De repente la lluvia se volvió más brillante, se deslizó hacia el lago a toda velocidad y desapareció.

*

Esa mañana transcurrió en paz. Intenté comunicarme con Sophie, pero la señal telefónica era muy débil. Por la tarde salió el sol y bajamos al lago. Clara corrió al agua. Antonio se echó sobre una toalla y cerró los ojos. Yo me quedé en la orilla observando a Clara nadar lago adentro.

Aún no conseguía acostumbrar mi cuerpo a ese clima cambiante e incierto. Pero, sobre todo, me invadía una inseguridad extraña. Un temor distinto al de la guerra. En mis incursiones como reportero, siempre encontraba un espacio interno donde refugiarme. Bastaba que trajera a mi memoria un instante remoto, un paisaje, a Sophie especialmente, con su risa contagiosa y su expresión de niña adulta. Pero esa tarde nada acudía a mi mente. Me hallaba a la intemperie.

Al poco rato, Clara salió del agua y se tendió a mi lado. Fue entonces cuando vimos la lancha por primera vez aproximándose a la bahía a toda velocidad. Divisamos a dos muchachas y a un hombre. Una de ellas nos saludaba con ambos brazos en alto. La embarcación dio un par de vueltas por la bahía y luego aceleró en línea recta hacia el interior del lago.

La misma niña que había visto el día anterior recogiendo ramas en el jardín se sentó a unos pocos metros de nosotros sin decir palabra. Clara la llamó por su nombre y ella se acercó un poco más, manteniendo de todas formas cierta distancia.

—¿Vamos al agua? —le preguntó, y la niña asintió.

Le enseñaba a nadar. La chica tenía aptitudes. Sus brazadas eran amplias y levantaba la cabeza en perfecta sincronía. Antonio se reincorporó después de un largo rato. Clara intentó animarlo para que se uniera a ellas, pero él denegó el ofrecimiento con un enérgico y prolongado movimiento de cabeza, como si su negación se extendiera a muchas otras cosas.

—Tienes que mantener las piernas más firmes, Loreto, así lograrás avanzar más rápido sin cansarte. Eso está muy bien —la instruía.

Al rato salieron del agua saltando entre las piedras. Clara se tendió de espaldas sobre su pareo anaranjado. La niña se tumbó a su lado. El aire era fresco y sereno. Antonio y yo nos quedamos sentados mirando la luz declinante que refulgía sobre el agua. Cuando el sol abandonó el lago volvimos a la cabaña.

*

Después de tomar una taza de té, Antonio me invitó a caminar. El perro famélico nos siguió parte del camino y luego se esfumó. Alcanzamos un promontorio y nos sentamos sobre unos peñascos.

—Me gustaría que continuaras —declaré.

—Ya sé. Quieres que te hable de Clara la bella, Clara la luz.

—Esta cabaña es suya —observó, señalando la figura rojiza que se recortaba contra uno de los cerros—. Fue ella quien tuvo la idea de invitarte aquí. Ha sido bueno verte, Theo.

—No sé si puedo decir lo mismo —confesé, consciente de mi descortesía.

—Entiendo, es confuso traer de vuelta cosas que esperaríamos olvidar.

—Yo nunca las di por olvidadas, Antonio. Quiero que me cuentes qué pasó después, cómo llegaron a esto.

Avergonzado de mi arrebato me incliné a recoger una piedra. Hice lo que había evitado con gran esfuerzo desde mi llegada: dejar en evidencia mi ansiedad. Cuando levanté la cabeza, él me estaba mirando.

—Tú ya sabes, la vida de Clara y la mía siempre han estado unidas, sólo que nos cuesta estar juntos. Es así, ya ves. El resto es anécdota. Qué importa cómo nos volvimos a encontrar, qué hicimos, etc...

El perro apareció entre los matorrales y se echó a un par de metros con su lengua color rosa colgándole húmeda de la boca.

—Serrucho, ven aquí —lo llamó Antonio.

—A mí me importa —insistí ante su forma desenfadada de esquivar los hechos.

—Lo que quieres es poder juzgarnos, ¿verdad? Poder decir: claro, yo tenía razón, me traicionaron... y así justificar la rabia, la desilusión, el tiempo que invertiste en lamerte las heridas y todo lo que vino después, la desconfianza, el terror a que alguien volviera a herirte. ¿Tú crees que yo no sé?

Nos miramos enfrentándonos, atados a esa extraña honorabilidad del silencio. Los sentimientos que él describía como míos eran también los suyos. Esta simetría instalaba un nuevo orden: ninguno de los dos podía adjudicarse el papel de la víctima, tampoco decir que las cosas habían sido de una determinada manera. De todas formas, quería saber, había esperado demasiado tiempo.

—Es muy simple. Clara era la mujer que yo amaba y tú eras mi mejor amigo —musité—. Qué importa el fin que busco con todo esto. Sí, puede que quiera calmar mi conciencia o cerrar el capítulo chilenos —dije moviendo los dedos para indicar un par de comillas—. Y podría enumerarte otras tantas razones que también serían ciertas. Cuéntame —dije, notando con pudor el tono mendicante de mi voz.

—Clara me salvó la vida —declaró de pronto. Expulsó una tos pedregosa y luego continuó—. Después de abandonar la montaña, me escondí en casa de una familia. No duró mucho, mi presencia era riesgosa para ellos. Encontré trabajo como vendedor de productos de limpieza y arrendé un cuarto en una pensión del centro. Con la única persona que mantenía contacto era con un hermano de mi padre. Cada cierto tiempo nos encontrábamos en algún lugar y él me ponía al tanto de las escasas noticias que le llegaban de mis compañeros. Varios cayeron en ese tiempo. La vida en la pensión era monótona pero segura. Leía por las noches y el resto del tiempo lo dedicaba a vender de casa en casa. Vendí cientos de blanqueadores, cloros, líquidos antigrasa, crema para los muebles. Mi pieza estaba llena de cajas. Además de mi tío, la única relación sólida y estable que tenía era con mi proveedor —dijo sonriendo—. Un tipo que recibía mi pago y me entregaba los productos sentado en su escritorio. Nunca lo vi de pie.

»Te preguntarás cómo pude llegar a eso. No es muy complicado. Tenía que ganarme la vida y mientras el servicio de inteligencia me buscara, no tenía otra alternativa que evaporarme. Además, como te dije, tenía un montón de tiempo libre para leer, lo que hacía todo el asunto bastante más soportable. Ahí me encontró Clara, con mis cajas y mis libros. Fue a través de mi tío. Alguna vez yo le había hablado de ella, por eso le dio mis señas. Clara siempre me dice que tenía cara de loco. —Sonrió apenas, y sacudió la cabeza—. Recuerdo que empezó a patear las cajas como si fueran las culpables de todo. Me había buscado por mar y tierra. En ese tiempo, ella era integrante de una compañía inglesa de danza moderna que estaba de gira por Latinoamérica. Renunció para buscarme. Tú ya la conoces —dijo, y me miró recordando seguramente los mismos episodios que yo recordaba—. En fin, un par de semanas después me mudé a la casa donde vivía ella. Una hermana de su padre se la había dejado en herencia. La estrella de Clara. Ya sabes. ¿Recuerdas dónde vivía en Londres? St John's Wood. Ninguno de nosotros aspiraba siquiera a un lugar como ése. Bueno, el asunto es que Clara encontró a un psiquiatra que me dio antidepresivos. Cuando llegó la democracia empecé a escribir en un periódico. Al poco tiempo ya colaboraba en varios medios, incluidos algunos diarios extranjeros. Eso fue lo que hizo Clara. Logró que al despertarme por la mañana supiera exactamente lo que debía hacer, sin tener que preguntarme para qué cresta estaba vivo. Más que suficiente, ¿verdad? Fueron buenos tiempos. Ella con sus libros para niños, yo escribiendo. Una vida tranquila.

Así que esa era la romántica historia de Antonio y Clara. No pude dejar de sentir rabia y celos por esa vida *tranquila* que ellos llevaban, mientras yo me había pasado los últimos quince años en bares de hoteles, campos de refugiados y ciudades devastadas.

Nos quedamos un momento oyendo los gritos de los pájaros con la vista perdida en las sombras de la tarde. Luego, Antonio continuó:

—Pero eso no duró mucho. Una noche desperté, miré hacia la ventana y me di cuenta que Clara me había abandonado. Era muy simple, sus flores empezaban a marchitarse. Aparte de ese detalle, nada había cambiado. ¿Pero sabes? Todo había cambiado. Te puede parecer ridículo, pero era una certeza. Nunca había ocurrido antes que Clara olvidase las flores de la ventana. Incluso, a veces, me dice: «Anda, míralas». Debió ser un proceso invisible, que se fue gestando en el tiempo. Supongo que los abandonos son así. Primero, deja de importarte lo que el otro piensa, sus discursos y argumentos te empiezan a sonar rancios; luego, te desinteresas de lo que hace, de lo que siente, y sin darte cuenta, paf, partes. No importa que sigas ahí, compartiendo el café por la mañana. Ya has partido y lo que queda de ti es apenas una cáscara. Eso es lo que Clara me había dejado, una preciosa cáscara de ella misma.

Sacudió la cabeza y sonrió con una expresión de ironía.

—Sin la ilusión de ese algo que yo llamaba «nuestro», todo volvió a perder sentido. Había reemplazado los ideales por Clara. Un mero sustituto. Era duro darse cuenta de eso, pero también experimenté una gran libertad. Sé que te puede parecer insólito. Te aferras a alguien o a algo, y cuando esto pierde sentido encuentras otro estímulo, y así sucesivamente hasta tu muerte. Pero no son más que eso. Un montón de espejismos con los que ocultas una verdad irrefutable: que en el fondo estás solo y está el vacío. Suena relamido, ¿verdad? Me impresiona cómo algunos de esos lugares comunes que hemos evitado la vida entera, terminan siendo la manera más fiel de nombrar ciertas cosas.

»¿Sabes? Mientras pensaba esto me sentí como uno de esos personajes de las películas hollywoodenses, que en el clímax ve la luz y se enfrenta por fin a la verdad. Pero aquí viene lo más notable. Una noche, mientras dormía, Clara pronunció tu nombre. Sí, no me mires con esa cara, lo que te digo es cierto.

Me sobresalté.

—No sabes cuánto agradecí que estuvieras lejos.

Las lágrimas le corrían por la cara. Siguió hablando sin secárselas. Pensé que estaba siendo valiente a la forma de los héroes homéricos que él tanto admiraba.

—Ese día no le dije nada ni tampoco al siguiente. En fin, poco a poco me fui desprendiendo de ella.

Guardó silencio algunos segundos y luego agregó:

—Ahí tienes, querías saber, ¿no? Tal vez por eso te hice venir hasta aquí. Quién sabe...

—Para decirme esto.

—Para decirte esto.

Se levantó de su sitio y sin mirarme empezó a caminar hacia la cabaña. Unos pasos más atrás lo seguí.

Que Clara hubiese pronunciado mi nombre no la hacía más accesible que antes. ¿Qué exactamente había querido decirme Antonio? ¿Estaba renunciando a ella? Visto de ese modo, todo el asunto resultaba paradójico y cruel: cada una de las puertas que Antonio cerraba era una puerta que yo podía abrir.

Dormí poco. A la mañana siguiente necesitaba hablar con Sophie. Sólo la certeza del amor que sentía por ella permanecía intacta. Rebecca respondió el teléfono. Fue amable, como si hubiera presentido mi estado de ánimo. Escuché la carrera de Sophie por el pasillo y luego su voz. Sentí un nudo en la garganta y apenas fui capaz de balbucear *hello,* a lo cual Sophie reaccionó con regocijo, precipitándose a contarme del potrillo que había nacido esa mañana. Lo había llamado Daddy. De ese modo, al verlo se acordaría de mí. Me contó que tenía una mancha negra en la nariz y que por eso pensó llamarlo Blacky, pero se decidió por Daddy porque la mancha podía desaparecer cuando creciera, y entonces nadie entendería su nombre. Mientras ella me hablaba, como si nunca hubiéramos dejado de vernos, me cubrí la cara con una mano para detener la tristeza.

—Te quiero, hija. —Lo único real era su voz—. Seguirás siendo mi niña siempre, ¿no es cierto?

Ella se rió de mi ocurrencia, empezando a sentir tal vez que su padre pasaba por un momento difícil y la necesitaba.

—Claro que seré tu niña siempre y tú serás mi *daddy,* aunque el potrillo se muera, porque a veces se mueren, ¿sabías eso? A veces no sobreviven a los calores del verano, o al invierno.

*

Después del desayuno bajamos al lago. Esta vez llevé mi traje de baño y estuve un buen rato dentro del agua. A media mañana apareció Loreto, la chica a quien Clara enseñaba a nadar. Se sentó a cierta distancia de nosotros y esperó a que Clara la instara a aproximarse. Al rato, envalentonada por nuestros halagos, nadaba sola lago adentro.

De pronto la vimos a lo lejos. La misma lancha del día anterior se aproximaba a nuestro reducto desde el costado izquierdo, donde una península alta y poblada de árboles cierra la bahía. Clara hizo un gesto de desagrado, mientras el ruido de la lancha rasgaba el aire del mediodía. La idea cruzó mi mente, pero la deseché al instante. Antonio, en cambio, no pensó lo mismo. Corrió hacia el agua y nadó en dirección al lugar donde se asomaba Loreto. El estruendo del motor se hacía a cada momento más intenso. Divisé una silueta en la proa. Después de unos segundos, Antonio alcanzó a Loreto. Vimos que la tomaba por los hombros y nadaba con ella hacia la playa. La lancha seguía aproximándose. Clara gritó. Los tripulantes no podían oírla. En un par de segundos la embarcación pasó sobre sus cabezas y ambos desaparecieron. La estructura blanca, resplandeciente, se detuvo a unos pocos metros. Por unos instantes se escucharon los sones de una música latina y luego se produjo una calma eléctrica, ominosa, que tenía algo de irreal. Vi que Clara abría la boca pero ningún sonido salía de ella. Creí que estaba a punto de desmayarse, pero de todas formas corrí hacia el lago. De súbito, como una explosión, ambas cabezas surgieron del agua. Loreto dejó escapar un débil grito de terror. Un hombre, dos mujeres y un joven de unos dieciséis años vociferaron. Las cabezas de Loreto y Antonio seguían suspendidas sobre el agua. La lancha se aproximaba a ellos. Nadé en esa dirección. De golpe, tan sólo ella fue visible. Cuando los alcancé, el chico la tomaba en sus brazos. Antonio no emergía.

Me hundí lo más hondo que me fue posible. Nadé ciego en línea recta hacia el fondo sin alcanzarlo, me di vueltas. Antonio debía estar cerca pero no conseguía verlo. Aunque deseaba continuar, tuve que salir a la superficie en busca de aire. Entonces la divisé. Clara se había tirado al agua y nadaba hacia mí. Me llené los pulmones de aire y volví a sumergirme. Nuestros cuerpos en el fondo del agua se tocaron, el agua estaba quieta. Me aterrorizaba lo que podía encontrar, pero al mismo tiempo la emoción que me producía el cuerpo de Clara era inevitable, sus brazos surcando el agua, su cabello meciéndose en cámara lenta, un sueño, un sueño que habitaba al interior de la pesadilla, de esa realidad horrenda a la cual ambos buscábamos cambiar el rumbo. Pero era inútil. Antonio había desaparecido. A pesar de que la orilla estaba a unos pocos metros, en ese sitio el lago se hundía en una fosa profunda y oscura. Se alcanzaban a ver las siluetas de troncos gigantes que desplegaban sus ganchos como animales prehistóricos. Por un momento tuve la impresión de que el lago, con sus garras mortíferas, nos llevaría también a nosotros a su fondo hermético. La tomé de la mano y salimos a la superficie. El aire entró de golpe a mis pulmones, como si me arrastrara hacia la vida, hacia la luz. Miré la extensión ya plácida del agua. Clara gritó, tenía los ojos vidriosos pero no lloraba. Yo también hubiera querido gritar. Vi que el hombre en la lancha movía los brazos a un lado y a otro como un muñeco de trapo.

—¿Dónde está, dónde está? Haga algo, la puta, haga algo, se lo ruego.

Tras sus gritos escuché el llanto de Loreto. Volví a hundirme hasta anular mis sentidos, hasta que el corazón acelerado y a punto de reventar me detuvo.

El tipo nos ayudó a subir a la lancha. Loreto se aferró a Clara. Tenía un corte sangrante en la cabeza.

—Habrá que llevarla a un hospital —afirmé. El tipo asintió.

El olor a alcohol era evidente.

—¿Podrá hacerlo? —le pregunté cuando me di cuenta que estaba borracho.

—Yo puedo conducir la lancha —declaró el joven.

Se veía sobrio y el temple de su mirada me dio confianza. El tipo mayor no ofreció resistencia.

Clara empezó a temblar como si hubiera perdido el control de su cuerpo. Balbuceaba palabras incomprensibles en voz queda.

Acordamos que yo volvería a la playa con Clara y que ellos llevarían a Loreto al pueblo más cercano. Apenas estuvieran ahí me llamarían a mi móvil. Cogí la mano de Loreto y le dije algunas palabras para calmarla.

—¿Y don Antonio, dónde está don Antonio? —preguntó casi inconsciente.

—Está bien —mentí. Y al decir esto deseé que mis palabras se hicieran realidad, que todo lo ocurrido no fuera más que un mal sueño—. Ahora te llevarán a un hospital para que te curen esa herida. No te preocupes, todo estará bien.

La lancha nos dejó en la orilla. Clara respiraba con dificultad. La cogí en mis brazos y la oprimí contra mi cuerpo. El suyo estaba frío.

Permanecimos así, abrazados, hasta que un campesino llegó a la playa.

23

Un equipo de buceo rescató el cuerpo de Antonio esa misma tarde. Su cabeza tenía la apariencia de un globo a punto de reventar. El agua había desprendido parte de su ropa, su cuerpo, hinchado y blanco, recordaba la textura de un maniquí; una larga y profunda hendidura se abría en su vientre como un labio gigante. Clara, al verlo, cerró los ojos. La abracé, estaba rígida. Estuvo sentada en la playa, sin llorar ni decir palabra, mientras los guardacostas y policías se movían de un lado a otro haciendo preguntas, exigiendo una reconstitución de los hechos, comunicándose por radio con sus superiores, envolviendo el cuerpo de Antonio, puntualizando rutinas burocráticas que nadie quería escuchar.

Marcos y yo nos hicimos cargo de los detalles del entierro. Pilar llamó a Santiago a algunos amigos y parientes e intentó encontrar a la madre de Antonio. Clara permaneció la mayor parte del tiempo hecha un ovillo en el sillón blanco —el mismo donde solía recostarse Antonio— con la mirada ausente e interrogante, como si la muerte la hubiera devuelto a su niñez. Cuando llegó la noche no quiso moverse de ahí. La cubrimos con una manta y velamos por turnos su sueño.

A la mañana siguiente, Marcos recogió a Ester —la madre de Clara— en Puerto Montt. Me costó reconocer en esa dama encanecida y delgada que descendió de la camioneta a la mujer briosa que había conocido en Wivenhoe. Clara seguía ausente. Así la encontró Ester. Al verla,

Clara se arrojó a sus brazos. Su dolor apresado había contenido el nuestro. Verla estremecerse en los brazos de su madre, el rostro oculto en su pecho, oírla llorar, hizo que todo el horror vivido en las últimas horas se hiciera realidad. Pilar abrazó a Marcos. Pensé en Sophie, en mi indiferencia. Me merecía estar ahí de pie, solo.

Por la tarde enterramos a Antonio.

*

Cuando después del entierro, Clara cayó en el lodo, percibí la verdadera dimensión de su vínculo con Antonio, que era mucho más fuerte y más profundo de lo que él me había confesado a largos y desarticulados trancos. Ester y yo la ayudamos a llegar hasta la cabaña. No lloraba, ni siquiera tenía los ojos húmedos, el cuerpo que sosteníamos había perdido todo vestigio de vida. Cuando llegamos, Ester llenó la bañera. Clara, casi inconsciente y con la ropa manchada de barro, se encogió en el sillón blanco. Al poco rato, Ester la tomó de una mano y la guió hasta el baño.

El resto de nosotros se reunió en la terraza. Empezaba a oscurecer. La lluvia de la tarde se había detenido.

—Fui yo quien los trajo aquí —dijo en un momento Marcos—. A Antonio y a Clara. De eso hace cuatro años. Desde la primera vez que vino, Antonio se enamoró del lugar. Tratábamos de alejarlo de una batahola que había ocasionado con una de sus columnas. Le echaba la culpa de todos los males a la Iglesia católica. Ese es su pasatiempo favorito: medir su fuerza y la resistencia de las instituciones —señaló, sin percatarse que hablaba de él como si estuviera vivo.

Madre e hija aparecieron al cabo de un rato. Marcos y Pilar abrazaron a Clara. Cuando llegó mi turno la estreché, deseando transmitirle el amor que me había unido y que aún me unía a ella.

Sus ojos seguían perdidos. Ester la acompañó a su alcoba, cerraron la puerta y no volvieron a aparecer. Marcos y Pilar se despidieron de mí y emprendieron la marcha.

Me quedé un largo rato en la terraza, mirando el cielo y las siluetas oscuras de los árboles que ondulaban con la brisa de la noche. Pensé en las veces que Antonio debió mirar ese mismo paisaje que ahora tenía ante mis ojos. ¿Se imaginó alguna vez que sería ahí donde encontraría la muerte? No pude evitar el recuerdo de la escena el día de mi llegada: mientras yo ordenaba mi maleta, él recitó el poema de Horacio dedicado a su mejor amigo: «Tú que estás dispuesto a acompañarme hasta Gades, al remoto Cantábrico, hasta el fin del mundo. Allí, tú rociarás con una lágrima ritual las cenizas aún calientes de tu amigo poeta».

Sus palabras sugerían, revelaban, escondían —no sabía cuál de estas posibilidades era la más precisa— algo que me resultaba difícil nombrar. Es cierto que las circunstancias de su muerte habían sido fortuitas, ¿pero era posible que, dado su desprendimiento de la vida, se jugara la suya sin consideraciones? Y si efectivamente se había entregado a la muerte, ¿por qué lo había hecho? Tal vez fuera uno de esos seres que, atrapado por la llamada de la acción, prefiere ir al encuentro de la muerte con plenas facultades antes que ser sorprendido en ese estado indigno en que la vida termina por sumirnos.

Recordé una conversación sostenida años atrás, poco tiempo después de la muerte de su hermano. Caminábamos por el Soho después de abandonar un *pub*. Comparábamos una muerte individual, por enfermedad, vejez o adversidad, con una ligada a un designio más grande, una muerte plena de significado. Como la de su hermano Cristóbal. Era así como queríamos morir. De pronto se puso a saltar y a moverse. Me quedé pasmado mirándolo, y él soltó una carcajada.

—Hablar de esto me llena de energías, me dan ganas de salir corriendo en busca de algo excitante, peligroso, y enfrentarla de una vez por todas, a esa puta —exclamó dando puñetazos en el aire.

Recordé también que el hombre de la lancha había intentado explicar varias veces a la policía que si Antonio hubiera extendido los brazos, él lo habría alcanzado; en cambio, se dejó llevar por el agua y se fue hundiendo con el rostro hacia arriba. Había muerto sin bajar la cabeza, mirando el cielo, como los caballos árabes. Su versión podía refutarse por la herida que le atravesaba el vientre y que debió afectar su corazón. Lo más probable es que ya estuviera muerto.

De estas conjeturas, sólo una era incuestionable: Antonio no se había conformado nunca —como la mayoría de los hombres— con erigir su héroe en el plano de la imaginación, de los juegos, de los sueños, y fiel a su esencia había muerto salvando una vida.

Estas ideas y recuerdos se movían dentro de mi cabeza apuntando en una misma dirección. Sin embargo, lo más probable es que necesitara creer que Antonio había buscado la muerte para así eludir la culpa de no haber reaccionado a tiempo.

*

A la mañana siguiente, mientras Clara y Ester aún dormían, Pilar se instaló con su teléfono móvil en la cocina y desde ahí hizo los arreglos para que todos regresáramos a Santiago.

—¿Quieres que te reserve una habitación en un

hotel, o te vas a quedar en casa de Clara? —me preguntó mientras esperaba con el teléfono en la mano que le confirmaran nuestros asientos en la línea aérea.

—No sé, no había pensado en eso.

Su pregunta me confundió. No sabía siquiera qué haría en las próximas veinticuatro horas. Me sentía aislado. El contacto con Clara era imposible, y esto me volvía un intruso, una pieza innecesaria. Así como estaban las cosas, no tenía mayor sentido que me quedara, pero tampoco podía huir.

—¿Qué crees tú que sería mejor para ella? —le pregunté.

Me miró con una sonrisa. Era evidente que el hecho de ser consultada la complacía.

—¿Qué te dice el corazón? —Odié su pregunta. No sólo porque sonaba cursi, sino porque era la que a toda costa quería evitar. Vieja bruja, pensé.

—Es más bien el corazón de Clara el que me preocupa, no el mío.

—Mira, Theo, perdona que me entrometa en tus cosas —puntualizó—, pero fuiste tú quien hizo la pregunta. Lo que esconde el corazón de Clara no podemos saberlo. Lo que ella necesita, tampoco. Sólo puedes saber lo que siente el tuyo, y lo más probable es que si lo sigues estarás en lo correcto —concluyó con una sonrisa iluminada.

Tenía mil argumentos para rebatir los suyos. ¿Cuántas veces había seguido mis impulsos y me había estrellado con la más brutal de las indiferencias?

En ese momento apareció Clara. Tenía el pelo recogido en la nuca y la cara lavada. Sus ojos estaban hinchados. Pilar me miraba expectante con el teléfono en la mano.

—¿Y? ¿Qué decidiste? —me preguntó—. Si quieres alojarte en un hotel tenemos que reservar ahora mismo.

Me molestó que hablara de eso frente a Clara. Ambos la miramos. Estaba de pie frente a la ventana, con la vista perdida. Aparte del mundo por el que vagaba solitaria, nada ni nadie parecía tocarla.

—Sí, hazlo —dije, y el tema quedó zanjado.

Ester apareció al cabo de un rato y agradeció a Pilar que asumiera el control de los detalles operativos.

—Ya sabes, nunca me he entendido bien con esos señores que hablan por teléfono.

Pilar asintió con una sonrisa, como si la falta de sentido práctico de Ester fuera conocida y aceptada por todos.

Después de desayunar, Clara preparó sus cosas para partir, y entonces, mientras terminábamos nuestros tazones de café, tuve la oportunidad de charlar con Ester. Me pidió que reconstituyera los hechos paso a paso. Quería saber cada detalle, y sobre todo en qué momento Clara se había volcado hacia su interior. Volví a ver a la mujer de antaño, su mirada atenta y vivaz, su manera envolvente de escuchar. Después me preguntó por mi vida y yo le hice el recuento de siempre en su versión más escueta. Ella me contó que seguía dando clases, su gran pasión, y que vivía hacía diez años con un inglés dedicado a las antigüedades.

Alrededor de las doce, Marcos y Pilar nos condujeron en su camioneta al aeropuerto. Clara, con la cabeza apoyada contra el vidrio del auto, miraba en silencio esos mismos paisajes que hacía cinco días me habían parecido exultantes y que ahora sólo desprendían tristeza. Nada había cambiado, sin embargo, todo era diferente. Pensé en esa madrugada, cuando Antonio despertó y se dio cuenta que las flores de su pieza estaban marchitas. Al perder su turgencia, las flores habían descorrido el velo de la ilusión. La realidad se revelaba tal cual era. No estaba seguro, pero tenía el presentimiento que Clara y Antonio habían hecho lo que hace la mayoría de las personas: construir un lugar y poblarlo de cosas con significados, para así encubrir los silencios y disfrazar la distancia de comunión. Esto era al menos lo que yo quería creer.

Una vez en el aeropuerto, nos despedimos de Marcos y Pilar. Mientras caminábamos por la pista casi desierta hacia el avión, una brisa levantó un remolino de polvo que avanzó hasta el límite de cemento y se perdió en el campo. Ester se adelantó. Tomé la mano de Clara y sus dedos se aferraron a los míos. En el horizonte, tras la silueta del avión, vimos una nube donde debía estar la lluvia.

Clara y Ester se sentaron juntas. Una vez en mi lugar, abrí un periódico. En la segunda página aparecía una foto de Antonio. Una barba incipiente dibujaba una sombra en su rostro alegre. Llevaba un sombrero de ala ancha al modo de los exploradores. «Antonio Sierra, el francotirador de ideas, muere bajo la hélice de una lancha». Más abajo se especificaba que había muerto salvando la vida de una niña. El artículo hacía un recuento de sus ideas más virulentas. Una de sus columnas estaba reproducida en su totalidad. Basándose en un párrafo de Philip Roth, Antonio se refería a «lo adecuado». Su argumento se sostenía en la idea de que lo adecuado es un valor impuesto para regular los impulsos más básicos de la naturaleza humana, y por eso mismo no es en ningún modo un valor perdurable. Lo adecuado es tan sólo un dique que el tiempo y la naturaleza humana terminan por derribar. Me dormí y desperté cuando comenzábamos el descenso.

Divisé a un hombre que nos hacía señas al otro lado del portal de salida. Matt, el inglés de Ester, era al menos quince años menor que ella, robusto, de mandíbula cuadrada y profusos bigotes castaños.

No mucho rato después estábamos dentro de una

ciudad más bien gris, con un cielo bajo y un calor denso. Ester puso en marcha el CD del coche. Era el quinteto para clarinete de Mozart.

—¿Cuándo vas a escuchar otra cosa, Matt? —preguntó.

—También está Bob Dylan, recuerda.

—Es cierto, cómo pude olvidarlo —dijo Ester. Clara sonrió por primera vez.

—¿Por qué no te vienes con nosotros por unos días? —le preguntó Ester con cautela y ansiedad.

—Prefiero mi casa.

—¿Estás segura? ¿No deseas quedarte conmigo, Clara? Sabes cuánto nos gustaría.

—Estoy segura, mamá. Quiero mi casa.

—Está bien —concluyó Ester con una expresión derrotada.

—¿Y tú, Theo? Es ridículo que te quedes en un hotel. ¿A quién se le ocurrió esa idea tan estrafalaria? Te puedes quedar con nosotros o con Clara.

Clara permaneció indiferente.

—Estaré bien. Ya sabes, los vagos nos sentimos más a gusto en los hoteles.

No sé por qué lo hice. Podría haber aceptado su oferta, era en realidad lo que quería. Fue la actitud de Clara, o tal vez necesitaba sentirme aún más solo.

Avanzábamos por la orilla de un parque afrancesado. Codo a codo con la calle atestada de autos, una miríada de niños en traje de baño chapoteaba en una fuente cuya escultura central tenía un aire wagneriano. Después de un viaje que se hacía largo, por el calor y por el exceso de sentimientos contenidos en un espacio tan pequeño, llegamos al hotel que me había escogido Pilar. Acordamos esa noche cenar en casa de Ester y Matt. Saqué mi maleta de la cajuela. Clara salió del auto.

—Gracias, Theo, por todo... —dijo, con un hilo de voz.

Le di un beso, tomé mi maleta, esperé que se subiera y no me moví hasta que desaparecieron.

No bien estuve en mi habitación marqué el número de Sophie. Hacía tan sólo dos días que había hablado con ella, pero me parecía que había transcurrido un siglo desde entonces. No podía sacarme de la cabeza la imagen de Ester abrazando a su hija. Todo lo ocurrido en ese lapso quedó cristalizado en ese abrazo y en el desconsuelo de Clara. Era el horror, pero también la presencia de un afecto poderoso. Y mientras ellas se estrechaban, lo único que deseé fue estar cerca de Sophie.

Me contestó Dania, la criada. La había visto un par de veces en alguna de mis visitas. La recordaba como una mujer regordeta y siempre dispuesta a hablar de cualquier cosa. Esta vez, sin embargo, me saludó parca y cortante. Le pregunté por Sophie y se quedó callada.

—¿Pasa algo? —inquirí.

La mujer continuó en silencio y ya no pude contenerme.

—¡Respóndame, por el amor de Dios!

Ella soltó un sollozo. Era evidente que algo andaba mal. Mientras esperaba que se calmara, me puse a dar vueltas por la habitación con el teléfono inalámbrico en la mano. Mi estado de descontrol era tal, que tropecé con una mesita y tiré una lámpara.

—La señora y la niña se han ido —me dijo.

—¿Pero cómo se han ido y adónde?

—No sé.

—¿Qué ocurrió? Dígame.

—El señor y la señora riñeron. Fue ayer por la noche. No me pregunte qué pasó. Chismosa no soy. La señora hizo sus maletas y se fueron.

—¿Dónde?

—Ya le dije. No sé. —La mujer había recobrado la compostura y su voz volvía a ser cortante.

—Tendrá su móvil al menos.

—No. Lo dejó aquí. Como se lo paga el caballero... —dijo en un tono que delataba su antipatía hacia Rebecca—. Ha sonado toda la mañana, pero no lo contesto. Ya le dije, no soy chismosa.

—¿Y quién sabe dónde están?

—El señor me dijo que no quería saber más de la señora y que si alguien preguntaba por ella le dijera lo mismo.

Un vértigo insoportable se apoderó de mí. Nunca había pasado con Sophie más de dos semanas seguidas durante sus ocho años de vida, pero me producía un sentimiento de seguridad saber que estaba en algún lugar al cual tenía acceso en el instante que me diera la gana. Rebecca siempre me había dejado las puertas abiertas para hablarle o verla. Su postura era complaciente, aunque un tanto incrédula. Supongo que primaba en ella la sospecha de que tarde o temprano yo establecería mi propia familia y me olvidaría de Sophie. Más de una vez, al presenciar la animación que ambos manifestábamos en nuestros encuentros, intercepté en su rostro una mirada suspicaz. No sé si Rebecca hablaba de esto con Sophie, o si pretendía hacerlo cuando fuera mayor, pero mi sensación era que hacía lo posible por resguardar los sentimientos de su hija, y si esto implicaba desconfiar de los míos, lo haría sin dudar.

Dania se apiadó de mí y me sugirió que llamara a Anne, una amiga de Rebecca. Ella debía saber su paradero.

Hacía cinco años que Rebecca y Russell vivían juntos. Era poco probable que él se hubiera aburrido de Rebecca. Había estado casado dos veces y eso lo convertía en un tipo apacible, con ganas de llevar una vida sin demasiadas sorpresas, pero lo suficientemente animada como para no morirse antes de tiempo. Estoy seguro de que Rebecca cumplía con sus expectativas. Seguía teniendo la mayor parte de sus encantos, revestidos de una pátina de madurez que no le sentaba nada mal. Imagino que de tanto en tanto debía hacerle un show particular, interpretando con su voz pastosa alguna de esas canciones con que me había prendado en México. Era posible, en cambio, que ella se hubiera aburrido de Russell. Aunque si éste era el caso, lo más prudente de su parte era no hacérselo saber. Hacía tiempo que Rebecca había dejado de cantar, y los años, si bien habían apaciguado sus rasgos, no la ayudarían a reanudar su carrera.

Dania me dio el número de Anne y llamé de inmediato. Mientras escuchaba el timbre, experimenté el mismo sentimiento que solía tener en las guerras: podía desaparecer en ese mismo instante y nadie me echaría de menos. Rebecca contestó el teléfono.

—¿Dónde estás?

Era la pregunta que me hacía apenas escuchaba mi voz, sabiendo que podía estar en cualquier parte del mundo trabajando en algún reportaje.

—Sigo en Chile.

—Ah —replicó con tono apático.

—¿Y ustedes dónde están? —Mi pregunta era ridícula, puesto que yo mismo la había llamado a casa de su amiga.

—Estoy esperando que pasen estas fiestas de mierda para encontrar un lugar donde mudarnos.

Escuché cómo aspiraba con avidez el cigarrillo que debía tener entre los dedos. Intentando ser amable, le pregunté:

—No me vas a contar qué ocurrió, ¿verdad?

—Por supuesto que no.

Me estremecí al advertir que el mundo de Sophie se había venido abajo. Atrás quedaban la finca, Dania, su potrillo. La sola idea de que Rebecca le hubiera arrancado la vida a mi hija me llenaba de rabia. Pero no iba a estropear aún más su ánimo diciéndole lo que pensaba. Una idea cruzó mi cabeza y antes de arrepentirme la escupí sin más:

—Voy a intentar tomar un vuelo mañana mismo a Jackson Hole.

La posibilidad de un objetivo claro, un lugar concreto donde parar en medio de ese huracán, me alivió.

—No sé si es una buena idea —replicó en un tono molesto.

—Creo que para Sophie será bueno verme, después de haber perdido todo...

—No seas tan dramático —declaró.

—Para mí también será bueno verla.

—Ya veo. Como siempre. Tus necesidades son tan importantes. Haz lo que quieras.

—Te pido por favor que no se lo digas a Sophie. Quiero darle una sorpresa; además, en caso de que me sea imposible encontrar pasajes, no quiero que le crees falsas expectativas. —Le di el número de teléfono de mi hotel y corté.

Llamé a mi agente de viajes en Londres para que me consiguiera un vuelo a Jackson Hole lo antes posible. Acostumbrado a mis intempestivos cambios de planes, mi requerimiento no le llamó la atención. Me dijo que estuviera tranquilo y que tan pronto pudiera me confirmaría mis vuelos.

No estaba para nada tranquilo. Nunca antes había sentido tal necesidad de estrechar a mi hija. Miré por la ventana hacia la calle. Un amigo poeta de las Islas Canarias dice que la soledad es siempre una ventana que mira un árbol. La soledad es siempre un hombre en un hotel que mira por una ventana, lo hubiera rectificado de haber tenido el entusiasmo necesario para tomar el teléfono y llamarlo a Tenerife.

*

Comenzaba a oscurecer. Faltaban dos días para Año Nuevo y a través de los cristales de los edificios se alcanzaban a divisar las frágiles luces navideñas. Ester vivía en un barrio tranquilo, de árboles frondosos, casas bajas y parejas. La suya, de un piso, estaba pegada a otra. Ester abrió la puerta. Recordé esa vez, lejana en el tiempo y la memoria, cuando Antonio me llevó a su casa de Wivenhoe. Aquel había sido el inicio del viaje que culminaba acaso en ese instante, en Chile, con Antonio muerto, pudriéndose bajo la tierra. Me quedé inmóvil en el rellano, incapaz de reaccionar, hasta que la voz de Ester me sacó del laberinto donde me habían arrojado los recuerdos.

El interior de la casa era pequeño, decorado sin propósito, como si cada cosa hubiera encontrado su sitio por azar, produciendo un efecto distendido y acogedor. Clara, en el rincón de una butaca, parecía suspendida en la media luz que rebotaba de una lámpara. Una pareja madura estaba sentada frente a ella. Matt salió de la cocina con un delantal amarrado a la cintura.

—Ellos son Emma y Mauricio Silberman —nos presentó Ester—. Mauricio es profesor de lógica en la universidad y Emma es psicoanalista. Atendió un tiempo a Antonio. Así se conocieron. Abandonaron el psicoanális y se hicieron amigos. Lejos de toda ortodoxia, como puedes ver.

Emma se levantó y me saludó con familiaridad, como si me conociera. Su presencia me causó un inmediato bienestar. Era quizá su rostro lavado, la placidez maciza de sus movimientos. Mauricio me extendió una mano huesuda pero decidida. Su estructura delgada, su nariz prominente y sus ojos reconcentrados lo hacían judío, intelectual y complejo.

Clara hizo un gesto para que me sentara a su lado. Le di un beso y acaricié el dorso de su mano. Al principio, la conversación apenas fluyó, aun cuando la pareja era sin duda muy cercana a madre e hija. Matt sirvió la comida y nos sentamos a la mesa. Entonces Emma, estimulada por Ester, contó cómo Antonio había concluido su terapia. Era una historia que todos conocían, excepto yo. Ocurrió así. Un día Antonio se sentó en el diván, y en lugar de hablar se quitó la camisa. «Ya me conoces por dentro —le dijo—, ahora me conoces por fuera; creo que podemos dar por terminada nuestra aventura. Lo que quiero es tomar té con Mauricio Silberman y tus dos hijas». Emma contó que era la primera vez, y confiaba que la última, que tiraba por la borda su estricta formación freudiana. Avivada ahora por nuestra atención, habló de la amistad que la había unido a Antonio, de la forma lúcida y generosa con que él estuvo presente en su vida. Mientras hablaba, Clara, con una copa de vino en la mano que rellenaba con frecuencia, la miraba fijamente, y de tanto en tanto respiraba hondo. Sus palabras nos hacían bien. Necesitábamos hablar de Antonio, traerlo a la mesa sin tener que afrontar ni decir lo esencial: que su muerte era una tragedia. Estoy seguro que por sus mentes transitaban las mismas ideas que habían pasado por la mía.

En mi recuento a Ester de los pormenores del accidente había mencionado al pasar, sin detenerme en su significado, el instante en que el hombre de la lancha intentó rescatarlo. Por su expresión supe que ese detalle la había impresionado. Nada de eso podía nombrarse. Lo que hacíamos era protegernos; sobre todo, proteger a Clara. Apenas acabada la comida, ella volvió a su sitio en la butaca, terminó el contenido de su copa y clavó la vista en un punto indefinido del muro.

Pensé que nunca la había conocido realmente.

Durante todos esos años, al intentar reconstruirla en mis recuerdos, la veía moverse, reír, razonar, seducirme, bailar, sin lograr concebirla entera, sin llegar nunca a decir: Clara es de tal o cual manera. Era como Antonio, inasible, pero de una manera distinta. Él estaba siempre unos pasos más adelante, como si los momentos en sí no fueran suficientes y hubiera que proyectarlos al futuro para darles consistencia y significado. Ella, en cambio, vivía cada instante sin proyectarlo hacia ningún sitio, pero de una forma etérea, como si una parte de sí misma vagara en otro espacio.

Clara se levantó con inseguridad.

—¿Quieres ir al baño? —preguntó Ester tomándola del brazo.

Clara se desprendió de su madre con un gesto contrariado. La vimos desaparecer.

—Creo que deberías ir a verla —le sugirió Emma.

Ester siguió su consejo. Matt nos sirvió un trago y puso un CD con una sonata de piano. Emma me preguntó detalles de la muerte de Antonio que no había querido averiguar en presencia de Clara. Después de un rato, madre e hija retornaron a la sala.

—Está todo bien, nada de qué preocuparse —dijo Clara cogiendo su copa vacía. Hizo el intento de tomar la botella de vino, pero Ester la detuvo.

—¿No me he portado de maravillas acaso?

Tuve la impresión que con su actitud lo que hacía era asumir su rol de hija, pedirle a su madre que tomara el mando, que la aliviara de la responsabilidad de sí misma y de sus emociones. La muerte tiene eso: se instala entre los vivos y trastroca nuestras existencias, se desliza en nuestras mentes y desata las alimañas de la infancia.

Tomó la botella y llenó su copa. Por un momento reinó un grave silencio, mientras las notas de piano vagaban entre nosotros. Recordé haberle escuchado decir alguna vez que le había faltado tiempo para acabar de ser niña.

Ansié verla llegar hasta el límite. Me estremecí de mi crueldad. ¿Qué sentía por Clara? El placer de verla tocar fondo no era amor. Al fin y al cabo, quince años fantaseando con una mujer no significa mucho. Amoldada a tus deseos va perdiendo toda realidad. La Clara que había nombrado infinitas veces en el entresueño, la que eclipsaba a todas las otras mujeres, la mujer de mi vida, no existía más que en mi imaginación. Había llegado el momento de humanizarla y obtener mi libertad. Aunque comprendía también que abandonar su imagen idealizada implicaba quedar desprotegido. La idea de esa mujer que ella encarnaba ante mis ojos me había mantenido fuera del alcance de los afectos.

—Theo fue la última persona que habló con Antonio —dijo Clara de pronto, mirándome—. ¿Hay algo que puedas contarme? ¿Algo que pueda servirme? —su tono era suplicante y a la vez, creo, esperanzado.

Sentí la mirada de todos fija en mí. No podía decirle que Antonio la había mencionado con resignación y dolor.

—Que te quería. Pero eso tú lo sabes y no va a ayudar a conformarte.

—Claro que no —dijo en un susurro.

—Claro que no —repitió Ester. Se sentó junto a ella y le pasó el brazo por los hombros.

Emma, Mauricio y Matt guardaban silencio.

—Theo, ¿me llevarías a casa? —preguntó Clara al cabo de un rato. Sus ojos, a pesar de la niebla de alcohol que los cubría, eran decididos.

—Preferiría que te quedaras, amor —dijo Ester.

—No, mamá. Quiero mi casa. Mi cama.

—Entonces te llevo —afirmó Ester.

—Quiero que me lleve Theo —dijo con la voz impetuosa de una niña.

Me impresionaron sus palabras, era su primer gesto de voluntad y tenía que ver conmigo.

—Voy a llamar un taxi —intervino Matt.

Antes de partir, Ester me pidió que me quedara en casa de Clara. Al poco rato estábamos montados en un taxi rumbo a su casa.

—¿Sabes?, me gustaría no moverme nunca más, quedarme aquí sentada, dando vueltas —musitó.

Dicho esto volvió a callar. Unas profundas ojeras se habían instalado en su rostro. Tenía las rodillas juntas y las manos quietas sobre ellas.

—Podemos hacerlo, si quieres... pasar la noche en este taxi —dije con una sonrisa que ella devolvió.

Le acaricié el rostro.

—¿Te contó Antonio que te seguía en todas tus guerras? —Al ver mi expresión interrogante continuó—: No te lo dijo, ya veo. Te buscaba en la red. Guardaba todas tus notas y artículos.

Me impresionó que dijera eso. Antonio se había mostrado insensible frente a cualquier cosa relacionada con mi trabajo de reportero. Tal vez eso lo explicara todo, no necesitaba saber más.

—Los guardaba en una carpeta por orden cronológico, era muy minucioso para ordenarlos.

—¿Y tú los leías?

—En ocasiones.

—¿En cuáles?

—Cuando Antonio me lo pedía —replicó con seriedad.

Tenía la misma sensación que aquella noche que irrumpimos en casa de Antonio, cuando intentábamos traerlo a nuestro lado, sabiendo que cualquier gesto de más o de menos lo echaría todo a perder. Lo que yo necesitaba era saber qué había sentido Clara por mí todos esos años. El hombre que había definido mi destino, haciendo que me volviera un reportero de guerra, obcecado por la idea de la existencia heroica, estaba muerto. Ahora quería saber si ella me había amado, si me amaba aún. No podía, sin embargo, mencionar esas cosas cuarenta y ocho horas después de haberle enterrado.

—Yo sabía que Antonio iba a partir tarde o temprano. No hice más que dilatar el momento. Tal vez ni siquiera eso —murmuró.

Intenté decir algo, pero Clara, alzando ambas manos, me detuvo antes de que alcanzara a abrir la boca.

—No me digas que hice todo lo que podía, que mi conciencia debería estar en paz. No siento culpa. —Mordiéndose el labio inferior miró fríamente hacia delante y cruzó los brazos.

Quise estrecharla pero su gesto me detuvo. Había vuelto a la actitud pétrea y ausente de antes. Era tan difícil ampararla. Llegábamos a nuestro destino.

—Puedes quedarte si quieres, ya sé lo que te recomendó mi madre, que no me soltaras ni un minuto —dijo resignada.

Nada iba a desanimarme. No era mi dignidad la que estaba en juego. Entramos a su casa, una construcción que trepaba el cerro. Sin siquiera encender la luz del primer piso, subimos al segundo. Clara me mostró la habitación de huéspedes, pero yo le dije que la acompañaría hasta verla dormida. No me miraba a los ojos, como si quien la escoltara fuera un extraño, un cuidador a sueldo.

—¿Instrucciones de mi madre? —preguntó. Yo asentí con un gesto y la seguí hasta su pieza.

El mobiliario era escaso: una amplia cama cubierta

con una colcha blanca rebosante de cojines, un sillón, una biblioteca y una cómoda arrimada contra la pared. Clara se quitó los zapatos y se echó sobre la cama.

—Me siento como si tuviera cien años —dijo esbozando una sonrisa.

Al cabo de un rato tenía los ojos cerrados y su respiración se había vuelto pausada. La tapé con la cubierta y me quedé sentado en el sillón frente a la cama, mirándola, hasta que los ojos empezaron a caérseme. Entonces la dejé e intenté dormir.

24

Era una mañana sin matices, de esas que anteceden a los días de mucho calor. Salí de la habitación. La puerta de Clara estaba cerrada. Entré al baño, me lavé la cara y bajé las escaleras. Una mujer de trenza cana y delantal azul barría el piso de la sala.

—Buenos días —me dijo, sin amago de desconfianza.

La sala no era grande y estaba decorada con objetos de diversos lugares del mundo. Una ventana de armazón de hierro que recordaba las construcciones de Eiffel dejaba asomar una vegetación frondosa, producto del ambiente fresco que generaba la ladera de la montaña.

—¿Quiere desayunar? —me preguntó.

—¿Y Clara?

—La señora está durmiendo —dijo conmovida—. Está con la señora Ester, ella vino temprano.

Al principio pensé quedarme hasta que despertara, pero luego decidí marcharme. Clara estaba con su madre y mi presencia sería un estorbo.

—Voy a salir un rato, volveré más tarde —le dije y bajé el largo camino de grava que conducía a la calle.

Ya no estaba tan seguro de mi decisión precipitada del día anterior. Quería estar cerca de Sophie, de eso no tenía dudas; asimismo, imaginaba que, después de lo ocurrido, mi visita la reconfortaría. Pero también estaba Clara. El hecho de que me pidiera llevarla a su casa, que me hablara después de largas horas de silencio, me hacía dudar. Tal vez me necesitara. Aunque, por otra parte, era posible que sus gestos no significaran gran cosa. Era poco prudente de mi parte confiar en ideas que nacían del anhelo y el deseo.

Cuando llegué al hotel, el encargado me entregó dos mensajes de Rebecca. La llamé con un dejo de ansiedad. Apenas respondió el teléfono señaló:

—Tu hija quiere hablar contigo.

—Pero Rebecca, te pedí que no le dijeras —alegué. No era la idea abortada de darle una sorpresa a mi hija lo que me ofuscaba. Si Sophie sabía de mi viaje, ya no podría echar pie atrás.

—¡Daddy! —gritó por el teléfono—. Mamá me contó que venías.

—Es lo que quisiera, pero aún no he conseguido pasajes.

—Ah, pero eso no importa, tú siempre te las arreglas. ¿Cuándo llegas?

La confianza de Sophie me desarmó. Era incapaz de traicionar ese mínimo de fe que ella aún conservaba en mí.

—Lo antes posible, mi amor. Tengo muchas ganas de verte.

—Yo también te echo de menos —dijo, y luego entregó el teléfono a su madre.

—Tuve que decirle que venías. Estaba muy desanimada. ¿Vienes o no? —me preguntó Rebecca.

—Veré si puedo conseguir algún vuelo, ya sabes, estas fechas no son fáciles.

—Es cosa de que quieras, eso es todo —concluyó.

Corté. Me estaba diciendo que por una vez pusiera mi voluntad en algo relacionado con mi hija. No fue fácil, pero al final mi agente consiguió una intrincada combinación de vuelos que me depositaría en Jackson Hole al día siguiente. Llamé después a casa de Clara. Fue Ester quien me contestó. Me dijo que se trasladaría por unos días allí y que me invitaba a hacer lo mismo.

—¿Y qué piensa Clara?

—No lo hemos comentado, pero estoy segura de que le parecerá muy bien.

Su respuesta era menos que convincente. No le mencioné que partía esa misma noche. Primero quería ver a Clara. Lo cierto es que guardaba la remota esperanza de que ella me retuviera. Le dije que pasaría por ahí más tarde. Ester mencionó que saldría un rato, cosa que me venía muy bien. Podría estar a solas con Clara.

Quería comprarle un regalo. El calor era insoportable y el ruido de los autobuses infernal. Por fortuna, no muy lejos del hotel, en una vieja librería, encontré una bella edición de las obras completas de Jane Austen. Tomé un taxi y me dispuse a entregarle mi obsequio.

La misma mujer de trenza canosa me abrió la puerta. Remontamos la larga escalera de grava y madera. En ese momento tuve la oportunidad de mirar la casa recortada contra la densa vegetación. Tenía una arquitectura extraña pero armónica, donde el espíritu señorial de algún arquitecto de comienzos del siglo XX convivía con el soplo aventurero de las casas barco de los años treinta. La sombra de los árboles del jardín me produjo un inmediato alivio. Entramos en la casa y mientras la mujer daba aviso a Clara de mi llegada, me quedé en la sala. La mezcla de sombría modorra veraniega y los objetos atemporales hacían que el tiempo pareciera estar detenido. Lejos habían quedado el calor, los arbustos polvorientos de las calles; lejos, el río y sus gaviotas carroñeras. Hasta ese momento me había empecinado en ignorar la ciudad de Antonio, pero el destino quiso que me prendara del único lugar que había sido suyo. El lugar donde, ya no me cupo duda, encontró cobijo.

Clara apareció después de un rato. Llevaba pantalones blancos y una camisa del mismo color. Algo de su expresión nublada y ausente de los últimos días había desaparecido.

—Ya no tienes cien años —dije.

—Noventa y cinco —bromeó.

Nos sentamos en un par de sillones de cerezo. Una luz se asomaba suave y dilatada a través de los cristales de la ventana, bañando la sala en los tonos de un daguerrotipo.

—Tengo un regalo para ti —le dije, y le entregué el paquete que con suma paciencia había confeccionado el viejo de la librería.

Lo abrió y observó cada una de las portadas de los libros.

—Son preciosos, Theo. —Se levantó de su sitio y me dio un beso en la mejilla.

—Tu casa está muy bien —señalé, y ambos recorrimos con la mirada el espacio acogedor que nos rodeaba, como si una tercera presencia a su vez nos observara.

—Me voy esta noche —afirmé de golpe. Tuve la impresión de que mis palabras poseían la gravedad de una sentencia.

—¿Tan pronto? —preguntó. Su expresión era neutra.

—Si supiera que puedo hacer algo por ti, me quedaría más tiempo. —Guardé silencio por un segundo, ansiando que me rebatiera—. Pero veo que estás rodeada de personas que te quieren y que cuidarán bien de ti.

—Ya sé que al final todo vuelve a su curso, y un día, sin darte cuenta, el dolor desaparece. Es así —dijo sin seguir el hilo de mi conversación, como si un diálogo interno se llevara a cabo en su cabeza—. Es cosa de tener paciencia, supongo. Yo también te tengo un regalo —continuó sin pausa, y su rostro se iluminó.

El prospecto de un regalo no era suficiente para contrarrestar el abatimiento que me había asaltado. A Clara no le importaba en absoluto lo que yo hiciera. Al menos de algo podía alegrarme. Partir a Jackson Hole había sido una buena decisión.

Subimos las escaleras y entramos en su dormitorio, bañado ahora de claridad y frescura. No las había visto la noche anterior. Frente a la ventana estaban las flores que había mencionado Antonio. Las flores de Clara. Un ramo de azucenas frescas y aromáticas. Interceptó mi mirada.

—Antonio te habló de las flores, ¿verdad?

—Las flores de la ventana.

—Estaba enferma, y la fiebre hizo que me olvidara de cambiarlas.

—No es la versión de Antonio.

—Lo sé. Pero fue así. Ya sabes, todo lo que decimos, hacemos o dejamos de hacer, siempre tiene un significado diferente para el otro.

—Es cierto... —dije.

Sus palabras eran la clave de muchas cosas que habían ocurrido entre nosotros. No me dio tiempo para continuar. Extendiéndome un libro señaló:

—Toma, aquí está tu regalo.

Supe que era suyo, incluso antes de leer su nombre impreso en la portada. Era la misma mariposa con cabeza de niña que había visto en su pieza hacía quince años. Tomé el libro y leí en voz alta el texto de la contraportada:

«Micaela montó al cielo y observó el mundo durante trescientos sesenta y cinco días. Vio cosas lindas y cosas feas, pero cuando volvió a la tierra ya no quiso ser más niña. Le pidió a la Naturaleza que la convirtiera en mariposa, pero que conservara su cabeza de niña. Era ahí donde almacenaba sus recuerdos, y era con ellos que podría hacer algo por el mundo. Si no recordaba, ¿cómo podría reconocer la tristeza y la desesperanza?».

Tomé sus dedos ardientes y me los llevé a la cara. Los apreté contra mis mejillas, contra mi boca. Creo que ambos cerramos los ojos y permanecimos así un rato, escuchando los pájaros, y en el fondo el zumbido de la ciudad. Era lo más cerca que habíamos logrado estar. Era también uno de esos momentos de los cuales es difícil desprenderse para seguir adelante, porque sabes que cualquier cosa que hagas o digas podría desvirtuarlo.

Y como si alguien al otro lado hubiera escuchado el murmullo de mis pensamientos, sonó el teléfono. Clara cogió el auricular y se aproximó a la ventana. Era Ester. Me quedé mirándola mientras hablaba con su madre. Un sauce se mecía con la brisa de la tarde. Clara le contó que yo salía esa noche. Me pasó el teléfono y nos despedimos, no sin emoción.

Eran las seis de la tarde; contaba con el tiempo justo para recoger mis cosas del hotel y llegar al aeropuerto. Clara llamó a un radio taxi y juntos salimos a esperar que llegara. A los pocos minutos estaba en la puerta.

Nos dimos un abrazo y subí al coche. Unos metros más allá miré por la ventanilla trasera. Ella, con los brazos cruzados, no se había movido. Levanté una mano y Clara alzó la suya.

25

Mientras volaba a Jackson Hole no dormí. Fue durante aquellas horas de insomnio cuando decidí escribir nuestra historia. Las imágenes comenzaron a surgir en la oscuridad de la cabina, como si alguien hubiera echado a andar una película sin edición. Vi a Antonio con la mirada reconcentrada en el bar de la universidad; lo divisé caminando en el supermercado, el abrigo lleno de alimentos, optimista, ufano, como si el mundo estuviera ahí para ser recorrido y conquistado; lo vi charlando, alzando sus manos grandes y morenas; distinguí su calle, los chicos riendo en la acera, su cuerpo recogido en el fondo del pasillo. Estaba todo hacinado en mi memoria. Abandonaría las guerras, me volvería un hombre sedentario, cerraría la puerta de mi departamento y escribiría. No sabía bien con qué fin, pero necesitaba hacerlo. Se trataba de un asunto de higiene.

Llegué a Jackson Hole la mañana del 31 de diciembre. Había nevado la noche anterior y el frío era endemoniado. Bajo la luz de una mañana diáfana y con los pies asentados en la tierra, mis ideas nocturnas me parecieron descabelladas. Aun cuando usara todos mis recursos para ajustarme a la verdad, nada de lo que dijera sería la versión oficial de los hechos, puesto que tal cosa no existía; lo ocurrido había sido largamente procesado por mis sentimientos y fantasmas. Asimismo, no estaba en absoluto seguro de poder distinguir lo imaginado de lo vivido. Sobre todo, tenía la certeza de que el pasado era un material dúctil y que al tocarlo se transformaría.

Dejé mis cosas en el hotel donde solía parar y partí al centro comercial más cercano. Una hora más tarde estaba frente a una pequeña casa, con mis regalos para Sophie. Le pedí al taxi que me esperara. Una mujer cuyo aspecto recordaba las cabezas sin plumas de algunas aves rapaces, me abrió la puerta.

Frente al televisor encendido, una chica que debía pesar al menos ochenta kilos estaba tumbada sobre un sillón. Por una puerta vi asomarse la cabellera rubia de Sophie. Al verme se precipitó a mis brazos. Se aferró a mí y se escondió en mi hombro. Sin soltarla, saludé a Rebecca con un beso.

—Te traje tus regalos de Navidad —le murmuré a Sophie.

Asintió con un gesto. Era la primera vez que no mostraba interés por ellos.

Rebecca me dio una mochila pequeña que había preparado para Sophie y nos encaminó hasta la puerta.

—Está conmocionada —me susurró al oído cuando estuvimos afuera—. Se le va a pasar. A todos se nos pasa.

—¿Qué harás esta noche? —me aventuré a preguntarle. Alzó los hombros en señal de que no sabía y que tampoco le importaba.

—Podría pasar a recogerte y cenamos con Sophie —le propuse.

Sin esperar su respuesta me subí al taxi. Antes de partir, bajé el cristal y le dije que a las ocho pasaría por ella.

Sophie seguía aferrada a mí.

—¿Estás bien? —Ella negó con la cabeza.

—No estás bien porque tuviste que dejar a tu potrillo y esa señora con cara de pájaro no te gusta, ¿verdad? —Sophie asintió sin decir palabra.

—Tienes toda la razón de estar enfadada y triste.

Alzó la cabeza y pude ver sus ojos en forma de

almendra, que incluso alegres tienen una expresión melancólica.

—Es una injusticia, ¿verdad? Que no pueda ver a
Daddy. Fue culpa de ese amigo de Russell —dijo en un
arranque.

—¿Qué amigo? —pregunté, imaginando que era
cosa de tirar del hilo que Sophie había desatado para enterarme de los últimos acontecimientos. Pero, consciente
de su indiscreción, Sophie cambió de tema.

—Esa chica es demasiado gorda, ¿verdad? Parece
un globo a punto de reventar. —Se desprendió de mí y
con un gesto de mujer experimentada dijo:

—La operaron del estómago. Se lo hicieron chi-
quito para que no comiera más. Ahora sólo puede tomar
coca-cola light, sopas pasadas y gelatinas. Le da vergüenza ser tan gorda, por eso no se despidió de ti. Pero, ¿sabes? Me dio su tesoro. Una caja llena de golosinas. No se
lo digas a mamá. Ahora es mía.

—¿No quieres hablarme de ese amigo de Russell?
—intenté inquirir una vez más.

Se pasó el dorso de la mano por la nariz y sacudió
su melena rubia.

—Mamá me pidió que no lo comentara con nadie.

—¿Incluso conmigo?

—No me dijo nada con respecto a ti, pero supongo que nadie es nadie, ¿no crees? —Fijó sus ojos desprovistos de ornamentación en los míos, consciente de que
me había puesto en una encrucijada.

Me gustó la firmeza con que defendía su integridad.

—Estás en lo cierto, pequeña. Nadie es nadie. Vamos a comernos una pizza. ¿Quieres?

Sophie asintió y le pedimos al taxista que nos llevara a la mejor pizzería de Jackson Hole. Al cabo de un rato
estábamos en la avenida principal: una hilera de tiendas al

estilo de las cabañas de leñadores, atiborradas de sombreros, botas y adminículos vaqueros. Pero lo que hacía de ese lugar un sitio sobrecogedor era la montaña del fondo, que como un dios vigilante detenía el paso de la civilización. Bastaba alzar la vista para verla y entonces, la calle, recorrida una y otra vez por chicos de jeans Gap, se volvía apenas real, un manojo de civilización trasplantado en medio de la nada.

Esa posibilidad de fugarme a través del golpe puro de una imagen siempre me atrajo. Por eso, mientras buscaba con Sophie una mesa donde sentarnos, miré la montaña. Las luces rojizas de la tarde sobre su extensión rocosa y dispareja producían el espejismo de un incendio. Debí quedarme mirándola algunos segundos, pues Sophie, impaciente, me empujó hacia una esquina donde había un lugar desocupado.

Ella, con los brazos cruzados sobre la mesa, me observaba. Pensé que en su compañía no necesitaba evadirme. Ese momento con mi hija, prontos a comernos una pizza, era suficiente. Y mientras la escuchaba hablar al camarero con su inconfundible acento de niña texana, pensé también que había llegado el momento de vivir con ella. Nunca antes había considerado esta posibilidad. Ahora no había nada que deseara con más vehemencia. Quería ocuparme de las pequeñas cosas de su vida, estar ahí cuando un chico la persiguiera o la despreciara, cuando necesitara contarme un secreto.

De pequeño, cuando mi hermana quería herirme, me gritaba a boca de jarro que me habían recogido del Támesis. Mi tardío crecimiento me hacía más menudo de lo normal, y en una familia de casi gigantes resultaba una buena razón para desconfiar de mi origen. Esta duda se instalaba persistente en mi conciencia. Aislándome. Yo no poseía, como mi hermana, aquel lazo indeleble que va más allá del entendimiento y de la voluntad y que resguarda a las personas de una existencia solitaria. Ese mismo nexo que yo tanto temí no poseer era el que me unía a Sophie. El que unía a Clara y su madre. Clara. Me costaba no pensar en ella.

—¿Qué te pasa, papá? —me preguntó percibiendo la emoción que provocaba en mí este pensamiento.

—Me pasa que te quiero, pequeña.

—Pero eso ya lo sabemos.

—Tienes razón, lo sabemos de sobra, pero es bueno recordarlo todo el tiempo.

No podía hablarle de mi idea. Era algo serio que debía primero discutir con Rebecca. Todo parecía encajar. Había resuelto abandonar las guerras, asentarme, escribir un libro. Decisiones que tan sólo unos días atrás me habrían parecido inconcebibles. Pensé por primera vez que vivir con Sophie no era renunciar a mi libertad, sino ganármela. De todas formas, la idea me estremeció. No podía llevarla conmigo para descubrir después de tres meses que era incapaz de hacerlo.

Sophie estaba pensativa.

—Tienes muchas amigas aquí, ¿verdad? —inquirí.

—Tan sólo una. Se llama Sandy. La conociste el año pasado, ¿recuerdas? Se mudó a Los Angeles y ahora nos comunicamos por mail.

—¿Quieres decir que aquí mismo no tienes ninguna amiga?

—Bueno, no es para tanto, conozco a casi todas las niñas de mi edad, es sólo que...

—¿Qué?

—No sé —murmuró, y resolvió no seguir hablando.

—Yo tampoco tengo muchos amigos.

Pensé contarle que el mejor de ellos había muerto hacía algunos días. Un sinfín de imágenes volvieron a agolparse en mi mente. Tuve la impresión que el hombre que había construido para los ojos de Antonio y Clara se descomponía. Ese hombre que yo mismo había descubierto quince años atrás, cuando conversando con Bernard y sus amigos en un *pub* supe que Antonio y Clara estaban incrustados en mi cabeza, y que por ellos me convertía en alguien.

—¿Me escuchas? —oí que me preguntaba Sophie. La miré. El desencanto estaba impreso en su rostro. Había visto esa expresión tantas veces. Ocurría siempre. Yo divagaba, llenaba mi cabeza con otros pensamientos y Sophie, con justa razón, se resentía. Luego, vendría su indiferencia. Le di un beso.

—Discúlpame, Sophie. Mi mejor amigo se murió hace algunos días, y cuando tú hablaste de tu amiga lo recordé.

—¿Pensabas en él?

Asentí con un gesto de la cabeza.

—Yo también pienso mucho en Sandy.

Me había perdonado.

—Me decías que conoces a casi todas las niñas de tu edad —dije.

Sophie se quedó pensativa un momento, respiró hondo y luego dijo:

—Lo que pasa es que no es tan fácil tener una mamá como la mía, ¿sabes?

—Mmm —ratifiqué.

—Oye, no creas que no la quiero, ¿eh? Es diferente, eso es todo; bueno, y eso no facilita las cosas. Menos aquí, donde todos se conocen desde que nacieron, conocen a sus tíos, a sus abuelos. Tú me entiendes.

—Sophie. —Tuve que hacer una pausa. No resultaba fácil desarrollar un argumento que convenciera a una niña de ocho años de que su diferencia era beneficiosa para ella. Recordé el cuento de Clara y pensé que sería un buen comienzo.

—¿Sabes? Una amiga que vive en Chile me regaló un libro que ella misma escribió y dibujó. Te lo voy a enseñar cuando vayamos a mi hotel, pero puedo contarte la historia ahora. Es para niños menores que tú, pero creo que de algo nos puede servir. ¿Te interesa?

Sophie aceptó sin mucha convicción, pero no desistí. Le conté de la niña que le pidió a la Naturaleza que la volviera una mariposa pero que dejara intacta su cabeza de niña. Ya no era una niña, pero tampoco una mariposa. Era un ser diferente. Sophie empezó a mover los pies bajo la mesa en señal de impaciencia. Alcé un poco más la voz y, en lugar de expresarme como se hace con los niños, utilicé un lenguaje más docto que volvió a cautivar su atención. No quería en ese instante que yo la tratase como a una niña. El hecho de que su padre la visitara desde tan lejos y que se encontrara a solas con ella en una pizzería, debía ser una de las pocas diferencias con respecto a las otras niñas que la hacían sentir bien.

—Sin embargo —proseguí—, eran precisamente estas diferencias las que le permitían hacer cosas que ni una niña ni una mariposa hubieran podido hacer. Con su cabecita de niña lograba entender a los seres humanos, y con su cuerpo colorido y alegre de mariposa los consolaba.

—Creo que entendí —me dijo con seriedad—. Pero, como tú dijiste, es una historia para niños, porque nadie de mi edad se va a creer ese cuentito.

—¿Pero qué entendiste? —inquirí con toda la cautela que me fue posible.

—Papá, no soy tonta. Ser diferente es aburrido, pero por lo menos puedes estar seguro de que vas a tener un trabajo.

Me eché a reír. El espíritu práctico de Sophie era sorprendente. Ella también rió. Pensé que hubiera sido estimulante para Clara asistir a esta conversación. Intenté imaginar el lugar exacto donde se encontraba en ese momento. Otra vez Clara.

—Con esa cabeza tuya, Sophie, no te va a faltar nada.

Mis palabras, en lugar de animarla, la ensombrecieron, recordándole tal vez todo lo que había perdido en las últimas horas. Salimos a la calle. Al desaparecer los rayos de sol de media tarde, el frío se tornó más intenso. Le subí el cuello de su chaqueta y ella me miró con una expresión contradictoria, como diciendo: «Ya soy mayor para que me cuides así», pero a la vez dejando entrever su deseo de ser mimada.

Estreché su mano con más fuerza y seguimos caminando rumbo al hotel, mirando los escaparates que aún exhibían sus decoraciones navideñas. Nada más entrar al vestíbulo divisé a Rebecca sentada en un sillón bajo una gran lámpara dorada. Tenía las piernas cruzadas, el cuerpo echado hacia delante, y se llevaba ansiosa un cigarrillo a la boca. Dos maletas en el suelo me indicaron que algo no muy bueno ocurría. Sophie aún no la había visto. Era mejor hablar con Rebecca a solas. Subimos a mi habitación. Ya encontraría alguna fórmula para bajar unos minutos al lobby.

—Quiero enseñarte el libro del que te hablé —le dije cuando llegamos.

Sophie tomó el libro y se quedó mirando a la niña mariposa con su cabellera oscura. Hojeamos su interior, los dibujos mostraban con detalle la metamorfosis.

—Es un monstruillo muy bonito —observó.

—Como tú, pequeña.

—Si tú lo dices.

Encendí la televisión y le dije que debía bajar para ver si tenía algún mensaje importante.

Rebecca conservaba la misma posición de hacía unos minutos. Traía pantalones celestes, botas vaqueras y un abrigo de piel sintética negra. Fumaba con avidez. Era evidente que no se encontraba bien. Esto me ponía en una situación privilegiada para obtener lo que quería. Intenté recordar qué me había cautivado de ella en México y qué me había provocado tanto rencor. Su decisión de tener un hijo sin considerar mis deseos hizo que el primer año no quisiera saber de Sophie. Asunto que hasta el día de hoy me remuerde la conciencia. Ese año, Rebecca vivió en una pensión en San Francisco, cantando en un restaurante por las noches, mientras una vecina cuidaba de Sophie. Me mantenía al tanto de su paradero, aunque sus intenciones estaban lejos de exigirme alguna responsabilidad. Por el contrario, era categórica al expresarme que yo le era prescindible. En un viaje que hice a Brasil decidí parar en San Francisco y conocer a mi hija. La primera vez que la vi estaba sentada en una pequeña mesa en medio de la alcoba, intentando llevarse una cuchara a la boca. Sus ojos caídos y almendrados me miraron alegres, convencidos de que la vida sería buena con ella, que nada debía temer de ese desconocido que desde el quicio de la puerta la observaba sin saber qué hacer. Desde entonces comencé a verla cada cierto tiempo y a solventar sus gastos. Rebecca me lo agradeció, pero dejando siempre en claro que ella era capaz de sacar adelante a Sophie sin mí, y que la decisión que yo había tomado cuando la niña tenía un año no me daba derecho alguno sobre ella.

Era tal vez su voluntad a prueba de todo la que me fastidiaba, su inquebrantable determinación de ser madre a pesar de sus limitaciones: unos padres casi analfabetos, un colegio sin terminar, un talento esquivo. Me sulfuraba también que, a pesar de su simpleza, siempre tuviera una respuesta para todo; argumentos extraídos de las revistas femeninas, que yo rebatía con la razón, mientras ella me miraba con sus ojos redondos, convencida que mis múltiples discursos sólo me servían para hacerme más infeliz.

Todo esto pensaba al acercarme a paso lento a Rebecca. Al verme, se levantó de un salto. Le propuse dejar
sus cosas en la recepción y tomarnos algo en el bar.

—¿Y Sophie? —preguntó.

—Está en el cuarto mirando televisión.

Nos sentamos en una mesa distante del ajetreo. En el
centro del bar habían instalado una pista de baile; un hombre
de mono azul trabajaba a ras de suelo conectando cables.
Evitando mirarme, Rebecca sacó una polvera de su bolso y se
retocó la nariz. Un gesto propio de las divas de los años treinta,
con quienes ella, a conciencia, compartía cierto aire. Esperé a
que terminara y luego le pregunté qué había ocurrido.

—Ya no podía quedarme en casa de Anne. Hace
un tiempo, Russell le prestó unos cuantos dólares para que
montara una peluquería. Hoy en la tarde la llamó diciéndole que si yo seguía ahí por la noche tendría que devol-
vérselos de inmediato.

—Pero ese hombre te odia —exclamé sin poder
ocultar mi sorpresa.

—Supongo que está en su derecho —dijo, y bajó
los ojos.

Las luces multicolores en la pista de baile se encendieron de golpe y el tipo del mono se levantó satisfecho del
suelo.

—Le engañaste. —Ella asintió.

—No pretendo justificarme, pero vivir con un tipo de sesenta años cuando se tienen treinta y cuatro no es
nada fácil. Están los ritmos, los intereses, etc.; pero además,
y tú sabes que yo no me ando con vueltas, un cuerpo viejo es un cuerpo viejo, por mucho viagra y faramallas que
intenten ocultarlo. Siempre he tenido amantes, Theo. Lo
mío es cantar y follar.

Sonreí y ella también. Yo tenía pruebas de lo que
estaba diciendo. Lo de ella era follar, no cabía duda. Y

si le gustaba y lo hacía bien, era lógico que lo buscara.

—Pero si siempre tuviste amantes, ¿qué pasó ahora?

—Esta vez se enteró.

Era la misma historia que se repetía, como si estuviera grabada en la composición genética de los seres humanos. Sólo que esta vez para mí era diferente. Esa mujer que encendía otro cigarrillo con abatimiento era la madre de mi hija.

—¿Y qué sabe Sophie de esto?

—Sabe que un amigo de Russell le vino con un cuento sobre mí y que éste se enfureció.

—¿Y sabe cuál es la naturaleza del cuento?

—Supongo que lo intuye. Pero no me pregunta, y yo tampoco se lo voy a decir.

Recordé al criador de caballos que me había mencionado Sophie con tanto entusiasmo unos días atrás por teléfono.

—¿Y qué pretendes hacer ahora?

—No sé —dijo, y aplastó el cigarrillo en el cenicero.

—Por de pronto, puedes quedarte aquí.

—Gracias —murmuró con la mirada fija en sus rodillas.

Había llegado el momento de plantearle mis intenciones y pensé que la mejor forma de hacerlo era siendo lo más directo posible.

—He pensado que sería bueno que Sophie viviera conmigo un tiempo en Londres —dije en un tono cuidadoso.

—¿Quieres llevártela? —preguntó casi gritando. Sacudió la cabeza como si quisiera apartar esa idea.

Guardé la calma y continué:

—No. No quiero llevármela, quiero vivir con ella. Mi intención no es separarla de ti, sino estar más cerca suyo.

Mi argumentación era confusa y lo más probable es que Rebecca no viera ninguna diferencia entre un escenario y el otro.

—Mira, Rebecca. No me voy a llevar a Sophie si tú no estás de acuerdo.

—No podrías —afirmó con ferocidad, dejando claros sus derechos como madre.

—No podría, y además no querría. No es esa la idea. No sé qué pretendes hacer, y parece que tú tampoco lo sabes. No te culpo. Estoy seguro que vivir con Russell no era el paraíso. Pero es evidente que te será difícil darle a Sophie la vida que tenía, y que tu vida sería mucho más llevadera si por un tiempo estuvieras sola.

—Siempre me las he arreglado. No veo por qué ahora va a ser diferente —dijo dándole una drástica calada a su cigarrillo—. La finca de Russell duró lo que duró. Sophie tendrá que acostumbrarse a lo que venga y yo me preocuparé de que no le falte nada. Me tiene a mí. Y eso es lo que importa.

—Te estoy hablando de un tiempo, no es para el resto de su vida. Mientras tú encuentras un trabajo, un lugar donde vivir. Podrías terminar en lo primero que encuentres, simplemente porque tienes que echarle algo a la boca a Sophie.

—No me importa, Theo. ¿No puedes entender eso? Estoy dispuesta a hacer cualquier cosa. No he sido nunca una muñeca mimada.

—Pero deberías dejar que te aliviara un poco.

—A ti no te interesa aliviarme. Lo que te interesa es llevarte a Sophie. Ahora se te antojó ser padre quién sabe por qué. A ti nunca te ha interesado otra cosa más que tu deliciosa persona, Theo. Esa es la verdad de las cosas.

—Y Sophie —dije intentando una sonrisa que diluyera la tensión.

—Porque tiene tu deliciosa sangre.

—Piénsalo, Rebecca. Te lo ruego. Para ella puede ser una buena experiencia vivir en Londres con su padre, frecuentar a sus abuelos. ¿Lo pensarás?

Esperé que me respondiera antes de continuar esgrimiendo otros argumentos en favor de mi idea. Con una voz que despedía dulzura y aflicción dijo:

—Yo no sé vivir sin Sophie. —Sus palabras me desarmaron.

—En ese caso no he dicho nada. Olvídalo. Era una idea que me había entusiasmado, pero veo que es imposible —concluí, tan abatido como ella.

Nos quedamos un tiempo en silencio observando el ir y venir de los camareros que cambiaban la disposición de las mesas, prendían velas, colgaban guirnaldas de luces e instalaban ramos de flores. El bar se estaba transformando en un escenario de Broadway. Éramos una isla en medio de un ajetreo festivo e histérico.

—Sophie estará esperándote.

Le propuse que arregláramos su alojamiento antes de subir. El tipo de la recepción desplegó una sonrisa burlona cuando le preguntamos si había alguna alcoba desocupada. De todas partes venían turistas a presenciar los fuegos artificiales que estallaban en las laderas de la montaña. Nos ofreció instalar una cama adicional en mi pieza y ambos asentimos sabiendo que sería desconcertante para Sophie ver a sus padres compartiendo una habitación. En cualquier caso, no teníamos otra alternativa.

Cuando entramos juntos al cuarto, Sophie, que miraba la televisión echada sobre la cama, volvió los ojos hacia nosotros.

—Hemos decidido pasar aquí la noche —exclamé en un tono alegre, arrepentido de no haber preparado con Rebecca alguna justificación coherente que darle. Lo que el instinto me indicaba era que debía aminorar en lo posible su incertidumbre sin llegar a mentirle.

Sophie nos miró con una expresión suspicaz, sabiendo que esa frase que yo había dicho con el mayor de los optimismos escondía una situación poco clara.

—¿Los tres? —preguntó frunciendo el ceño.

—Los tres —afirmó Rebecca.

—Aquí mismo pondrán una cama donde dormirá tu madre. Tú y yo en la mía, ¿ves?

—Qué bueno. La casa de Anne olía a mantequilla —dijo zanjando el asunto.

Llamaron a la puerta. Era el botones que traía las maletas de Rebecca.

Ambas se encerraron en el baño como dos adolescentes que se preparan para su gran cita. Escuché que reían y jugueteaban. Al cabo de una hora estábamos dispuestos para salir a celebrar juntos el Año Nuevo. Antes de dejar la pieza, Rebecca puso sobre una de las mesitas de noche una pequeña lámpara que proyectaba dibujos ultramarinos en el techo.

—Es la lámpara de Sophie, sin ella no podrá dormirse cuando regresemos.

Pese a la inmensa cantidad de cosas que llevaba puestas, jeans ajustados con incrustaciones, botas negras de tacón aguja, camisa transparente abierta hasta el ombligo y chaleco dorado, no estaba nada mal.

A instancias de Sophie, dimos varias vueltas por la calle principal, deteniéndonos en las esquinas decoradas con bombillas y guirnaldas navideñas, en los escaparates con abetos de nieve artificial y estrellas boreales. Su entusiasmo me sobrecogía. Esos momentos junto a su madre y su padre debían ser la concreción de muchos de sus sueños. Por eso dilataba nuestro paseo, y nos convertía en parte de esas calles acogedoras, de las cuales emanaba una sensación de confianza y permanencia. Aunque lo cierto es que nada de eso existía para nosotros. Los tres sabíamos que esa armonía que respirábamos estaba asentada en cimientos tan efímeros como los fuegos artificiales que nos disponíamos a ver. Eran las diez de la noche cuando llegamos al restaurante donde había reservado mesa Rebecca.

Después de comer salimos a la calle. Los charcos de hielo en el asfalto relucían. Los faroles con su luz amarillenta iluminaban los rostros expectantes de niños y adultos que, apresurados, se acercaban a las laderas de la montaña. El viento calaba los huesos.

De golpe todo comenzó. Un proyectil surcó la oscuridad soltando chispas blancas y luego explotó en chorros rojos y azules que iluminaron el cielo con tal intensidad, que por unos segundos se hizo de día. Ambos miramos a Sophie. Con la cabeza vuelta hacia arriba respiraba apenas. Antes de que detonara el siguiente proyectil nos abrazó. Los tres asidos como un bloque inseparable fuimos por un instante casi reales. Un espectador habría imaginado que éramos una familia feliz. Y de alguna forma lo éramos. Al desprendernos, Sophie volvió a su posición de vigía. Miré a Rebecca, tenía el rostro alzado hacia la luz que despedía la cadena de proyectiles. Pasé mi brazo por sus hombros y seguimos mirando el despliegue que se hacía cada vez más intenso, hasta ese instante en que el cielo entero se iluminó con mil colores. El Año Nuevo había llegado. Dos niñas se acercaron a nosotros y nos desearon un feliz Año Nuevo. Nuestra hija se unió a ellas. Rebecca y yo las observamos alejarse unos metros.

—Mañana me gustaría que buscáramos un lugar para ti y Sophie. Quisiera pagar tu alquiler hasta que encuentres un trabajo —le dije entonces.

—Puedes llevártela.

—¿Qué dices? —Creí no haber entendido bien.

—Puedes llevarte a Sophie —repitió.

—¿Estás segura?

—Será un tiempo, hasta que logre asentarme.

La miré, encendió un cigarrillo y se quemó los dedos con el fósforo. Guardé silencio. Temí que cualquier intervención mía deshiciera sus palabras.

—Estará mejor contigo. Me voy a San Francisco. No tiene sentido que me quede en este pueblo de mierda. Quiero cantar. Es lo único que sé hacer.

Estuve de acuerdo. Era más probable que encontrara trabajo como cantante en San Francisco que en ese pueblo de mierda, como lo llamó ella.

—No es necesario que me ayudes. Sólo te pido que le pagues a Sophie los viajes para que me visite. Con el tiempo, seguro que lograré ir a verla y más adelante podremos vivir juntas otra vez.

Me conmovió su optimismo. Había incluso empezado a sonreír ante el prospecto de ese futuro que se alzaba frente a ella.

—De todas formas te voy a ayudar, Rebecca. Es lo mínimo que puedo hacer por ti. No es un favor ni nada parecido.

Nunca imaginé que llegaría a decir eso. Siempre había evitado albergar algún sentimiento hacia ella. Mi aporte estaba destinado a solventar los gastos de Sophie; una extraña mezquindad se apoderaba de mí al pensar que Rebecca usufructuaría de ese dinero. Siempre consideré que, a pesar de la felicidad que me otorgaba Sophie, la vida me había jugado una mala pasada al unirme a una mujer tan vulgar, tan ignorante, tan estrecha de miras como Rebecca. Sin embargo, los últimos acontecimientos me hacían ver las cosas bajo nuevas perspectivas. Había tenido una hija contra viento y marea. Mi hija. En cambio, ¿qué había hecho yo que valiera la pena? Al fin y al cabo, todos esos años cubriendo guerras no respondían más que a un capricho adolescente por alcanzar la imagen idealizada de un hombre.

—Lo que te dije por la tarde sigue siendo cierto. Sophie es quien me mantiene viva. Por eso prefiero que esté contigo. Es mucha responsabilidad para alguien que mide tan poco, ¿no crees? —me preguntó sonriendo con tristeza.

*

Cuatro días después dejamos Jackson Hole. Antes de salir del hotel llamé a Clara. Su voz sonaba más animada. De todas formas, nuestra conversación no era fluida. No le conté que partía a Londres con mi hija y que esos días en su país me habían cambiado la vida. Después de cortar me quedé un buen rato mirando por la ventana mientras Rebecca y Sophie iban y venían con sus maletas. Pensé que lo único que podía hacer era enfrentar los acontecimientos, uno a uno, como vinieran, sin intentar proyectarme hacia un futuro que no podía predecir.

Rebecca tomaba su vuelo rumbo a San Francisco. Sophie y yo, el nuestro a Londres. Le habíamos explicado juntos la situación, intentando en lo posible no usar palabras que tuvieran tintes definitivos. Viviría un tiempo conmigo y si echaba mucho en falta a su madre, siempre podría ir a verla a San Francisco. Acordamos incluso que pasaríamos Semana Santa juntos, en algún lugar que ella escogiera. Al principio reaccionó con suspicacia. Imaginando tal vez que su madre lo que quería era deshacerse de ella o que, por el contrario, era yo quien me había aprovechado de la situación desmedrada de Rebecca. Nos preguntó qué sentíamos el uno por el otro, albergando la esperanza de que esa noche de Año Nuevo hubiese transformado nuestra relación.

Fuimos lo más honestos posible. No queríamos que imaginara algo que después no ocurriría. De todas formas, las cosas entre Rebecca y yo sí habían cambiado, y la hostilidad con que nos habíamos relacionado esos ocho años se había desvanecido. Creo que al observar esto, Sophie entendió que ambos deseábamos que ella estuviera bien y que haríamos cualquier cosa porque así fuera.

El avión de Rebecca partía primero que el nuestro. La dejamos en las puertas de su vuelo; pocos minutos antes de despedirnos, Sophie propuso que le regaláramos el libro de la niña mariposa que llevaba en su mochila.

—Para que no le importe ser diferente a las demás mamás —me dijo al oído.

26

Mi vida con Sophie en esos diez meses resultó fácil en algunos aspectos y difícil en otros. Mi hija era más autónoma de lo que me había imaginado y a la vez más frágil. Sin embargo, había algo que simplificaba las cosas. Sophie tenía una habilidad especial para comunicar sus emociones. El punto era cómo lidiar con ellas. Por primera vez los sentimientos de otra persona me tocaban como si fueran míos. Cuando me contaba afligida que unas compañeras la habían insultado o ignorado en el colegio, el dolor que me producía su confesión era mucho más intenso que el que habría sentido de ser yo el objeto del agravio. Mi primer impulso era llamar a las madres de las niñas y decirles que sus preciosidades eran unas hijas de puta, el segundo era considerarme incapaz de seguir viviendo con Sophie, y el tercero era salir juntos a pasear por las orillas del Támesis y comprarle algo que compensara sus infortunios. No estaba en absoluto seguro de hacer las cosas bien, y esta incertidumbre ocupaba un espacio considerable en mi cabeza.

Al menos nuestra convivencia estaba organizada. Mientras ella asistía a la escuela, yo escribía. No era precisamente escribir lo que hacía; me pasaba la mayor parte del tiempo intentando ordenar de forma coherente los cientos de recuerdos que se congregaban en mi cabeza. Por las tardes la ayudaba con sus deberes, y alrededor de las ocho una estudiante que vivía a unas pocas manzanas de mi departamento se quedaba con ella. Entonces yo partía al *pub* de mi barrio y me tomaba un par de pintas de cerveza. Una vida en extremo ascética, sedentaria y en ocasiones insoportable, pero que aceptaba de buena gana. Sobre todo, porque descubrí, entre otras cosas, que todo ese tiempo yendo de un lugar a otro, tenía una consecuencia con la cual no había contado: había dejado de creer. En suma, no creía en nada. Me había vuelto un mutilado de guerra que debe aprender a vivir de nuevo. Eran muchas las formas de hacerlo, y la que intentaba era una de ellas.

Junto a Sophie volví a visitar la casa de campo de Fawns donde mis padres se habían retirado. Era allí donde pasábamos la mayor parte de los fines de semana. Comíamos bien, dormíamos largas siestas, jugábamos *scrabble* por la tarde frente a la chimenea, y aprovechábamos, sobre todo, Sophie y yo, para estar juntos lo menos posible. Descansábamos de nuestra simbiosis, garantizando así su supervivencia.

Mi padre, después de haber padecido el síndrome de la ansiedad permanente, se había apaciguado, y hallaba un goce especial en sus labores de abuelo. Aunque, a decir verdad, Sophie era la única depositaria de su tardía afición. Sus expresiones y apariencia americanas, su falta de formalidad, hacían que mi padre se divirtiera con ella más que con los hijos de mi hermana, quienes se habían pasado parte de su corta vida intentando sin éxito que él se fijara en ellos. Mi madre, por su parte, con los años se había volcado al cultivo de flores, desarrollando en su invernadero las especies más raras junto a su jardinero, a quien cambiaba cada ciertos años, y que llamaba, cualquiera fuera su nombre, Baltasar. Este era de hecho el primer requisito en la lista de condiciones para obtener el puesto: permitir que su identidad se fusionara con la de todos los Baltasares que le habían precedido.

Una tarde, mientras Sophie y mi padre jugaban *scrabble* en el comedor, me encontré sentado junto a mi madre, la chimenea prendida mientras la ópera *Manon* se oía por los altavoces. Recordé la conversación que años atrás habíamos sostenido en ese mismo sitio, y que me había otorgado la paz que necesitaba. Mi madre había esperado todo ese tiempo sin exigir su parte. Ahí estaba, en el exacto sitio de hacía dieciséis años, el rostro habitado por arrugas, los ojos atentos, mirándome.

—Ahora te puedo contar —le dije.

—Lo que te ocurrió ese verano, ¿verdad? —preguntó sin asombro.

No me impresionó que supiera. Era parte de su naturaleza: saber. Le conté de Clara y Antonio, de nuestra amistad, del dilema que ella había resuelto en mi conciencia con la historia de Bernard. Ahora, sin embargo, yo sabía que mi llamada no había impedido que Antonio entrara a Chile y se uniera a la Resistencia. Había sido un gesto inútil y dañino. Su ímpetu y convicción habían sido más fuertes.

—Estoy segura, Theo, que él no olvidó ni un minuto de su vida lo que hiciste por él. Fue un acto de amor, querido. Tu amigo entró a su país de todas formas. No debió ser fácil, pero lo logró. En cambio tú, por intentar salvarlo, perdiste lo que te era más preciado, a la mujer que querías y a él.

No estaba convencido de lo que me decía, pero no importaba, me gustaba que ella lo creyera así, y que tal vez yo también llegara algún día a creerlo. Tomé sus manos. Me impresionó su aspereza y la placidez con que aprisionaron las mías.

*

Fue a fines de octubre cuando recibí la llamada de Clara. Habíamos mantenido una discreta relación por mail que no había prosperado, porque, a diferencia de Sophie, ni Clara ni yo decíamos las cosas por su nombre. Le había contado que desde el viaje a Chile vivía con mi hija. También, lo que estaba escribiendo. Desde entonces, nuestra frágil comunicación se interrumpió en forma definitiva. Era sorprendente, pues, recibir una llamada suya. Sophie a mi lado hacía sus deberes, mientras yo intentaba escribir un artículo para una revista. Al escuchar su voz me levanté de mi escritorio y me encerré en mi alcoba. Era difícil hablar con Clara en presencia de mi hija.

—¿Cómo va el libro? —preguntó al inicio de nuestra conversación.

A pesar de su tono casual, era evidente que le preocupaba.

—Va. Nunca se sabe con la escritura si está bien o está mal, al menos intento ser lo más honesto y riguroso posible —dije sabiendo que mis palabras, en lugar de tranquilizarla, la inquietarían aún más.

—¿Has pensado enseñármelo antes de publicar?

—Clara, ni siquiera sé si lo voy a publicar.

—Es evidente que sí. Nadie abandona todo para escribir algo que después va a tirar a la basura.

—Tal vez sea el primero —advertí en el tono más conciliador que me fue posible.

—Bueno —señaló cortante—, no te llamaba para eso. En el aniversario de la muerte de Antonio queremos hacer una pequeña ceremonia en el lago y pensé que te gustaría estar.

—Por supuesto que me gustaría.

—Más material para tu libro.

—No seas injusta, Clara. Te refieres a mí como si fuera un vampiro, y tú sabes que no lo soy.

—Tienes razón. Discúlpame. Es sólo que...

—¿Qué?

—¿Vas a venir entonces?

—Claro que voy a ir.

—Me ibas a decir algo.

—Ya hablaremos cuando estés aquí —concluyó.

Entendí que era inútil proseguir. Como tantas otras veces, había cerrado sus puertas.

Me quedé echado sobre mi cama, mirando por la ventana un corro de nubes que transitaba a gran velocidad. Los silencios de Clara empezaban a agotarme. Por primera vez en todos esos años pensé que no la deseaba en absoluto y que cualquier mujer era mejor que ella. Esta convicción fue importante a la hora de continuar mi labor. Me había desprendido de Clara. No estaba más mi visión de ella trastrocada por el deseo, ni tampoco por un posible futuro que salvaguardar.

27

Hacía un año que en ese mismo cerro del fin del mundo habíamos enterrado a Antonio. Recordaba la lluvia siempre presente, acechando desde los montes vecinos, acercándose a pasos de gigante para descargar sobre nosotros. Habían sido tres días inciertos que se asentaron en mi memoria con sus infinitos detalles.

Un año después no había nubes, el cielo era de un azul intenso y el sol arrancaba destellos plateados de la superficie del lago. Bajo nuestros pies, Antonio era ahora un atado de huesos, un recuerdo, una presencia invisible que colmaba el aire. Sophie, cogida de mi mano, miraba las ovejas pasearse y detenerse a comer las largas hierbas verdes que crecían entre las tumbas. Éramos muchos quienes nos habíamos congregado frente a su tumba esa mañana. Ester, Marcos, Pilar, los Silberman, y otros tantos rostros que me eran desconocidos. Algo alejada del resto del grupo vi a una mujer alta, de rasgos prominentes, vestida con exquisitez. Estaba junto a un hombre de edad avanzada cuya expresión tenía un halo aristocrático de apatía y pereza. Recordé la fotografía que había llamado mi atención años atrás en casa de Antonio. Esa mujer era su madre. «La pequeña burguesa», según las palabras de él. Había algo poderosamente digno en la forma que permanecía inmóvil, con los ojos detenidos en la tumba de su hijo, como si nadie más que ella estuviera presente.

La tumba estaba ahora cubierta por azaleas que, en

medio del abandono de sus vecinos, le otorgaban la apariencia de un pequeño jardín. Alguien me comentó al llegar que Loreto, la niña por quien Antonio había dado la vida, era su celadora.

Clara leía en voz alta un texto enviado por un viejo poeta, amigo de Antonio. Hablaba del mundo en que nos tocaba vivir, un mundo para el cual no todos estábamos preparados. Decía que Antonio había pertenecido al grupo de los que están menos prevenidos para habitarlo, y que había sido ese su gran valor. Eran él y sus pares quienes desde las orillas miraban de frente hacia esos sitios que los otros, los que se acomodaban al mundo, no eran capaces de ver. Cuando Clara se detuvo, un silencio, sólo interrumpido por el graznar de las bandurrias, se apropió de nuestro grupo. Tomé la palabra. No era algo que hubiera planeado de antemano. Simplemente me encontré hablando de Antonio, de ese día en que juntos celebramos nuestro cumpleaños mirando el cielo entre los bloques de cemento de la universidad, deseando que nuestra amistad durara para siempre. Siempre. Qué sentido más cabal tenía entonces esa palabra para nosotros. Un siempre que se alzaba poderoso, que abarcaba todo lo que anhelábamos y que con nuestra fortaleza obtendríamos tarde o temprano. ¿Había obtenido Antonio de la vida lo que buscaba? Sí. Lo había conseguido y la prueba era ese cielo azul, esa tierra imponente donde había encontrado reposo. Luego hablé de Clara, imaginando que ella me lo reprocharía. Pero ya no estaba dispuesto a dejar que los silencios hicieran de los momentos un cúmulo de cenizas. Había aprendido muchas cosas ese año viviendo con Sophie y escribiendo, y tal vez lo más importante había sido el valor de las palabras. Nombrar las cosas no era ya un acto de debilidad; por el contrario, representaba una muestra de entereza. Hablé de nuestro triángulo invencible. Sophie debía percibir la tensión que me embargaba, los temblo-res de mi voz y el sudor de mi mano. Cuando me detuve, Clara me dio un beso. La emoción que me produjo su ges-to me hizo ver que, a pesar de todas las resoluciones que había tomado con el fin de librarme de esa mujer, aún ha-bía fuerzas que me unían a ella. Y mientras un niño de pe-lo negro y ojos rasgados cantaba un salmo, pensé que nada es al fin y al cabo definitivo. Crees descubrir algo, y dicho-so decides guiar tus próximos días a la luz de ese descubri-miento. Pero es inútil, no lo logras. Las pulsiones no atienden la razón ni la experiencia.

Emprendimos el descenso del cerro en pequeños grupos. Una sensación de vértigo me embargó al com-prender que todo lo que estaba viviendo sería parte de es-ta historia. Sin desearlo, pero consciente de ello desde el principio, era yo y no Antonio el protagonista, y si cum-plía la promesa que me había hecho, de no torcer la na-rración de los acontecimientos en mi beneficio, tendría que asumir cada uno de mis actos. Tan sólo por respirar, observar, preguntarme, lo que hacía era trazar su rumbo. Temí no ser capaz de desprenderme de esta noción, de in-teractuar con mi entorno libremente.

Ester se acercó a mí y me felicitó por mi pequeño discurso; también Emma, quien le atribuyó efectos tera-péuticos. Clara, unos metros más adelante, descendía jun-to a un hombre que no se había despegado de ella. Fue él quien nos recogió en el aeropuerto. Se presentó como edi-tor de Antonio y amigo de Clara. Era un hombre joven, fornido, y llevaba gafas de montura cuadrada. La madre de Antonio caminaba junto a una mujer pequeña, de ras-gos indígenas. Apresuré la marcha con el fin de hablarle, pero Clara se me adelantó y la tomó del brazo. Era eviden-te, por los gestos y las expresiones de ambas, que se profe-saban afecto. Siguieron tomadas del brazo hasta el camino donde el hombre de expresión aristocrática esperaba junto a un auto. La madre de Antonio cogió las manos de Clara y le dijo algo al oído. Ella la escuchó muy seria. Se despidieron y la mujer subió al auto.

En la casa nos esperaban Loreto y su madre. Un hombre cocinaba en el jardín un cordero atravesado por un gran palo. Loreto repartía copas de vino, labor a la cual se unieron las dos hijas de los Silberman. Una de ellas se acercó a Sophie y en un perfecto inglés la invitó a ayudarlas. Con un buen humor increíble, Ester me contó que Matt se había aburrido de buscar chucherías en los desvanes de ancianas poco amables y había partido. En todo caso, un sujeto bastante menor que ella la circundaba. Ester no pertenecía al grupo de mujeres que se quedan solas. De eso no cabía duda.

Observé a Sophie mientras ordenaba concentrada unas copas. De vez en cuando alzaba la vista para ver si alguien la observaba. Nuestras miradas se cruzaron y ambos sonreímos. Me hizo una mueca para que dejara de mirarla, un gesto que contenía, no obstante, la seguridad de que no lo haría. Clara se sentó frente a ella. Hablaban. Clara sonreía. Tal vez Sophie le hablara de la niña mariposa, la referencia más relevante que tenía de ella. Sophie tiene ese don, el de saber escoger lo que el otro escuchará con deleite. La he visto hacerlo decenas de veces, y también la satisfacción que le produce. Es como si regalara algo, y luego se quedara atenta observando el efecto que tiene en el agasajado. Clara cogió su mano. Me costaba seguir mirando. Ver a Sophie junto a Clara desataba en mí sentimientos que prefería evitar. Una de las chicas Silberman llamó a Sophie para que se sentara en su mesa. Clara se me acercó. Pensé que me diría algo de Sophie, pero no fue así.

—Quiero que te sientes conmigo, Theo.

Sin responderle, la seguí a una mesa que estaba bajo un frondoso ulmo, donde ya se habían instalado su amigo, Ester, y el grupo del año anterior. Clara rezumaba energía. Llevaba una falda pantalón que dejaba ver sus piernas firmes y satinadas. Había cambiado durante ese año. Hablaba, se movía de un lado a otro, reía fuerte. Le pregunté por la madre de Antonio.

—Hace años que vive en Italia. Se casó con un italiano que tiene títulos de no sé qué.

—O sea, que Antonio decía la verdad.

—¿Que era una pequeña burguesa? —preguntó riendo—. Claro que no. Era y es una burguesa hecha y derecha que se enamoró de un comunista y que tuvo dos hijos con él. Cuando se dio cuenta que el asunto no tenía futuro, se separó. Eso es todo.

—¿Y dejó a sus dos hijos?

—Vivió con ellos hasta el año 73. De alguna manera los hijos la dejaron a ella. Antonio decidió partir a Londres con su padre, y Cristóbal se fue a vivir con unos compañeros de universidad.

—¿Y por qué entonces Antonio hablaba así de ella?

—Porque en ese tiempo para nosotros todo era blanco o negro. Si alguien no era revolucionario, era reaccionario. ¿No lo recuerdas?

—Sí —dije no sin cierta nostalgia por los tiempos en que un puñado de convicciones nos ordenaba la vida.

A la hora del café, Clara contó frente al resto de los comensales retazos de nuestro viaje a Dover. Por la meticulosidad con que describía algunos momentos, me di cuenta que ella recordaba con igual nitidez que yo. Cuando se aproximaba un poco más a mí, sentía la calidez de su piel. Me era difícil no mirarla, no quedarme prendado ante su imagen alegre, desenvuelta, tan diferente a la mujer de hacía un año que se escabullía por los rincones con la mirada ausente, melancólica, o que nos observaba desde su distancia, evitando cualquier situación que pusiera en peligro el frágil equilibrio de nuestro encuentro.

*

Eran más de las seis de la tarde cuando el grupo comenzó a desgranarse. La mayoría retornaba en avión esa misma tarde a Santiago, otros pasarían el Año Nuevo en Osorno o en algún pueblo cercano. El resto nos quedamos en el jardín observando el sol que languidecía tras los montes. Por un largo rato, mientras yacíamos tumbados en alguna hamaca o una silla de playa, reinó un plácido silencio sólo interrumpido por el alboroto de Sophie, Loreto y las chicas Silberman corriendo cerro abajo.

Cuando el sol desapareció recogimos las últimas copas de vino y entramos a la cabaña. Al cabo de un rato acosté a Sophie. Pronto dormía abrazada a sus dos peluches con la lámpara ultramarina encendida sobre el velador. Cuando salí de la habitación, Ester y Emma conversaban en un rincón de la sala. Recordé Wivenhoe, Ester y Antonio en esa intimidad que era infranqueable, la misma que ahora observaba entre ella y Emma. En la cocina, Clara y el editor preparaban un trago. Un marrasquino y hielo, suspendidos en una copa de pisco, una creación, según me contaron, de uno de los primeros citadinos llegados a ese lugar.

Clara sirvió su cóctel y yo salí a la terraza. Afuera el cielo empezaba a adquirir un color azul oscuro horadado por pinceladas ciruela. No tardaría en anochecer. Un espectáculo que había invadido cientos de veces mi memoria. A pesar de su aire desenvuelto, no debía ser fácil para Clara estar ahí. No era fácil tampoco para mí. Sentía que le usurpaba a Antonio algo que era suyo. Algo que había amado. Me senté en uno de los sillones de mimbre, cerré los ojos y evoqué la imagen de Sophie, su sonrisa entregada y tenue que se asoma en el instante preciso que antecede al sueño, su último parpadeo amodorrado que arroja como un lazo para asegurarse de que permaneceré velando su partida.

Oí que alguien se aproximaba, abrí los ojos y vi a Clara con su copa en la mano en los peldaños de la terraza. Sería tan sólo un instante antes de que ella se percatara de mi presencia.

—Te estaba buscando —dijo al verme y se sentó a mi lado. Su perfumada melena acometió mis sentidos.

—¿Y el editor? —inquirí. Sin saber por qué, habiendo tantas formas de expresarle el placer que me provocaba mirarla y tenerla a mi lado, le preguntaba por él—. ¿Es tu novio? —continué sin darle tiempo a una respuesta.

Clara se echó a reír. Imaginé que había algo formal y anticuado en el uso de esa palabra «novio».

—¿Te importa? —me preguntó mirando su copa.

—Sí.

—Me alegro, porque a mí también me importaría si tú estuvieras aquí con una novia.

—Supongo que tenemos que hablar —dije mirando las casas en la ribera opuesta que se encendían como luciérnagas.

—No me parece una buena idea que escribas ese libro, Theo —dijo.

—¿Por qué?

—Porque son nuestras vidas. Por eso. Porque lo que tú escribas se volverá nuestra historia, y no hay una sola historia que contar.

—Yo pienso lo mismo. Pero será mi historia. Necesito hacerlo.

—Necesito hacerlo. —Sus palabras sonaron como

un eco de las mías—. Es egoísta de tu parte —añadió con firmeza.

—Tú puedes contarme tu versión —afirmé sin negar su sentencia.

—Tengo miedo, Theo —dijo entonces con la voz entrecortada, frustrando toda posibilidad de iniciar una batalla de ironías.

—Yo también —dije estremecido.

—¿Y de qué tienes miedo tú? —preguntó.

—De que termines hiriéndome de muerte.

Sacó un cigarrillo y lo encendió. Después de darle la primera aspirada levantó la vista.

—Si estás decidido a escribir ese libro tendrás que enterarte de muchas cosas. —Su voz sonaba vacilante a pesar del contenido definitorio de sus palabras.

—Estoy dispuesto. Más aún, es lo único que quiero, es lo que he deseado todos estos años. ¿Te das cuenta? El famoso libro no me importa nada, es mi vida la que está suspendida en... —me detuve al darme cuenta de que estaba diciéndolo todo de un tirón.

—¿Suspendida en qué?

—En el tiempo y en la incertidumbre.

—Como Antonio.

—¿Cómo Antonio?

—Seguramente no te contó que le fue imposible entrar a Chile hasta cuatro años más tarde, cuando llegó la democracia.

—Pero él me dijo que había vuelto ocho meses después, ya sabes, después que yo... —dije con una voz que apenas logró emerger de mi garganta.

—No pudo conseguir dinero para otro pasaje, ni otro pasaporte, ni nada. No fue capaz. Esa es la verdad. No tenía fuerzas. ¿Recuerdas esa tarde cuando lo encontramos en su casa?

Yo asentí.

—Ese episodio empezó a repetirse cada vez con más frecuencia. De todas formas, esos años trabajó en Londres como profesor de español en una escuela de idiomas. Yo me uní a una compañía de danza y partí a Francia. Nos mantuvimos en contacto hasta que volvió a Chile. Los primeros meses me mandó un par de cartas, pero luego ya no supe más de él. Después me enteré que las cosas no le habían sido fáciles. Tenía demasiada rabia y estaba herido. Le costaba entender que todos siguieran adelante, como si nada hubiera ocurrido, mientras su padre y su hermano estaban muertos. Su padre, cuando supo que estaba enfermo, lo único que pidió fue morir en Chile, pero nunca logró que lo dejaran entrar. Además, Antonio no se había preparado para la democracia. Se había preparado para la guerra. Y ya no había guerra. No había espacio para los actos heroicos que él imaginaba.

—Pero él me contó que había sido parte de un frente revolucionario, e incluso que había vivido en las montañas.

—En sueños.

—¿Pero por qué me mintió?

—Porque no podía decirte la verdad. A ti menos que a nadie —replicó con apesadumbrada ternura.

—¡Dios mío! Antonio debió odiarme.

Esta certeza que se instaló en medio de mi estómago me produjo náuseas. Me levanté y respiré hondo. Antonio me había mentido para encubrir su derrota.

Miré a Clara, se mordía el labio, como si intentara detener lo que pudiera surgir de su boca.

—Te odió por mucho tiempo —afirmó.

—¿Y cuándo dejó de odiarme? —pregunté consciente que estaba dando por sentado un hecho del cual no tenía ninguna certeza.

—Empezó a seguir tus pasos. ¿Recuerdas cuando te conté que tenía tus artículos?

—Sólo para odiarme aún más —dije. Era la conclusión a la que llegaba, pero también una forma de pedirle a Clara que me rebatiera.

—Comenzó a admirarte. Ese es otro sentimiento.

—Desearía con todo mi corazón poder creerte, pero estás siendo generosa, y eso no me sirve.

—Créeme, Theo.

Le pedí que me encendiera un cigarrillo y me contara más. Su rostro se iluminó con la lumbre.

—Trabajó un tiempo en el Ministerio de Educación. Pero no encajó. El choque debió ser duro para él. Antonio siempre conservó esa imagen idealizada de Chile. ¿Te acuerdas cuando se ponía nostálgico y hablaba de la cordillera, de su jardín, hasta de las empanadas, y nosotros nos reíamos de él?

Le contesté que sí.

—Y cada vez que Inglaterra le era hostil, cada vez que no lograba insertarse, que se sentía diferente, incomprendido, pensaba que allá lejos estaba Chile, el lugar que le pertenecía y donde se iba a sentir bien. Pero cuando volvió, la realidad era muy diferente. El Chile mítico de sus recuerdos no existía. Había perdido a todos sus amigos. Algunos se habían ido, con otros ya no poseía nada en común, su familia era escasa y distante, y con el Partido ya no tenía contacto. Cayó en una depresión profunda.

Clara miró hacia arriba procurando volver a un centro que se le escapaba.

—Fue entonces cuando lo encontraste en la pensión, ¿verdad?

Asintió con un gesto de la cabeza.

—¿Y por él abandonaste tu carrera?

—Sí y no. Ya estaba cansada de tanta gira, quería

parar por un tiempo, pero Antonio sin quererlo apresuró las cosas. Cuando llegué con la compañía de danza a Santiago, lo primero que hice fue intentar ponerme en contacto con él. No fue fácil. Al final di con un tío, un hermano de su padre, con quien vivió un tiempo después de salir del ministerio.

—Me habló de su tío pero no me mencionó que hubiera vivido con él. Me dijo que era su único contacto cuando vivía clandestino.

—Esa vida no existió, Theo. Antonio nunca estuvo clandestino ni nunca vivió en la montaña.

—Entiendo —musité.

—Fue su tío quien me contó lo difícil que fue para él integrarse a Chile. Después del ministerio estuvo mucho tiempo cesante, hasta que se puso a trabajar vendiendo productos de limpieza de casa en casa. Al parecer le iba bien, ya sabes, su don con las mujeres. —Al decir esto sonrió sin mirarme—. Un día se fue y su tío perdió contacto con él. Fui a la empresa distribuidora de los productos de limpieza, pero su nombre no constaba en la lista de vendedores inscritos. Ya no tenía más tiempo, tenía que seguir viaje con la compañía de danza y terminar la gira por Latinoamérica. Después de eso renuncié y volví a Chile. Tenía malos presentimientos. Decidí encontrarlo. Una hermana de mi padre me había dejado en herencia una casa, la que tú conociste, y me instalé ahí. La única pista que tenía era el trabajo como vendedor mencionado por su tío y la fecha aproximada de su inicio. Volví a la empresa y convencí a uno de los gerentes que me diera la lista de nombres y direcciones de los vendedores que habían entrado a trabajar alrededor de esa fecha. Eran decenas. El recambio es rápido, nadie dura mucho en ese trabajo. Recorrí las direcciones de la lista una a una. Tocaba la puerta y preguntaba por un hombre con las características de Antonio. No sacaba nada con mencionar su nombre porque era obvio que había cambiado de identidad. Me demoré dos meses. Un día toqué una puerta en el fondo de un pasillo y me abrió Antonio. Cuando lo vi, en vez de alegrarme, me dio rabia verlo ahí, en esa piezucha oscura, acorralado...

—Y comenzaste a dar patadas a sus cajas.

—Veo que también te contó eso.

—No como tú me lo cuentas.

—Me dio rabia verlo escondido como una rata. Que no hiciera nada por remediar su situación, que no se levantara y sobreviviera como lo habíamos hecho todos. Me dio rabia que no tuviera la fuerza para hacerlo.

—Y lo hiciste tú por él.

—No realmente.

—¿Por qué dices eso? Lo sacaste de esa vida que llevaba.

Su expresión adquirió una dureza inusitada.

—Una vez me dijo que lo que buscaba era llegar a ese sitio donde ya no tendría escapatoria. Que al darse cuenta de su debilidad, ya no quería ni podía luchar contra ella. Prefería entregarse, buscar la forma de volverse aún más débil.

—¿Y cuál era su debilidad?

—No ser capaz de adaptarse a las circunstancias, o creer demasiado. No sé... Unos años después intentó suicidarse.

—¿Suicidio? —pregunté sin poder dar crédito a sus palabras.

—Yo estaba sentada aquí mismo. Bajó el cerro, se metió al agua y se puso a nadar lago adentro con una decisión sospechosa. Tú lo viste, se tendía en la playa y apenas tocaba el agua. En un momento lo perdí. Corrí cerro abajo y me subí a un bote con motor que teníamos en ese tiempo. Lo encontré a tres kilómetros de la orilla, luchando por su vida. Es increíble, ¿sabes? Siempre se lucha por la vida cuando llega el momento. Yo no lo sabía. Es un instinto al que pocos pueden resistirse. Ese fue su primer intento.

—¿Y el segundo?

—El segundo fue pocos días antes que, en secreto, te llamara para que vinieras.

—Pero él me dijo que había sido idea tuya.

—Yo jamás se lo habría propuesto.

—¿Y por qué entonces, por qué lo hizo?

—No lo sé. A mí me contó que venías la misma semana de tu llegada. Yo ya no podía hacer nada.

—Y de poder, ¿qué habrías hecho?

—También quería verte. Pero creo que lo hubiera evitado.

—¿Por qué?

Por qué, por qué, preguntas y más preguntas, que se alzaban ante las otras cientos que habían quedado suspendidas en el tiempo, junto con mi vida y la de Antonio.

—Tu presencia le traería más recuerdos. Y los recuerdos le hacían daño. Estaba vencido interiormente. Y esa ausencia de metas hacía que sus pensamientos se llenaran de recuerdos.

Tomó un sorbo de su copa y sin mirarme continuó.

—A pesar de que consideraba el olvido como algo inhumano, necesitaba olvidar. Lo obsesionaba la idea de que él estaba vivo inútilmente mientras que su padre y su hermano estaban muertos. Sentía que le habían usurpado la oportunidad de hacer algo importante, algo que valiera la pena.

—La oportunidad que yo le usurpé.

—Fuiste tú quien hizo esa llamada, pero podría haber sido cualquiera. Es lo que entendió con el tiempo. Y supongo que por eso un día dejó de odiarte y empezó a odiarse a sí mismo, por no haber sido capaz de torcerle la mano al destino.

—Antonio se murió odiándome, Clara. ¿Te das cuenta? —dije, y cerré los ojos en un intento por contener las lágrimas.

—Tenías razón —oí que me decía.

—Que me herirías de muerte —dije.

Cuando abrí los ojos, Clara me miraba. Acarició mis mejillas, por donde escurrían un par de lágrimas que no había logrado detener.

—Tengo que saber por qué me hizo venir a presenciar su muerte.

—¿Tú crees que la buscó?

—¿Y tú no?

—No sé. Tal vez sí, pero es probable que no. Tú mismo viste los informes.

—No significan nada. Sus intenciones pueden haberse concretado en ese segundo que se dejó ir, en ese segundo que vio la oportunidad de torcerle la mano al destino. No pudo morir por una causa como la de su hermano, pero podía morir salvando a Loreto —dije.

—Tal vez sí, tal vez ese último gesto era el que necesitaba para recobrar el sentido de su vida, aunque fuera por un segundo. Es algo que no podemos saber.

—Pero podemos buscar una respuesta con la razón.

—¿Y qué diferencia hace?

—Para mí mucha. Toda la diferencia. ¿No te das cuenta? Quiero saber si Antonio esperaba que nuestro encuentro lo ayudara a salir de su depresión o, por el contrario, si lo que quería era que yo viera las consecuencias de esa maldita llamada por teléfono —dije, incapaz de ocultar mi desesperación.

—Antonio está muerto, Theo. De todas formas lo que podías hacer era poco o nada.

—Pero tú estás viva.

—Sí, estoy viva —dijo moviendo la cabeza y las manos de lado a lado, como si representara el símbolo de la viveza.

—¿Y tú?

—¿Y yo qué?

—¿Tú me perdonaste?

—No creo en eso de culpar a los demás por las cosas que nos pasan. Además, no sabemos qué le hubiera ocurrido de entrar en ese momento. Antonio estaba más dañado de lo que nosotros lográbamos percibir. Era más débil.

Me impresionó su frialdad, la distancia con que había hablado. Quizá ya había sufrido todo lo que tenía que sufrir por Antonio, y esa forma aséptica de ver las cosas fuera ahora la única posible.

—Yo te quería, Clara. Yo hubiera hecho una vida contigo.

—¿Por qué lo hiciste entonces, por qué hiciste esa puta llamada si sabías que después de eso no íbamos a poder seguir juntos?

—Pensé que hacía lo correcto. Que tenía que sacrificar todo lo que me importaba, a ti y a él.

—Yo hice lo mismo. También pensé que hacía lo correcto cuando decidí no verte más.

—¿Y te equivocaste?

—Me habías puesto en una posición imposible. No tenía alternativa.

Calló y cerró los ojos en un gesto de cansancio.

—Yo sé —dije con firmeza.

—¿Qué puedes saber?

—Que te perdí.

—Estás sonrojado —afirmó, y me rodeó con sus brazos.

La estreché con fuerza. Nos besamos. Había esperado ese contacto mucho tiempo, y ahora que ocurría me parecía irreal.

Al cabo de un instante, ella se desprendió de mí y se levantó con lentitud.

—Se están sentando a la mesa —dijo señalando el interior de la casa.

Antes de entrar nos miramos. Habíamos surcado un trecho del camino, pero aún nos faltaba otro tanto. Su mirada me hizo entender que por ahora ése era el sitio donde debíamos recalar.

Después, todo el resto se hizo lejano. Ester, los encantadores Silberman, el editor, todo. Mi calidad de extranjero, al eximirme de participar, pocas veces me había sido tan útil. Era incapaz de hablar. Mi mente viajaba a una velocidad vertiginosa por las revelaciones de Clara, que cambiaban diametralmente mi apreciación de Antonio y lo ocurrido entre nosotros. Una punzada en el pecho apenas me dejaba respirar. Aquel beso desató el caudal de emociones que con gran esfuerzo había mantenido a raya hasta entonces.

Intentaba con todas mis fuerzas entender los sentimientos de Clara. La miré varias veces, buscando a cambio su mirada, algún gesto que me guiara. Ella, sin embargo, había desplegado su telón, bajo el cual se ocultaba una vez más. Pensé que tal vez el dolor y la frustración la habían secado por dentro. Que estaba cansada del dolor. Yo era parte de ese pasado que la había herido.

—Por Antonio —oí que brindaba Mauricio Silberman, y todos alzamos nuestras copas.

Era la última noche que pasábamos en el lago. Clara nos había invitado a Sophie y a mí a quedarnos unos días en Santiago antes de tomar nuestro vuelo a San Francisco, donde pasaríamos el Año Nuevo con Rebecca.

Quienes estábamos ahí prometimos que todos los años en esa fecha nos encontraríamos en el lago. Las expresiones decididas de todos me hicieron pensar que cumpliríamos nuestra promesa. Yo, al menos, al alzar mi copa tomé la determinación de que así sería.

Recordé la conversación sostenida hacía unos meses con mi madre. Según ella, el mío fue un acto de amor, y Antonio, desde su objetivo logrado, debió mirarlo hacia atrás con benevolencia y reconocimiento. Qué lejos estaba entonces de la verdad y qué lejos seguía estándolo. No podía saber si él me había odiado todos esos años, qué le habría ocurrido de no detenerlo, qué habría sido de su vida. Lo único definitivo era su muerte y yo deseaba creer al menos que mi remordimiento, al no tener rumbo que seguir ni objetivo que alcanzar, era un acto estéril.

Después de la comida me despedí y me fui a acostar. Había sido un día demasiado largo.

Clara me acompañó hasta mi cuarto para cerciorarse de que todo estuviera bien. Abrí la puerta, la lámpara de Sophie proyectaba sus figuras azules sobre el techo.

—El pequeño mundo de Sophie —dije.

—Tienes suerte de tenerla, es una niña muy linda —señaló observando a Sophie que dormía bajo el reflejo de su lámpara.

—Ambos nos tenemos —afirmé.

Intuyendo que la imagen de Sophie debía exacerbar su sentimiento de pérdida, la abracé. Al principio recibió mi abrazo con cautela, luego con abandono. Me estremecí. No era tan sólo el contacto de su cuerpo, era la sensación de que por mucho que yo la estrechara, que la apresara entre mis brazos, nunca alcanzaría ese espacio solitario donde ella habitaba.

28

Lo primero que vi en la habitación de Clara al llegar a Santiago fue el jarrón de loza albergando de manera sorprendente un ramo de lirios blancos. Recordé a Antonio diciéndome: «Es la forma que tiene Clara de mantener la vida a punto de abrirse». Sólo que su amplia cama había desaparecido y un lecho de niña, un televisor y una casa de Barbie ocupaban su lugar. Los vivos colores de un cartel y las aves del paraíso estampadas en las cortinas producían una sensación alegre.

Ante nuestra sorpresa, Clara dijo:

—Sophie, si te vas a quedar aquí algunos días es mejor que te la pases bien, ¿no?

Sentí temor de leer su gesto de forma equivocada. Era fácil echar a andar la imaginación.

El cuarto que yo ocuparía estaba al fondo de un largo y luminoso corredor. Era amplio y estaba orientado hacia el jardín. En lugar de las aves del paraíso, de la televisión y la casita de Barbie, en mi dormitorio había una mesa que, apoyada contra una ventana de cristal esmerilado, recibía la luz de la tarde.

—Pensaste en todo, Clara —dije conmovido.

—Así no tengo que preocuparme de ustedes. Sophie juega y tú escribes —señaló en un tono alegre.

Esa tarde paseamos por su barrio. El cielo del verano santiaguino era blancuzco, como si desde la montaña emanara una marejada. Caminamos hasta una plaza rodeada de construcciones coloniales. La vida calma de barrio convivía con la energía de un grupo de jóvenes, que en una esquina de la plaza arrojaba sus risotadas como proyectiles. Nos sentamos ahí un buen rato, mirando cómo al llegar la noche y encenderse los faroles, las mujeres y los niños se marchaban, al tiempo que los jóvenes se apoderaban de la plaza. Clara entrelazó las manos y contempló esta metamorfosis, mirándome de tanto en tanto con cierto orgullo, como si todo eso se debiera a su contribución personal.

Volvimos a la casa caminando. Rosa, la mujer de trenza cana, nos había preparado una espléndida cena. Sophie acaparó nuestra atención con sus múltiples historias, alejando con su risa las sombras y los recuerdos. Después de cenar la acompañé a su nuevo cuarto y mientras ella, aferrada a sus peluches, miraba la televisión desde su cama, la inquietud que me había acompañado parte de la tarde empezó a hacerse más intensa. Me era difícil entender el estado de ánimo de Clara. Tampoco lograba descifrar sus intenciones al invitarnos a su casa esos días y recibirnos de esa manera abierta y generosa. No podía evitar un sentimiento de desconfianza. Ella y Antonio me ocultaron tantas cosas. Temía que en cualquier instante Clara me sorprendiera con una nueva vuelta de tuerca, y que todo lo que apenas empezaba a asentarse en mi conciencia se hiciera trizas. No era nada concreto. Clara no había dado indicio alguno que me hiciera dudar de sus intenciones: ser amable con un amigo que escribía una historia donde ella era un personaje fundamental. ¿No estaría ahí la respuesta? Aunque sonara posible en cualquier otra persona, en Clara parecía absurdo. Quizá mi inquietud era producto del terror a sentir añoranza de ella nuevamente. La dimensión de este temor era tal, que incluso me hacía capaz de adjudicarle intenciones mezquinas.

En la habitación oscura, la pantalla del televisor se

agitaba como un ser vivo. Los ojos de Sophie fueron cerrándose poco a poco hasta que se durmió. Antes de salir abrí la ventana de su dormitorio. La noche era calurosa, de un color sepia. Una vez en el pasillo oí las notas de un concierto de clavicordio que provenían de la sala. Descendí las escaleras. Bajo una luz ambarina vi a Clara sentada en el borde de un sillón. Tenía un cuaderno de tapas rojas sobre sus rodillas. El mismo cuaderno que había visto en el lago, el que la había acompañado aquel verano de 1986. Me senté a su lado y me serví una copa de la botella de vino que ella había dejado sobre una mesa. Estábamos, como hacía un año atrás, frente a la ventana entornada, que en lugar de abrirse a la vegetación de esa tarde, ahora proyectaba nuestras imágenes.

Me miró con una expresión desafiante y a la vez animada, calibrando el efecto que ese cuaderno provocaba en mí.

—Aún lo guardas —dije intentando ocultar la mezcla de inquietud y codicia que me provocaba.

Alzó las cejas, sonrió sin decir palabra y luego me entregó el cuaderno.

—Puedes quedártelo. Está todo ahí —dijo, y bajó los ojos.

Sabía que un simple agradecimiento sería insignificante en relación con lo que me entregaba. Extendí mi mano y rocé su mejilla, de la misma forma que ella lo había hecho la noche anterior en el lago.

—No me lo vas a creer, Theo, pero a veces iba a ese restaurante italiano que estaba cerca del departamento de tus padres, ¿recuerdas? Imaginaba que nada había ocurrido y que te estaba esperando.

—¿Hacías eso?

—Mi intención no era encontrarme contigo. Habría sido muy difícil. Buscaba sentirme un poco mejor.

La rabia de Antonio me envenenaba, me enfermaba. Pero tenía que quedarme a su lado. Era así. Por fortuna, tenía la danza. Nunca había bailado con tanta pasión. Pensé llamarte, ¿sabes? Con el tiempo, vi las cosas en perspectiva, y lo que hiciste no me pareció tan monstruoso. Decenas de veces estuve con el teléfono en la mano. Pero ya era muy tarde, ¿Qué iba a decirte? ¿Hola, soy Clara, te perdono? No sé, me sonaba falso. Yo también había tenido mi cuota de responsabilidad. Qué estoy diciendo. Son excusas. No tuve las agallas de hacerlo. Y punto.

—Yo también quise llamarte, no decenas de veces, miles. De todas partes del mundo. ¿Cuántas veces habremos estado con el auricular en la mano simultáneamente?

Ambos sonreímos.

—Durante muchos años pensé que esa necesidad de estar a su lado y protegerlo era amor. Pero después me di cuenta que querer a alguien por compasión no es quererlo de verdad. No puedes lograr con fuerza de voluntad que aparezca el amor. Y durante todo ese tiempo me acordaba de cosas, no sé, cosas que hacíamos juntos. No sólo temía tu llegada a Chile por Antonio, también por mí.

—Yo también, cuando te vi, quise morirme, ¿sabes? Pensé que ya estaba fuera del alcance de los afectos. Pero nada más verte... Y tú apenas me hablabas.

—¿Qué querías que hiciera? Antonio había tenido un intento de suicidio hacía un par de meses. Tenía que seguir protegiéndolo. Hasta el final —dijo y se cubrió el rostro.

—Hasta el final —repetí con voz trémula.

Tomé su mano y ella se llevó la mía a su boca. Su semblante se había vuelto pálido a la débil luz de la sala. Sentí el calor y la humedad de sus labios. Su mirada era calma. Hundí mi cara en su cuello, conteniendo mi ritmo hasta el límite que era capaz de soportar. Clara no se había movido. No traté de tocarla. Presentí que no era el momento. Sus palabras corroboraron mis previsiones:

—Es importante para mí que lo leas ahora, Theo —dijo con implorante dulzura, señalando el cuaderno rojo que yo tenía en mis manos.

Huía una vez más. Me sentí frustrado. Sin embargo, no tenía otra alternativa que respetar su designio. Algo quería decirme y yo debía averiguarlo.

Se levantó de su sitio y observé su cuerpo que se alejaba hacia las escaleras, el mismo que me había cautivado hacía quince años y con el cual había comparado el de todas las mujeres que conocí desde entonces.

Me quedé un buen rato en la sala con el cuaderno entre mis manos sin animarme a abrirlo. El clavicordio de Bach expandiendo sus notas por los rincones, mi imagen reflejada en la ventana, la luz ambarina haciendo que cada uno de los objetos recogidos por Clara en sus viajes brillara con un matiz particular. Ella me había dejado rodeado de su universo amplio y solitario para que yo lo absorbiera. Abrí el cuaderno y mi primer impulso fue encontrar las páginas donde había dejado impresa esa última noche. Pero mientras pasaba una página tras otra, dejando que sus dibujos y sus letras volaran frente a mis ojos, entendí que no podía hacerlo. Debía ir paso a paso, reconstituyendo su mirada. Pronto, el sosegado aire del verano parecía electrizado por sus palabras. Clara me revelaba todo aquello que había quedado velado por el mero hecho de ser dos seres distintos uno del otro. Reviví cada instante, pero desde la ventana opuesta, desde el otro lado de la experiencia, desde sus ojos. En algún momento me di cuenta de que ya no buscaba entender. Ninguna señal me conduciría a su alma, porque las señales son infinitas y van cambiando, y no hay intimidad, ni siquiera ésa, que permita a un ser tocar el espacio único y solitario del otro. Era lo que había intuido al abrazarla la noche anterior, mientras ambos mirábamos a Sophie. En lugar de entristecerme, esta revelación me alegró. Comprendí que era lo más cerca que llegaría a estar nunca de otra persona. En la quietud me pareció oír la brisa que se colaba por la ventana entreabierta. Leí sin avidez ni ansiedad, hasta que aparecieron los primeros tornasoles del alba en los cristales de la ventana. Subí a mi cuarto. La humedad proveniente del jardín estaba suspendida del aire como una gasa. Dejé el cuaderno sobre la mesa y me tendí en la cama. Me quedé dormido entre las paredes blancas que parecían ondearse y respirar.

Tal vez fue pocos minutos después, o tal vez muchos más. Se había deslizado silenciosa dentro de mi cama y arrimado a mí. Acaricié lentamente sus curvas y la plenitud de su cuerpo. Era algo que no podía saber en ese momento, pero quise creer que los tiempos errantes habían llegado a su fin.

Agradecimientos

A Carlos Altamirano
por su apoyo incondicional.

Y a mis amigos:

Tere Scott, Eugenio Cox, Antonio Bascuñán,
Sebastian Brett, Pablo Simonetti, Alejandra Altamirano,
Andrés Velasco, Juan Cruz, Richard Wilkinson.
A todos ellos gracias por sus consejos e iluminada lectura.
A Mario Valdovinos por las tardes de edición.
A Julio Donoso por su delicadeza y talento.
A Karin Rosenblatt por cederme generosamente la
fotografía de Felipe.

Este libro se terminó de imprimir
en el mes de enero de 2006,
en los talleres de C&C Impresores Ltda.,
ubicados en San Francisco 1434,
Santiago de Chile.